위대한 개츠비

큐알코드를 스캔하면 한글판과 영문판 The Great Gatsby
PDF를 다운받을 수 있습니다.

위대한 개츠비
The Great Gatsby

2025년 3월 10일 초판 1쇄 인쇄
2025년 3월 15일 초판 1쇄 발행

지은이 F. 스콧 피츠제럴드
옮긴이 더페이지
발행인 손건
편집기획 김미정
마케팅 최관호
디자인 김정희
제작 최승용
인쇄 선경프린테크
이미지 www.shutterstock.com

발행처 열린문학
주소 서울시 영등포구 영신로 34길 19
등록번호 제 312 - 2006 - 00060호
전화 02) 2636 - 0895
팩스 02) 2636 - 0896
이메일 elancom@naver.com

ISBN 979-11-7142-078-0 03840

*열린문학은 **LanCom**의 문학 · 인문 브랜드입니다.

위대한 개츠비
The Great Gatsby
F. 스콧 피츠제럴드 지음 | 더페이지 옮김
열린
문학

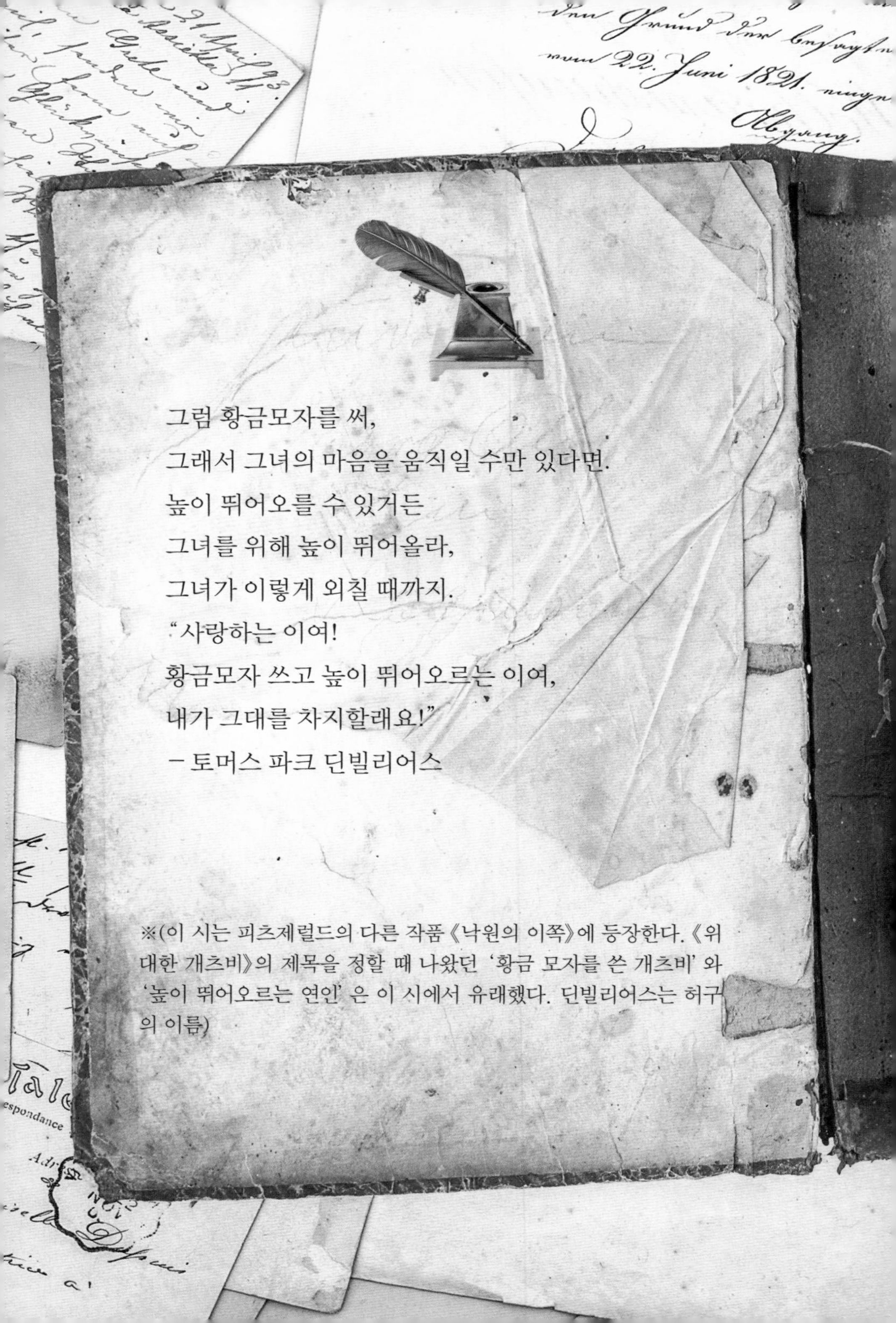

그럼 황금모자를 써,
그래서 그녀의 마음을 움직일 수만 있다면.
높이 뛰어오를 수 있거든
그녀를 위해 높이 뛰어올라,
그녀가 이렇게 외칠 때까지.
"사랑하는 이여!
황금모자 쓰고 높이 뛰어오르는 이여,
내가 그대를 차지할래요!"
— 토머스 파크 딘빌리어스

※(이 시는 피츠제럴드의 다른 작품《낙원의 이쪽》에 등장한다.《위대한 개츠비》의 제목을 정할 때 나왔던 '황금 모자를 쓴 개츠비'와 '높이 뛰어오르는 연인'은 이 시에서 유래했다. 딘빌리어스는 허구의 이름)

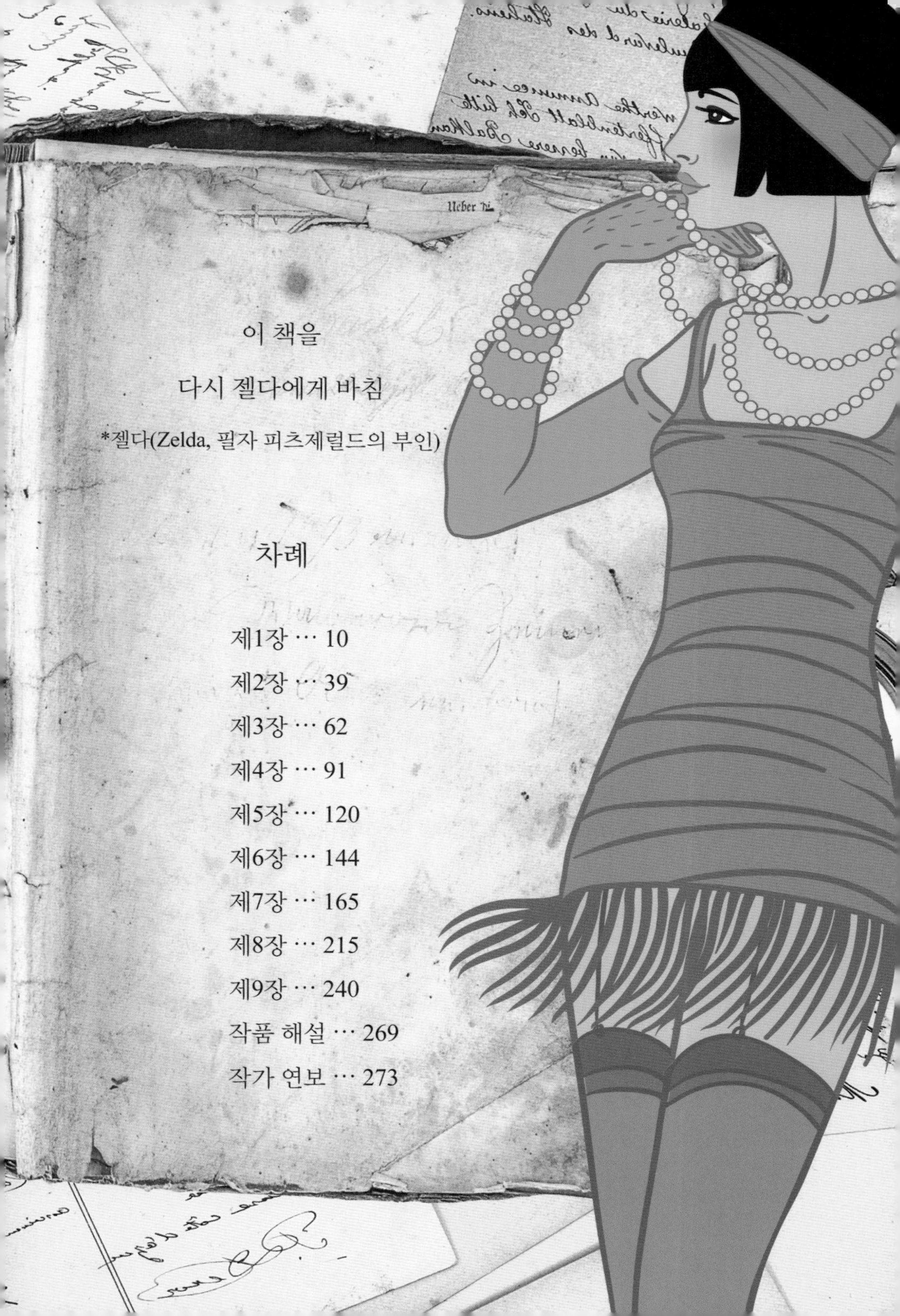

이 책을

다시 젤다에게 바침

*젤다(Zelda, 필자 피츠제럴드의 부인)

차례

위대한 개츠비(The Great Gatsby)

이 책의 제목을 지을 때 피츠제럴드는 여러 가지를 놓고 고민했다. 예를 들면 '재의 계곡과 억만장자' '웨스트에그의 트리말키오' '황금모자를 쓴 개츠비' '트리말키오' '높이 뛰어오르는 연인' 등이다. 피츠제럴드는 '위대한 개츠비' 라는 이름이 정해진 후에 마지막으로 책 제목을 바꾸려고 출판사에 연락했을 때는 너무 늦어버렸다. 채택되지 않은 그 제목은 '赤과 白과 靑 아래에' 이다.

| 주요 인물 |

- **닉 캐러웨이**(Nick Carraway): 이 소설의 화자(話者). 30세의 증권회사 직원.
- **제이 개츠비**(Jay Gatsby; 본명은 James Gatz): 가장 중요한 인물. 엄청난 열정과 능력의 소유자.
- **톰 뷰캐넌**(Tom Buchanan): 닉의 대학동창. 미식축구선수 출신으로 당당한 체구의 부호.
- **데이지 페이**(Daisy Fay): 톰의 부인이며 개츠비의 헌신적 열정의 대상. 닉의 육촌동생.
- **조던 베이커**(Jordan Baker): 여성 프로골퍼. 25세, 데이지의 고향 후배이자 친구.
- **조지 윌슨**(George Wilson): 40세 정도의 자동차 정비소 주인. 마누라에게 쥐어 사는 무기력한 사내.
- **머틀 윌슨**(Myrtle Wilson): 조지의 부인. 30대 중반으로 톰과 내연의 관계. 육감적이고 활력이 넘침.

- **마이어 울프샤임**(Meyer Wolfsheim): 50세, 조직폭력계의 거물. 한때 개츠비의 후견인.
- **캐서린**(Catherine): 머틀의 여동생. 30세 정도.
- **댄 코디**(Dan Cody): 광산업으로 거부가 된 인물. 개츠비의 은인이며 후견인.

| 주요 지명 |

- **웨스트에그**(West Egg): 뉴욕 시 외곽 롱아일랜드 섬의 지역. 닉이 사는 곳, 지역 모양이 계란형이라 이런 이름이 붙음. 신흥부자들이 사는 곳. 작가 피츠제럴드가 살았던 그레이트 넥(Great Neck)의 허구적 이름이다.
- **이스트에그**(East Egg): 재산을 세습 받은 부유층, 톰 뷰캐넌 같은 사람들이 사는 곳. 샌즈 포인트(Sands Point)의 허구적 이름이다.
- **루이빌**(Louisville): 켄터키 주의 도시. 프랑스 루이16세를 따서 지은 지명. 데이지와 조던 베이커의 고향.
- **재의 계곡**(the valley of ashes): 웨스트에그와 뉴욕의 중간지점. 윌슨 부부의 정비소가 있음.
- **시내**(the city): New York을 뜻함

제1장

내가 아직 마음 여리던 어린 시절, 아버지가 내게 해주셨던 충고는 지금까지도 내 마음 깊이 살아 있다.

"누군가를 비판하고 싶을 때마다 세상 사람들이 다 네가 가진 특권을 누리지는 못한다는 것을 기억해라."

단지 그 말씀뿐이었지만 나는 우리의 짧은 대화 방식에 익숙했기 때문에 그 말이 함축하고 있는 훨씬 더 많은 의미를 이해했다. 그 결과 나는 판단을 유보하는 성향을 갖게 되었고, 그 때문에 이상한 성격을 가진 사람들이 나한테 접근하는 바람에 닳고 닳은 인간들에게 지긋지긋하게 시달렸다. 비정상적인 인간들은 정상적인 사람에게서 이런 특성이 나타나면 재빨리 알아차리고 달라붙기 마련이기 때문이다.

그래서 나는 대학 시절에 내가 친하지도 않은 거친 녀석들의 은밀한 고민을 알고 있다는 이유로 정치적이라는 당치도 않은 비난을 받았다. 그냥 호기심 많은 인간들이 나한테 마음을 털어놓고 싶어 안달복달했을 뿐인데 말이다.

그들이 뭔가 털어놓을 기미가 보이면, 나는 자는 척하거나 뭔가에 몰두해 있는 척하거나, 아니면 적의에 차서 일부러 경박하게 굴었다. 젊은이들의 은밀한 고백이라는 건 대개 남의 말을 표절한 것이기 때문이다.

판단을 유보한다는 것은 무한한 희망을 주는 일이다. 우리 아버지가 점잔 빼며 말씀하셨고, 내가 지금 점잔 빼며 다시 말하듯이, 근본적인 품위는 태어날 때부터 공평하게 분배되지 않는다는 사실을 혹시 내가 잊고, 중요한 그 무엇을 놓치지나 않을까 나는 지금도 조심하고 있다.

이렇게 내 관대한 태도를 자랑했지만, 이제 그 한계를 인정해야겠다. 인간의 행동은 그 근거를 반석 위에 둘 수도, 질퍽한 습지에 둘 수도 있지만, 어느 시점이 지나면, 그건 문제 되지 않는다. 작년 가을 내가 동부에서 돌아왔을 때, 나는 이 세계가 제복을 입은 채로, 영원히 획일적이고 도덕적인 긴장감을 유지하기를 바랐다. 더 이상 특권층의 시선으로 인간의 마음속을 소란스럽게 여행하고 싶지 않았던 것이다.

이 책에 이름을 제공한 개츠비가, 내가 이런 식으로 반응하지 않는 유일한 인물이었다. 내가 대놓고 경멸하는 모든 것을 대표하는 개츠비가 말이다. 만일 개성이 성공적인 몸짓의 연속이라면, 그에게는 뭔가 멋진 것이 있었고, 마치 1만 마일 밖에서 일어나는 지진을 기록하는 정교한 기계와 직접 연결되어 있는 것처럼 미래에 대해 아주 예민한 감각이 있었다.

'창조적 기질'이라고 그럴싸하게 불리는 맥 빠진 감수성과는 전혀 다른 이 감각은 희망을 감지하는 비범한 재능이고, 일찍이 누구에게서도 발견된 적 없고 앞으로도 다시는 발견할 수 없을 낭만적인 열의였다. 그랬다. 결국 개츠비가 옳았다. 내가 잠시나마 인간의 물거품 같은 슬픔, 호흡 짧은 환희에 대해 흥미를 잃었던 것은 개츠비를 희생자로 만든 것들, 그의 꿈이 깨진 자리에 떠도는 더러운 먼지들 때문이었다.

* * *

우리 캐러웨이 가문은 3대째 이곳 중서부 도시에서 살고 있는 저명하고 부유한 가문이다. 버클루 공작[1]의 후예라는 말도 전해지는데, 우리 가문의 실제 창시자는 우리 할아버지의 형님, 즉 우리의 큰할아버지다.

1 영국 찰스 2세의 서자, 왕위 계승권을 주장하며 1685년 반란을 일으켰으나 실패함

그분은 1851년에 이곳으로 와서 남북전쟁에 대리인을 내보내고 철물 도매업을 시작했으며 이 사업을 오늘날 우리 아버지가 계승했다. 큰할아버지를 직접 뵌 적은 없지만 나는 그분을 닮았다고 한다. 특히 아버지 사무실에 걸려 있는 무뚝뚝한 초상화를 보면 그런 것 같기도 하다.

나는 1915년에, 아버지보다 꼭 25년 늦게 뉴헤이븐[2]을 졸업하고 얼마 후에 제1차 세계대전으로 알려진 때늦은 게르만 민족의 대이동에 참가했다. 미국의 반격을 철저하게 즐겼던 나는 고향에 돌아와서도 마음의 안정을 찾을 수 없었다. 중서부 지방은 이제 활기 넘치는 세계의 중심지가 아니라 우주의 초라한 변두리처럼 느껴졌다.

나는 동부로 가서 증권업을 배우기로 결심했다. 아는 사람들이 모두 증권업에 종사하고 있던 터라 증권업이 총각 하나쯤은 더 지원해 주겠지 싶었다. 집안 친척들이 모두 모여 마치 나에게 대학 예비학교를 골라주는 것처럼 진지하게 그 일에 대해 의논했다. 그리고 마침내 아주 엄숙한 얼굴로 "뭐, 괜찮겠지."라고 말했다. 아버지가 1년 동안 재정 지원을 해주기로 했고, 여러 가지 일로 미루고 미루다가 1922년 봄에 나는 아주 눌러앉을 작정으로 동부로 왔다.

---

2 미국 코네티컷 주에 있는 명문 사립대 예일 대학교를 가리킴

시내에 방을 구하는 것이 현실적이었지만 따뜻한 계절이었고, 시골의 넓은 잔디밭과 정든 숲을 막 떠나온 나는, 같은 사무실의 젊은 친구가 통근이 가능한 교외에 집을 얻어 같이 살자고 제안했을 때 솔깃했다. 그는 비바람에 바랜 월세 80달러짜리 판잣집을 찾아냈다. 그러나 정작 그 집으로 들어간 것은 나 혼자였다. 그 젊은 친구는 이사할 즈음에 워싱턴으로 발령을 받았던 것이다.

나는 그 집에서 며칠 뒤에 도망가 버린 개 1마리와 낡은 다지 자동차 1대, 핀란드 가정부와 함께 지냈다. 그녀는 전기난로 위로 몸을 구부리고 혼자 핀란드 속담을 중얼거리곤 했다.

꽤나 외롭다 느끼던 어느 아침, 나보다 늦게 이사 온 사람이 길에서 나를 막아서며 막막한 표정으로 물었다.

"웨스트에그에 어떻게 가는지 아세요?"

그에게 길을 알려주고 걸어가면서 나는 이제 더 이상 외롭지 않았다. 나는 안내자요 길잡이였고 초기 개척자였던 것이다. 그는 우연히 내가 이 마을에 사는, 이 마을에 속한 사람이라는 것을 느끼게 해준 것이다. 나는 마치 빨리 돌린 영화에서 사물들이 자라나는 것처럼, 햇살 속에서 폭발적으로 자라나는 나뭇잎을 바라보며 여름과 함께 삶이 다시 시작되고 있다는 익숙한 확신을 품게 되었다.

읽어야 할 게 무척 많았고 몸도 건강하게 만들어야 했다. 나는 은행업, 신용 거래, 증권 투자에 관한 책을 10권도 넘게 샀다. 금빛과 붉은 빛으로 서가에 꽂힌 그 책들은 조폐국에서 갓 찍혀 나온 지폐 같았고, 오직 미다스와 모건[3]과 마이케나스[4]만 알고 있는 눈부신 비밀을 알려주겠다고 약속하는 듯 했다.

나는 다른 책들도 많이 읽을 작정이었다. 대학 시절에 나는 문학적인 재능이 있었고, 대학 신문《예일 뉴스》에 아주 엄숙하고 분명한 논조의 논설들을 게재한 적도 있었다.

이제 나는 그 모든 것들을 다시 내 삶 속으로 끌어들여 전문가 중에서는 드물게 '균형 잡힌 지식인' 이 되리라 마음먹었다. 인생이란 결국 단 하나의 창을 통해 바라볼 때 훨씬 더 성공적으로 볼 수 있게 마련이다. 이것은 한낱 격언에 불과한 말이 아니다.

내가 북미 대륙에서도 가장 특이한 동네에 집을 얻은 것은 순전히 우연이었다. 그 집은 뉴욕에서 동쪽으로 뻗어나간 폭 좁고 시끌벅적한 섬에 있었는데, 그곳엔 진기한 자연 풍경 중에서도 특히 눈에 띄는 독특한 지형이 둘 있다.

---

3 철도 사업과 기업 합병으로 유명한 미국 기업가. 그의 이름을 딴 J. P. 모건은 지금까지도 세계적인 금융회사로 자리 잡고 있다.

4 문화와 예술의 보호자로 유명한 고대 로마의 정치가. 호라티우스와 베르길리우스를 후원했다.

시내에서 20마일 떨어져 있는 거대한 달걀 모양의 두 지역이, 만이라고 하기에는 너무 작은 만을 사이에 두고 쌍둥이처럼 똑같은 모습으로 갈라져 있다. 롱아일랜드의 거대한 앞마당에 툭 튀어나와 있는 두 달걀 모양의 지역은 콜럼버스의 달걀처럼 서로 접하고 있는 양면이 평평하게 깎여 있어서 완벽한 달걀 모양은 아니다. 하지만 생김새가 너무 닮아서 그 위를 날아가는 갈매기들은 늘 어리둥절할 게 틀림없다. 날개 없는 인간들로서야 모양과 크기 말고는 두 지역이 모든 점에서 너무나 다르다는 사실이 더욱 흥미로운 현상이겠지만.

내가 사는 웨스트에그는 이스트에그에 비해 상류사회다운 모습이 좀 덜하다. 이런 표현은 두 지역 사이의 묘하고 적잖이 불길한 차이점을 아주 피상적으로 나타내는 꼬리표에 불과하다. 롱 아일랜드 해협에서 약 45m 떨어진, 계란의 꼭대기 지점에 있는 우리 집은, 한 철에 1만 2000달러에서 1만 5000달러를 줘야 빌릴 수 있는 거대한 두 저택 사이에 끼어 있었다.

여러모로 엄청난 규모를 자랑하는 오른쪽 저택은 노르망디 시청을 본뜬 것으로, 한쪽에는 성긴 수염 같은 담쟁이덩굴로 뒤덮인 멋진 탑과 대리석 수영장, 5만 평이나 되는 잔디밭과 정원이 있었다. 바로 개츠비의 저택이었다. 아니, 그때는 그를 모를 때였으니까 그런 이름의 신사가 사는 집이었다.

내가 사는 집이 눈에 거슬렸을 법도 한데 워낙 작은 집이라 그냥 무시했던 것 같다. 덕분에 나는 한 달에 단돈 80달러로 바다가 보이는 곳에서, 이웃집 잔디밭을 내 집 마당처럼 누리며, 백만장자들의 이웃이라는 위안을 느끼며 살 수 있었다.

좁디 좁은 만 건너편 이스트에그에는 상류층 부호들의 새하얀 호화 저택들이 해변을 따라 번쩍이며 서 있었다. 그리고 그해 여름의 이야기는 내가 저녁을 먹으러 톰 뷰캐넌 부부의 집으로 차를 몰고 간 저녁부터 시작된다. 데이지는 나의 육촌 여동생이었고, 톰은 대학 동기였다. 전쟁 직후엔 시카고에서 그들과 이틀 동안 함께 지낸 적도 있었다.

데이지의 남편 톰은 뉴헤이븐의 가장 훌륭한 엔드[5]로 손꼽히는 유명한 인물로, 스물한 살 때 이미 절정기에 도달했기 때문에 그 뒤로는 모든 것이 내리막처럼 느껴지는 사람이었다. 어마어마한 부잣집 아들이라, 대학 다닐 때는 돈 씀씀이 때문에 비난을 받을 정도였는데, 이제 시카고를 떠나 깜짝 놀랄 만큼 화려한 모습으로, 예컨대 레이크 포리스트[6]에서 폴로경기용 조랑말을 한 떼나 끌고 오는 식으로 동부로 왔다. 나와 같은 세대의 남자가 그렇게 부자라니 참 이해하기 힘든 일이다.

5 미식축구에서 스크럼선 양쪽 끝에 있는 선수
6 부유층이 사는 시카고의 교외 지역

그들이 왜 동부로 왔는지는 모른다. 그들은 별 이유 없이 프랑스에서 1년을 지냈고, 사람들이 폴로 경기를 하고 부를 과시하는 곳을 찾아다니며 즐겼다. 거처를 옮길 때마다 데이지는 전화로 이번이 마지막이라고 했지만 나는 그 말을 믿지 않았다. 데이지는 몰라도, 톰은 다시는 맛볼 수 없는 풋볼 경기의 드라마틱한 격정을 영원히 좇을 테니까.

따스한 바람이 불던 그날 저녁 나는 별로 친하지 않은 두 옛 친구를 만나러 이스트에그로 차를 몰았다. 예상보다 훨씬 정교한 그 집은, 활기찬 붉은색과 흰색으로 배색된 조지 왕조의 식민지시대 풍 저택으로 만을 내려다보는 곳에 있었다.

해변에서 현관까지 400미터에 이르는 잔디밭에, 해시계와 보도블록이 깔린 산책로가 저녁놀에 불타는 정원을 가로질러 이어지고 있었고, 그 여세를 몰아 밝은 색 덩굴이 저택 옆을 따라 뻗어 있었다. 집 정면은 한 줄로 나란히 난 프랑스 풍 창문으로 나뉘어 있었는데, 햇빛을 받은 창들이 금빛으로 번쩍이며 따스한 바람이 부는 오후를 향해 활짝 열려 있었다.

승마복을 입은 톰 뷰캐넌이 현관 앞에서 다리를 벌리고 서서 기다리고 있었다. 뉴헤이븐 시절과는 많이 달라 보였다. 다소 무거워 보이는 입, 거만한 태도, 밀짚 색깔 머리를 가진 건장한 서른 살 남자, 그의 얼굴에서 가장 지배적인 인상을 풍기는 두 눈은 거만하게 번뜩이며 언제라도 덤벼들 것처럼 몸을 앞으로 기울이고 있었다. 승마복의 우아함조차도 그 몸집의 엄청난 힘을 숨기지 못했다. 반들거리는 부츠는 꽉 차서 맨 위쪽 끈이 팽팽해질 정도였고, 얇은 외투 속에서 어깨를 움직일 때는 우람한 근육이 꿈틀거리는 것을 알 수 있었다. 거대한 지렛대처럼 엄청난 힘을 가진 정말 대단한 체격이었다.

걸걸한 허스키의 톤 높은 목소리는 신경질적인 인상을 더 강하게 했고, 가부장적인 권위 의식이 배어 있었다. 그래서 뉴헤이븐 시절에는 그의 배짱을 혐오하는 사람들이 있었다. 그는 늘 이렇게 말하는 듯했다.

"자, 이 문제에 대한 내 의견이 절대적이라고 생각하지는 마. 내가 너희들보다 힘 세고 더 사내답다고 해서 말이야."

우리는 같은 4학년 동아리에 속해 있었지만 별로 친하진 않았다. 그런데도 톰은 나를 인정했고, 자기가 거칠고 도전적이긴 해도 내가 자기를 좋아했으면 하는 인상을 항상 풍겼다.

우리는 햇살이 내리쬐는 현관에서 몇 분 동안 얘기했다.

"여긴 살기 좋은 곳이야." 주위를 둘러보며 그가 말했다.

톰은 나를 잡고 휙 돌리더니 넓적한 손으로 앞을 가리켰다. 이탈리아식 정원과 엄청난 규모의 장미 정원, 저쪽 바닷가에서 물결 따라 흔들리는 매부리코 모양의 모터보트가 보였다.

"석유 재벌 드메인이 살던 집이야."

그가 갑작스러운 동작으로 다시 내 몸을 돌렸다.

"안으로 들어가자."

우리는 천장 높은 복도를 지나 밝은 장밋빛 공간으로 들어갔다. 양 끝에 달린 프랑스식 창문이 집 쪽을 향해 돋아난 푸릇푸릇한 잔디를 배경으로 하얗게 반짝이고 있었다. 산들바람이 창백한 깃발 같은 하얀 커튼을 한 끝은 안으로 다른 끝은 밖으로 펄럭이게 하다가 설탕 입힌 케이크 같은 천장을 향해 소용돌이치게 하고는, 포도줏빛 양탄자 위에 잔물결을 일으키면서 마치 바다 위에 그림자를 드리우듯 그 위에 그림자를 드리웠다.

방 안에서 유일하게 완전히 정지해 있는 건 엄청나게 길고 커다란 소파뿐이었다. 그리고 그 위에는 젊은 여자 둘이 붙잡아 매놓은 기구를 탄 것처럼 둥실 뜬 채 앉아 있었다. 둘 다 흰 옷을 입고 있었는데, 집 근처를 잠깐 비행하고 날아 들어온 것처럼 옷이 잔물결을 일으키며 나풀거리고 있었다. 나는 펄럭이는 커튼 소리와 벽에 걸린 그림이 내는 신음소리를 들으며 잠시 서 있었다. 톰 뷰캐넌이 뒤쪽 창문들을 닫는 소리가 쾅 하고 들렸다. 바람이 가라앉자 커튼과 양탄자 그리고 두 여자도 바닥으로 천천히 두둥실 내려앉았다.

두 여자 중 젊은 쪽은 처음 보는 얼굴이었다. 긴 소파의 한 쪽에 온몸을 쭉 펴고 앉아서 턱을 조금 치켜 올리고 있는 모습이 물건을 턱 위에 올려놓고 균형을 잡고 있는 것 같았다. 그녀가 곁눈질로 나를 봤는지는 모르겠지만 그런 내색이 전혀 없어서, 나는 갑자기 들어와서 미안하다고 얼떨결에 그녀에게 사과할 뻔했다.

또 하나는 데이지였다. 그녀는 진지한 표정으로 몸을 약간 앞으로 굽히며 묘하게 매력적인 웃음을 살짝 지었고, 나도 따라 웃으며 안쪽으로 들어갔다.

"너무 행복해서 몸이 마비될 것 같아요."

그녀는 아주 재치 있는 말이라도 한 것처럼 다시 웃고는 내 손을 잡으며, 이 세상에 이보다 더 보고 싶었던 사람은 없다는 표정으로 잠시 내 얼굴을 쳐다보았다. 그녀는 늘 이런 식이었다. 그녀는 귓속말로, 균형을 잡고 있는 저 여자는 성이 베이커라고 일러주었다. (데이지가 귓속말을 하는 이유는 상대방이 그녀 쪽으로 몸을 기울이게 하기 위해서라는 소문이 있었다. 말도 안 되는 험담이었지만 설령 그렇다 해도 그 귓속말의 매력은 조금도 줄지 않았다.)

어쨌든 베이커 양은 입술을 약간 움직였고 거의 알아볼 수 없을 정도로 고개를 끄덕이더니 재빨리 머리를 다시 뒤쪽으로 되돌렸다. 균형을 잡고 있던 물체가 기우뚱거려서 깜짝 놀란 것처럼. 다시 미안하다는 말이 내 입술에 떠올랐다. 자부심 강한 사람을 보면 언제나 놀랍고 경이롭기 때문이다.

나는 육촌 여동생을 다시 바라보았다. 떨리는 낮은 목소리로 내게 이런저런 질문을 던지고 있었는데, 결코 두 번은 똑같은 연주가 불가능한 음정의 배열 같은 그녀의 목소리에는 좀처럼 잊기 힘든 흥분감이 배어 있었다. 노래하는 듯한 충동, 들어보라는 듯한 속삭임, 방금 즐겁고 신나는 일을 했고, 다음에도 즐겁고 신나는 일이 있을 거라는 약속이 들어 있었다.

나는 동부로 오는 길에 시카고에서 하루 잤는데, 10명도 넘는 사람들이 그녀에게 안부를 전하더라고 말했다.

"그 사람들이 날 보고 싶대요?" 그녀가 황홀하게 소리쳤다.

"시내가 텅 빈 것 같대. 차들은 모두 왼쪽 뒷바퀴를 장례식 화환처럼 검게 칠하고 다니고, 노스쇼어[7]에서는 밤새도록 통곡소리가 들린대."

"정말? 톰, 우리 돌아가요. 내일 당장!" 그녀는 이렇게 외치고 나서 엉뚱하게도 이렇게 덧붙였다.

"우리 딸을 봐야 하는데… 지금은 자고 있어요. 올해 세 살이에요. 아직 한 번도 못 봤죠?"

7 미시건 호수를 끼고 있는 시카고 거리. 주로 부유층이 산다.

"아직 못 봤지."

불안하게 방 안을 계속 왔다 갔다 하던 톰 뷰캐넌은 발을 멈추고 내 어깨에 손을 얹었다.

"닉, 요새 무슨 일 해?"

"증권 일 해."

"어느 회사에서?"

나는 회사 이름을 말해 주었다.

"들어본 적 없는 회사인데." 그가 단호하게 말했다.

나는 기분이 언짢아서 짧게 대답했다.

"듣게 될 거야. 네가 계속 동부에 산다면."

"아, 난 계속 동부에 있을 거니까 걱정 마. 빌어먹을 바보가 아니라면 여기 말고 다른 데서 살 리가 없지."

그는 뭔가 경계하는 눈으로 데이지를 힐끗 보면서 말했다.

"물론이죠!"

베이커 양이 너무나도 갑작스럽게 끼어드는 바람에 나는 깜짝 놀랐다. 하품을 하다 말고 빠르고 능숙한 동작으로 소파에서 일어나 방 가운데로 나온 것으로 보아 그녀도 나만큼이나 자기 목소리에 놀란 것 같았다.

"몸이 뻣뻣해졌어요. 저 소파에 너무 오래 누워있었나 봐요." 그녀가 투덜거렸다.

"왜 날 쳐다보는 거야. 난 오늘 오후 내내 널 시내에 데려가려고 했잖아." 데이지가 반박했다.

"안 마실래요. 난 지금 컨디션 최고거든요."

방금 가져온 칵테일 4잔을 쳐다보며 베이커 양이 말했다. 손님을 대접하려던 톰은 믿기지 않는다는 듯 그녀를 보았다.

"그러든지! 네가 어떻게 일을 해내는지 알 수가 없어."

그는 잔 밑바닥에 술이 한 방울밖에 남지 않은 것처럼 잔을 들어 단숨에 쭉 들이켰다.

나는 베이커 양을 보면서 그녀가 '해내는' 일이 뭘까 생각했다. 그녀를 보면 기분이 좋아졌다. 날씬하고 가슴이 작았는데, 사관생도처럼 어깨를 뒤로 쫙 편 꼿꼿한 자세가 더욱 두드러져 보였다. 내 시선에 답하듯 햇빛 때문에 가늘어진 그녀의 잿빛 눈이 나를 보았다. 창백하고 매력적이고 불만스런 얼굴이었다. 그제야 어디선가 그녀를 본 것 같다는 생각이 들었다. 아니면 사진이라도.

"웨스트에그에 사세요? 거기 아는 사람이 있는데."

좀 깔보는 말투로 그녀가 말했다.

"난 아직 아는 사람이 없어요."

"개츠비란 사람은 아실 텐데요."

"개츠비? 무슨 개츠비?" 데이지가 물었다.

이웃에 사는 사람이라고 미처 대답하기도 전에 저녁 식사를 알리는 소리가 들렸다. 톰은 건장한 팔을 내 팔 아래 끼우고 마치 체스 판에서 말을 옮기듯 나를 데리고 나갔다.

두 숙녀는 석양을 향해 열려 있는 장밋빛 현관 쪽으로 손을 가볍게 엉덩이에 얹은 채 가볍고 나른한 걸음걸이로 우리 앞을 걸어가고 있었다. 현관에 놓인 탁자 위의 촛불 4개가 아까보다 잦아든 바람 속에서 흔들거리고 있었다.

"촛불을 왜 켰을까?"

데이지가 얼굴을 찌푸리며 손가락으로 비벼 촛불을 껐다.

"이제 2주만 있으면 1년 중 낮이 가장 긴 날이 돼요. 쭉 기다리다가도 막상 그날이 되면 깜빡 잊고 그냥 지나가버리지 않나요? 나는 늘 그래요."

데이지는 밝은 얼굴로 우리를 바라보며 말했다.

"뭔가 계획을 세워야겠어."

베이커 양이 당장 잘 것처럼 하품하며 말했다.

"좋아. 무슨 계획을 세울까?"

데이지는 도움을 청하듯 내 쪽을 바라보았다.

"다른 사람들은 어떤 계획을 세워요?"

내가 뭐라 대답하기도 전에 그녀는 겁먹은 표정으로 자기 새끼손가락을 보며 불평했다.

"이것 좀 봐요! 손가락을 다쳤어요."

모두가 그쪽을 봤다. 손가락 마디가 검게 멍들어 있었다.

"당신이 그랬죠, 톰. 일부러 그런 게 아니라도 그런 건 그런 거예요. 야수 같은 남자와 결혼한 탓이죠. 거인처럼 무지막지하게 덩치 큰 남자랑……."

"덩치 크단 말 좀 하지 마, 농담이라도." 톰이 짜증 냈다.

"덩치 크잖아요." 데이지가 고집스럽게 말했다.

데이지는 베이커 양과 가끔 얘기를 나눴는데, 별다른 주제도 없는 시시한 말들뿐이라 얘기라고 하기도 어려울 정도였고, 그들이 입고 있는 새하얀 옷처럼, 인간미 없는 그들의 무심한 눈처럼 냉랭한 것이었다. 두 숙녀는 그저 자리를 지키며 정중하고 유쾌하게 대접하고 대접받으려고 애쓰면서 톰과 나를 응대하고 있었다. 곧 저녁식사가 끝나고, 더 있으면 저녁 시간도 끝나고, 그렇게 모든 것이 지나가려니 하면서. 서부와는 전혀 다른 양상이었다. 예측이 계속 어긋나는 동안에도, 매 순간 순수하고 긴장된 두려움 속에서, 시간은 단계적으로 끝을 향해 서둘러 나아갔다.

"문명은 산산조각날 거야. 난 지독한 비관주의자가 되었지. 고다드라는 사람이 쓴 '유색 인종 제국의 발흥'이라는 책 읽어 봤어?" 톰이 갑자기 사납게 말했다.

"아니, 못 읽었는데."

그의 말투에 좀 놀라며 내가 대답했다.

"저런, 좋은 책이야. 모두 읽어봐야 할 책이지. 우리 백인종이 조심하지 않으면 완전히 침몰해 버리고 만다는 내용이야. 과학적으로도 입증되었다고."

"톰은 요즘 심각해요. 긴 단어가 나오는 심각한 책만 읽어요. 그게 무슨 단어였더라, 우리가……?"

데이지가 별 생각 없는 슬픈 표정으로 말했다.

"글쎄, 아주 과학적인 책이라니까. 지배 인종인 우리 백인이 지금부터라도 조심하지 않으면 다른 인종이 세계를 지배하게 된대. 이 책의 취지는 우리가 북유럽 인종이라는 거야. 나도 너도 또 너도, 그리고……,"

그는 아주 잠깐 망설이더니 고개를 가볍게 끄덕여 데이지까지 포함시켰다. 그녀가 나에게 눈짓 했다.

"문명을 이루는 것들은 모두 우리가 만들어낸 거야. 과학, 예술 같은 것들 전부 다 말이지. 알겠어?"

예전보다 자기도취가 더 심해진 그의 모습에는 어딘가 서글픈 느낌이 배어났다. 그때 집 안쪽에서 전화벨이 울렸다. 집사가 전화를 받으러 집안으로 들어가자 데이지가 잠시 말이 중단된 틈을 타 내게 몸을 기울였다.

"비밀 하나 말해 줄까요? 집사의 코에 관한 건데요."

"내가 오늘밤 그거 들으러 여기 온 거잖아."

"어, 그는 원래 집사가 아니었어요. 뉴욕에서 2백 명 분의 은그릇을 닦는 일을 했는데, 아침부터 밤까지 은그릇을 닦다가 결국 그의 코가 영향을 받아서……."

"점점 악화됐군." 베이커 양이 끼어들었다.

"맞아. 증상이 점점 악화되어 일을 그만두게 됐대."

저무는 햇살이 낭만적인 빛으로 그녀의 얼굴을 비추었다. 그러다가 해가 스러지면서 마지못해 집으로 돌아가는 아이처럼 섭섭하게 천천히 사라져갔다.

집사가 돌아와 톰의 귀에 뭔가 귓속말을 하자, 톰은 눈살을 찌푸리며 의자를 뒤로 밀치고는 한마디 말도 없이 안으로 들어갔다. 데이지는 다시 몸을 앞으로 숙였고, 그녀의 목소리는 달아올라 노래하는 듯했다.

"같이 식사하게 되어 정말 기뻐요, 닉. 오빠를 보면 늘 어, 장미가 생각나요. 안 그래? 진짜 장미 같지?"

그녀는 베이커 양에게 몸을 돌리며 확인했다. 물론 그럴 리 없었지만, 그런 즉흥적인 말조차 그녀의 목소리에는 사람을 감동시키는 따뜻함이 있었다. 갑자기 그녀가 냅킨을 식탁 위에 던지고는 실례한다는 말과 함께 집 안으로 들어갔다.

베이커 양과 나는 의미 없는 짧은 시선을 교환했다. 내가 입을 열려고 하자 그녀가 재빨리 "쉿!"하면서 안에서 들리는 얘기를 엿들으려고 염치없이 몸을 기울였다. 중얼거리는 목소리가 줄곧 흥분과 격앙으로 오르락내리락하더니 뚝 그쳤다.

"아까 말씀하신 개츠비 씨는 제 이웃입니다."

"조용히 해요. 무슨 일인지 듣고 있잖아요."

"무슨 일 있어요?" 내가 순진하게 물었다.

"아직 모르세요? 다들 아는 줄 알았는데요."

베이커 양은 진심으로 놀란 것 같았다.

"뭘요?"

"어, …… 톰은 뉴욕에 여자가 있어요."

그녀가 머뭇거리며 말했다.

"여자가 있다고요?" 나는 멍하니 되풀이했다.

"그래도 저녁 식사 때 전화를 걸지 않을 정도의 예의는 있어야지. 안 그래요?"

그때 옷이 펄럭이는 소리와 저벅거리는 가죽부츠 소리가 나더니 톰과 데이지가 다시 식탁으로 돌아왔다.

"미안해요!" 긴장된 얼굴로 데이지가 소리쳤다.

자리에 앉자 그녀는 베이커 양과 나를 힐끗 번갈아 쳐다보며 눈치를 살피더니 말을 이었다.

"바깥 잔디밭에 새가 한 마리 앉아 있었는데, 커나드나 화이트 스타 해운회사 배편으로 건너온 나이팅게일이 틀림없어요. 그 새가 노래하며 날아가 버렸어요. 얼마나 낭만적이던지, 안 그래요, 톰?" 그녀가 노래하듯 말했다.

"아주 낭만적이지." 그는 건성으로 대답하고 나서 비참한 표정으로 나에게 말했다.

"저녁을 먹고 나서 마구간 구경시켜 줄게."

집 안에서 다시 전화벨이 울렸다. 곧바로 데이지가 톰을 향해 단호하게 고개를 흔들자, 마구간은 고사하고 모든 얘기가 사실상 허공으로 날아가버렸다. 저녁 식사의 마지막 5분이 어떻게 지났는지 모르겠다. 생각나는 건 쓸데없이 촛불을 다시 켜놓았다는 것 뿐이다.

그때 나는 사람들을 똑바로 쳐다보고 싶었지만 다들 눈길을 피했다. 톰과 데이지는 그렇다치더라도, 아무리 지독하게 회의적인 상황에서도 끄떡없을 것 같던 베이커 양조차 그 5번째 불청객의 성급하고 날카로운 금속성 소리를 머릿속에서 완전히 지워버릴 수 있을지는 의문이다.

기질에 따라서는 그런 상황에 흥미를 느끼는 사람도 있을지 모르겠다. 하지만 내 본능에 따르자면 나는 즉시 경찰을 부르고 싶은 심정이었다.

마구간 얘기는 다시 나오지 않았다. 톰과 베이커 양은 손으로 만져볼 수 있는 시체 옆에서 밤을 새우러 가는 사람들처럼 황혼 속에서 몇 걸음 떨어진 채 서재로 천천히 걸어 들어갔다. 그리고 나는 잘 안 들리는 척, 즐거운 척 애쓰면서 데이지를 따라 베란다를 돌아 한 줄로 연결된 정문 현관으로 나갔다. 으슥한 어둠 속에서 우리는 가느다란 고리버들로 짠 의자에 나란히 앉았다.

데이지는 예쁜 이목구비를 새삼 느껴보려는 듯 두 손으로 얼굴을 감싸고, 벨벳 같은 어스름 쪽으로 조금씩 눈을 돌렸다. 감정이 격해지는 것 같아서 마음을 좀 진정시켜 주려고 그녀의 딸 얘기를 꺼냈다.

"우리는 서로 잘 몰라요, 닉. 육촌간이라 해도 말이죠. 오빠는 내 결혼식에도 오지 않았잖아요." 갑자기 그녀가 말했다.

"그땐 전쟁터에서 돌아오기 전이었으니까."

"그랬죠. 근데요, 닉, 그동안 난 너무 힘들었어요. 그래서 아주 냉소적인 성격이 되고 말았죠."

그녀가 머뭇거리며 말했다. 그녀에겐 분명히 그럴 만한 이유가 있었을 거라고 생각하며 다음 말을 기다렸지만 더 이상 아무 말도 하지 않았기 때문에, 나는 어쩔 수 없이 다시 그녀의 딸 얘기를 꺼냈다.

"이젠 말도 하고, 밥도 먹고 여러 가지 다 하겠네."

"네, 그래요. 닉, 그 애가 태어났을 때 내가 뭐라고 했는지 알아요?" 그녀가 멍하니 나를 바라보았다.

"뭐라고 했는데?"

"아마 그 얘기를 들으면 내 기분을 이해할 거예요. 왜 매사에 지금처럼 느끼는지요. 글쎄, 아이를 낳은 지 1시간도 안 됐는데 톰이 대체 어디 있는지 알 수가 없는 거예요. 마취에서 깨어났을 때 난 말 그대로 버림받은 느낌이었어요. 간호사한테 아들인지 딸인지 물어봤더니 딸이라더군요. 그래서 난 고개를 돌리고 울었어요. 괜찮아. 딸이라 기뻐. 애가 커서 바보가 되면 좋겠어. 이런 세상에서 여자가 바랄 수 있는 최선이니까. 예쁘고 귀여운 바보 말이야."

그녀는 확신에 차서 말을 이었다.

"나한테 모든 게 얼마나 끔찍했는지 알겠죠? 모두 그렇게 생각해요. 가장 진보적인 사람들조차 그렇게 생각하는 걸 난 알아요. 그동안 안 가 본 데도 없고 못 본 것도 없고 못 해 본 일도 없거든요."

그녀는 톰을 연상시키는 공격적인 태도로 눈을 번득이며 섬뜩한 경멸로 가득 찬 미소를 지었다.

"맙소사, 닳고 닳았어요. 난 이제 닳아빠진 여자라고요!"

그녀의 목소리가 더 이상 억지로 나의 관심, 나의 신뢰를 끌어내려 애쓰지 않고 뚝 끊기는 순간, 나는 그녀의 말이 근본적으로 진실하지 못하다고 느꼈다. 오늘 저녁 시간 전부가 내게서 일종의 책임감을 이끌어 내려는 속임수였던 것 같아 마음이 불편했다. 나는 다음 말을 기다렸다. 아니나 다를까 그녀는 이내 귀여운 표정으로 노련한 미소를 띠고 나를 바라보았다. 자기와 톰이 꽤 유명한 비밀조직에 가담하고 있었다고 주장이라도 하려는 듯이 말이다.

* * *

안으로 들어서자, 방 안은 진홍빛 불빛으로 활짝 꽃 피어 있었다. 톰과 베이커 양은 긴 소파의 양 끝에 앉아 있었고, 그녀는 '새터데이 이브닝 포스트'를 속삭이듯 단조롭고, 아이를 달래는 듯한 목소리로 그에게 읽어주고 있었다. 램프 불빛이 그의 부츠에는 밝게, 낙엽 빛깔의 그녀 머리카락에는 흐릿하게 반사되었고, 그녀가 가냘픈 팔로 책장을 넘길 때마다 종이를 따라 반짝거렸다.

우리가 들어가자 그녀는 손을 들어 잠시 조용히 해달라고 신호하고는 "다음 호에 계속됩니다"라고 말하면서 잡지를 탁자 위에 던졌다. 그녀는 불안하게 무릎을 들썩이더니 결국 몸을 펴고 벌떡 일어섰다.

“벌써 10시네. 착한 아가씨는 이만 자러 갈게요.”

그녀가 천장에 매달린 시계를 보며 말했다.

“조던은 내일 웨스트체스터에서 경기가 있어요.”

데이지가 설명했다.

“아아, 그러고 보니 조던 베이커였군요.”

그녀의 얼굴이 낯익었던 이유를 이제야 알 수 있었다. 유쾌하면서도 남을 업신여기는 표정을 애슈빌과 핫 스프링스, 팜비치의 경기 장면을 찍은 사진으로 본 적이 있었다. 그녀에 대한 불쾌한 이야기도 들은 적이 있었지만 하도 오래전 일이라 내용은 기억나지 않았다.

“잘 자요. 8시에 깨워줘요.” 그녀가 부드럽게 말했다.

“깨워서 일어난다면.”

“일어나야지. 잘 자요, 캐러웨이 씨. 또 봐요.”

“물론 그렇게 될 거야. 사실은 내가 중매를 서려고 해요. 닉, 그러니 자주 놀러 와요. 그리고 나는, 음, 두 사람을 함께 던져 놓을 거예요. 있잖아요. 사고처럼 두 사람을 옷장 안에 넣고 문을 잠가버린다든가, 보트에 태워 바다로 띄워 보낸다든가 하는 방법으로.” 데이지가 말했다.

“잘 자요. 난 아무것도 못 들은 걸로 할게.”

베이커 양이 계단에서 소리쳤다.

"멋있는 여자야. 저런 여자를 이렇게 시골이나 떠돌아다니게 내버려 두면 안 되는데." 톰이 잠시 후 말했다.

"누가요?" 데이지가 차갑게 물었다.

"누군 누구야, 조던 가족이지."

"가족이라야 천 살쯤 먹은 늙은 숙모밖에 없어요. 앞으로는 닉이 조던을 돌봐줄 거예요, 그렇죠, 닉? 그 애는 올 여름에 거의 우리 집에서 주말을 보낼 거예요. 난 우리 집이 그 애에게 좋은 영향을 줄 거라고 생각해요."

데이지와 톰은 잠시 서로 말없이 쳐다보았다.

"뉴욕 출신이야?" 내가 재빨리 물었다.

"루이빌 출신이에요. 우리는 순수했던 소녀 시절을 그 곳에서 보냈어요. 아름답고 순수했던……."

"당신, 베란다에서 닉에게 속 좀 털어놨어?"

톰이 갑자기 물었다. 그녀는 나를 쳐다보았다.

"내가요? 기억이 잘 안 나지만 우린 북유럽 인종 얘기했어요. 맞아. 뭐랄까. 우선 당신이 알아야 할 건……."

"닉, 들은 말을 모두 믿지는 마."

나는 들은 얘기가 없다고 간단히 말하고 자리에서 일어났다. 그들은 문까지 따라 나와 밝은 사각형 불빛 아래 나란히 섰다. 내가 자동차에 시동을 걸자 데이지가 단호하게 외쳤다.

“잠깐! 물어볼 말이 있었는데 깜박했네요. 중요한 거예요. 서부에서 어떤 아가씨와 약혼했다면서요.”

“그래, 맞아. 나도 들었어.”

톰이 친절하게도 그녀의 말을 거들었다.

“헛소문이야. 그러기엔 난 너무 가난해.”

“하지만 세 사람한테서나 들었는걸요.”

데이지의 얼굴이 다시 꽃처럼 환하게 피어나는 걸 보고 나는 좀 놀랐다. 그들이 무슨 얘기를 하는지 잘 알고 있었지만 나는 꿈에도 약혼한 일이 없었다. 내가 동부로 오게 된 데는 교회에서 결혼 예고를 했다는 소문이 나돈 탓도 있었다. 헛소문 때문에 옛 친구와 만나지 않을 수도 없고, 소문 때문에 결혼할 생각은 더구나 없었던 것이다.

그들이 보여준 관심에 나는 약간 감동했고 그들이 나와는 완전히 동떨어진 부자라는 생각도 좀 누그러졌다. 그런데도 차를 몰고 돌아오는 내내 혼란스럽고 불쾌했다. 데이지가 당장 딸을 데리고 집을 나와야 옳았지만 그럴 생각이 전혀 없는 것 같았고, 톰은 ‘뉴욕에 여자가 있다’는 사실보다 그가 어떤 책 때문에 우울하다는 사실이 더 놀라웠다. 강인한 육체가 더 이상 그의 독선적인 마음을 지탱해 줄 수 없을 정도로 뭔가가 진부한 생각의 가장자리를 갉아먹고 있었던 것이다.

여관 지붕들과 그 앞에 붉은색 새 휘발유 펌프가 불빛을 받으며 서 있는 길가 주유소에는 벌써 여름이 한창이었다.

웨스트에그의 집에 도착해서 차를 차고에 넣어둔 뒤에 나는 마당에 팽개쳐져 있는 잔디 기계 위에 한동안 앉아 있었다. 바람이 한바탕 불어 나무들이 소란스럽게 빛났고, 대지의 풀무가 개구리들에게 한껏 생기를 불어넣으면서 오르간 소리가 끝없이 울려 퍼졌다.

불안하게 달빛에 어른거리는 고양이 그림자를 보고 더 자세히 보려고 고개를 돌렸다가 내가 혼자가 아니라는 걸 알았다. 50피트쯤 떨어진 곳, 이웃 저택의 그림자 속에서 웬 남자가 두 손을 주머니에 찌른 채 서서 후추 가루처럼 총총 박힌 은빛 별들을 바라보고 있었다. 여유로운 몸짓과 잔디를 굳게 딛고 선 안정된 자세로 보아, 어디까지가 자기 몫의 하늘인지 살펴보려고 나온 개츠비라는 걸 바로 알 수 있었다.

나는 그에게 말을 걸기로 했다. 베이커 양이 저녁을 먹으면서 그에 관해 얘기했던 것으로 소개는 충분할 것 같았다. 하지만 갑자기 그가 혼자 있고 싶다는 암시를 보냈기 때문에 나는 그를 부르지 않았다.

그는 어두운 바다를 향해 두 팔을 뻗었는데, 멀리 떨어져서도 그의 몸이 떨리는 걸 확신할 수 있었다.

무의식적으로 나도 바다 쪽을 보았다. 저 멀리 부두 맨 끝자락이 분명한 곳에서 희미하게 반짝이는 초록색 불빛 말고는 아무것도 보이지 않았다. 내가 다시 개츠비 쪽을 보았을 때 그는 이미 사라지고 없었고, 나는 어수선한 어둠 속에 또 다시 혼자였다.

제2장

웨스트에그와 뉴욕을 잇는 철로 중간쯤에는 차도와 철도가 만나 400미터 정도 나란히 달리는 구간이 있다. 바로 재의 골짜기라는 황량한 지역인데, 잿더미가 밀처럼 자라 산등성이와 언덕 그리고 기괴한 정원을 이루는 환상적인 그곳에서 재는 집과 굴뚝, 그리고 피어오르는 연기 모양을 하고 있다가, 안간힘을 써서 마침내 잿빛 인간이 되어 어렴풋이 움직이다 금세 가루가 되어 뿌연 공기 속으로 사라진다. 이따금 잿빛 자동차들이 일렬로 줄을 지어 보이지 않는 선을 따라 기어가다가 섬뜩하게 삐걱거리며 멈춰 서면, 즉시 잿빛 사람들이 잿빛 삽을 가지고 몰려들어 짙은 구름을 휘저어 놓고, 그 구름은 그들의 모호한 작업을 보이지 않게 가려버린다.

그러나 잿빛 땅과 그 위에서 끊임없이 떠도는 음산한 먼지 구름 위로 눈을 돌리면, 잠시 후 닥터 T. J. 에클버그의 두 눈을 만난다. 망막의 높이가 무려 1야드에 달하는 푸르고 거대한 닥터 T. J. 에클버그의 눈은, 보이지 않는 코에 걸친 거대한 노란 안경 너머로 이쪽을 바라보고 있다. 어떤 익살맞은 안과 의사가 퀸스 자치구에서 장사하려고 설치해 놓은 뒤에 눈이 멀었거나 이 광고판을 잊고 떠난 게 틀림없었다. 오랜 세월 페인트칠도 못한 채 햇볕과 비바람에 바랬지만, 그의 두 눈은 여전히 생각에 잠긴 듯 장엄한 재의 골짜기를 굽어보고 있었다.

재의 골짜기 한쪽은 작고 지저분한 강과 접하고 있어서, 도개교가 화물선을 통과시키기 위해 올라갈 때면 기차 승객들은 그 음울한 풍경을 보며 30분을 기다려야 했다. 그렇지 않더라도 거기서는 항상 적어도 1분은 정차하게 되는데, 내가 톰의 정부를 처음 만난 것도 바로 그 때문이었다.

톰에게 여자가 있다는 사실은 그를 아는 사람들이 있는 곳에서는 어디서나 화제가 되었다. 사람들은 그가 카페에서 그녀를 앉혀둔 채 어슬렁거리다 아는 사람만 보면 붙잡고 지껄이는 것을 못마땅하게 생각했다. 나는 그녀가 어떻게 생겼는지 좀 궁금하기는 했지만 만나고 싶은 생각은 없었다. 하지만 나는 그녀를 만나게 되었다.

어느 날 오후 나는 톰과 함께 기차를 타고 뉴욕에 가고 있었는데, 기차가 재의 골짜기에서 멈추자 그가 벌떡 일어나더니 내 팔을 붙잡고 강제로 기차에서 끌어내렸다.

"여기서 내려! 내 애인을 소개해 줄게." 그가 고집했다.

나는 톰이 낮술을 마신 게 아닌가 의심했다. 나를 데리고 가기 위해서라면 폭력도 불사할 태세였기 때문이다. 일요일 오후에 무슨 할 일이 있겠냐고 거만하게 넘겨짚은 탓도 있었다.

나는 석회를 하얗게 바른 나지막한 철도변 담장을 넘어 닥터 에클버그의 시선을 받으며 100야드 쯤 뒤쪽으로 그를 따라 걸어갔다. 보이는 건물이라고는 오로지 황무지 끝에 서 있는 작고 노란 벽돌 건물뿐이었고, 그곳이 중심가인 셈이었지만 그 주변에는 아무것도 없었다.

그 건물에는 상점이 셋 있었는데, 하나는 세 들어올 사람을 찾는 중이었고, 재의 골짜기 자락과 맞닿아 있는 두 번째는 밤새 영업하는 음식점이었으며, 세 번째는 자동차 정비소였다. '자동차 수리, 조지 B. 윌슨, 자동차 매매'라는 팻말이 붙어 있었다. 나는 톰을 따라 그 정비소 안으로 들어갔다.

실내는 손님 하나 없이 텅 비어 있었고, 먼지를 뒤집어 쓴 고물 포드 한 대만 어둠침침한 구석에 웅크리고 있었다. 문득 정비소의 어두운 그늘은 눈가림이고 위층에 호화롭고 낭만적인 방들이 감춰져 있을 거라는 생각이 들었다. 그 때 주인이 헝겊 조각에 손을 닦으며 사무실 문 앞에 나타났다. 금발에 잘생긴 편이었지만 빈혈 환자처럼 생기가 없었다. 우리를 보자 그의 푸른 눈에 촉촉한 희망의 빛이 떠올랐다.

"잘 있었나, 윌슨. 장사 잘 돼?" 톰은 쾌활하게 그의 어깨를 툭툭 치며 말했다.

"그저 그래요. 그 차는 언제 파실 겁니까?" 윌슨이 자신 없는 말투로 대답했다.

"다음 주에, 지금 우리 정비사가 수리하고 있어."

"그 사람 작업이 좀 더딘 것 같네요, 안 그래요?"

"아니, 그렇지 않네. 자네가 그렇게 생각한다면 다른 곳에 팔지." 톰이 차갑게 대답했다.

"저, 그런 뜻이 아니고요. 전 다만……."

윌슨이 재빨리 변명하며 말끝을 흐렸다. 톰은 초조하게 정비소 안을 훑어보았다. 그때 계단을 내려오는 발소리가 들리더니 육감적인 몸집의 여자가 사무실 문으로 들어오는 빛을 가로막고 섰다. 30대 중반쯤으로 보이는 그녀는 약간 뚱뚱하고 땅딸막한 체격이었지만, 몇 안 되는 여자들에게만 허락된 관능적인 몸매를 지니고 있었다. 검푸른 프랑스 비단으로 만든 물방울무늬 드레스 위로 보이는 그녀의 얼굴도 아름답다고 할 수는 없었지만 마치 온 신경이 끊임없이 끓어오르는 것 같은 생동감이 있었다. 그녀는 천천히 웃으며, 마치 유령을 통과하듯 남편을 지나쳐 다가와서, 촉촉한 눈으로 톰을 쳐다보며 악수했다. 그리고 그녀는 입술을 축이며 남편을 쳐다보지도 않은 채 나지막하고 상스러운 목소리로 말했다.

"의자 좀 가져와요. 그래야 앉을 거 아니에요."

"아참, 그렇지." 윌슨은 급히 회색 벽으로 연결된 작은 사무실로 갔는데 마치 벽의 시멘트 속으로 사라져버린 것 같았다. 근처에 있는 모든 것들처럼 그의 검은 양복과 윤기 없는 머리카락도 뿌연 재를 뒤집어쓰고 있는 것처럼 희끄무레했던 것이다. 다만 톰에게 바짝 다가서는 그의 부인만은 예외였다.

"만나고 싶어. 다음 기차를 타." 톰이 열정적으로 말했다.

"알았어요."

"지하의 신문 가판대 옆에서 만나."

그녀는 고개를 끄덕이고 조지 윌슨이 사무실에서 의자 두 개를 들고 나오자 톰에게서 떨어졌다.

우리는 길 아래쪽으로 내려가 눈에 띄지 않는 곳에서 그녀를 기다렸다. 7월 4일을 며칠 앞둔 때라 그런지 창백하고 말라빠진 이탈리아계 아이 하나둘이 철로를 따라 폭죽을 한 줄로 쭉 늘어놓고 있었다.

"끔찍한 곳이지?" 톰이 찡그린 표정으로 닥터 에클버그를 쳐다보며 말했다.

"끔찍해."

"여길 떠나는 게 그녀에게도 좋아."

"남편이 반대하지 않을까?"

"윌슨? 그는 아내가 뉴욕에 사는 여동생을 만나러 가는 줄 알아. 어리석기 짝이 없어서 자기가 살아있다는 사실조차 잊고 사는 친구라고."

그래서 톰 뷰캐넌과 그의 여자와 나는 함께 뉴욕으로 갔다. 정확히 말하면 '함께'라고 할 수는 없는 것이, 윌슨 부인이 눈치껏 다른 객실에 탔기 때문이다. 같은 기차를 타고 있을지도 모르는 이스트에그 주민들의 감정을 그 정도는 배려할 줄 알았던 것이다.

그녀는 갈색 무늬의 모슬린 드레스로 갈아입고 있었는데, 톰이 뉴욕 플랫폼에서 그녀를 부축하여 내릴 때 널찍한 엉덩이에 팽팽하게 착 달라붙어 있었다. 그녀는 신문 가판대에서 '타운 태틀' 한 부와 영화잡지를 사고, 역 매점에서 콜드크림과 조그만 향수 한 병을 샀다. 위로 올라오자 그녀는 장엄한 소음의 메아리 속에서 택시를 네 대나 그냥 보내고 나서야 비로소 회색 시트로 장식된 보라색 새 택시를 골라잡았다.

택시를 타고 우리는 사람들로 붐비는 역을 미끄러지듯 빠져나와 햇살이 내리쬐는 거리로 들어섰다. 갑자기 그녀가 재빠르게 창에서 눈길을 돌리더니 앞 유리를 두드렸다.

"개 한 마리 갖고 싶어요. 아파트에서 기르고 싶어요. 개 한 마리 있으면 좋잖아요." 그녀가 진지하게 말했다.

우리는 어딘지 모르게 존 D. 록펠러를 닮은 백발 노인 앞으로 후진해서 차를 댔다. 그가 목에 걸고 있는 바구니 안에는 갓 태어난 강아지 열두어 마리가 옹기종기 웅크리고 있었다.

"무슨 종이에요?"

노인이 택시 창문 쪽으로 다가오자 윌슨 부인이 진지하게 물었다.

"뭐든 다 있습죠. 어떤 종을 원하시오. 아가씨?"

"경찰견을 사고 싶은데, 그 종류는 없나보네요?"

노인은 고개를 갸웃하며 바구니를 들여다보다가 꿈틀거리는 강아지를 하나 뒷목을 잡아 들어올렸다.

"그건 경찰견이 아니잖소." 톰이 말했다.

"네, 정확히 경찰견은 아니지만 에어데일테리어에 가깝지요. 이 털 좀 보세요. 훌륭하지요. 감기에 걸려서 주인을 귀찮게 할 놈은 아닙지요." 노인은 실망한 목소리로 말하며 갈색 수건 같은 개의 등을 쓰다듬었다.

“예뻐요. 얼마예요?” 윌슨 부인이 열띤 목소리로 말했다.

“이놈 말입니까? 10달러는 주셔야죠.” 노인은 강아지를 감탄스러운 눈길로 바라보았다.

그 에어데일테리어는—다리가 무척 하얗기는 해도 분명히 에어데일테리어다운 점이 있었다—새로운 주인인 윌슨 부인의 무릎을 파고들었고, 그녀는 추위를 타지 않는다는 녀석의 털을 황홀한 듯 쓰다듬었다.

“수컷이에요, 암컷이에요?” 그녀가 물었다.

“그놈이오? 수컷이죠.”

“암캐야. 자, 여기 있소. 그 돈이면 열 마리는 더 살 거요.” 톰이 단호하게 말했다.

우리는 5번가를 향해 달렸다. 한여름 일요일 오후의 공기는 거의 목가적으로 따뜻하고 부드러워서 한 무리의 양떼가 모퉁이를 돌아 거리에 나타난다 해도 놀라지 않을 것 같았다.

“차를 세워. 난 여기서 내릴게.” 내가 말했다.

“아니, 안 돼. 자네가 아파트까지 가지 않으면 머틀이 섭섭해 할 거야. 안 그래, 머틀?” 톰이 재빨리 말렸다.

“함께 가요. 전화를 걸어 동생 캐서린을 부를게요. 사람들한테서 아주 예쁘다는 얘기를 듣는 애예요.” 그녀도 졸랐다.

“그렇지만…….”

우리는 다시 센트럴 파크를 지나 웨스트 100번대 거리 쪽으로 계속 달렸다. 158번가에 이르자 택시는 흰 케이크처럼 길게 늘어서 있는 아파트 한쪽에 멈췄다. 윌슨 부인은 궁전에 돌아온 여왕처럼 주위를 둘러보더니, 개와 다른 구입품을 들고 도도하게 안으로 들어갔다.

"맥키 부부를 부를게요. 물론 내 동생한테도 전화하고요." 엘리베이터를 타고 올라가면서 그녀가 말했다.

아파트 맨 위층에 있는 그 집에는 작은 거실과 작은 식당, 그리고 목욕탕이 딸린 작은 침실이 하나 있었다. 거실에는 태피스트리를 씌운 가구 한 벌이 문간까지 꽉 들어차 있었는데, 거실에 비해 가구가 어찌나 큰지 돌아다니려면 태피스트리에 있는 베르사유 궁전 정원에서 그네를 타는 부인들에 걸려 넘어질 지경이었다.

벽에는 엄청나게 확대한 사진이 하나 걸려 있었는데 얼핏 보았을 땐 희미한 바위 위에 앉아 있는 암탉인 줄 알았는데, 좀 떨어져서 보니 암탉은 부인용 모자로 보였고, 통통한 노부인의 얼굴이 방 안을 향해 방긋 웃고 있었다.

탁자 위에는 '베드로라 불리는 시몬' 한 권과 낡은 '타운 태틀' 몇 권이 놓여 있었고, 브로드웨이의 스캔들을 다룬 그저 그런 잡지 몇 권이 널려 있었다.

윌슨 부인의 관심은 우선 강아지였다. 엘리베이터 안내원은 마지못해 짚이 가득 든 상자와 우유를 사러 가서는, 시키지도 않은 크고 딱딱한 개 비스킷까지 1통 사 왔다. 그 중 1개는 그날 오후 내내 우유 접시에서 조금씩 녹아버렸다. 톰은 잠가둔 책장에서 위스키 한 병을 꺼내 왔다.

나는 지금껏 술에 취한 적이 두 번밖에 없는데, 그 두 번째가 바로 그날 오후였다. 오후 8시가 넘도록 방 안에는 밝은 햇살이 가득 차 있었지만 그때의 모든 기억은 뿌연 안개로 덮여 있다. 윌슨 부인은 톰의 허벅지에 앉아서 몇 사람에게 전화를 걸었다. 담배가 떨어져 길모퉁이에 있는 가게로 담배를 사러 나갔다가 돌아와 보니 그들은 보이지 않았다.

나는 조용히 거실에 앉아 '베드로라 불리는 시몬'을 읽었다. 내용이 형편없어서인지 아니면 위스키 때문인지 도무지 책 내용을 이해할 수가 없었다.

톰과 머틀이—한잔하고 난 뒤부터 윌슨 부인과 나는 서로 이름을 불렀다—다시 나타나자 손님들이 하나 둘씩 도착하기 시작했다.

머틀의 여동생 캐서린은 서른 살쯤 된, 날씬한 몸매의 세속적인 여자로, 착 달라붙은 붉은 단발머리에 우윳빛 분을 바르고 있었다. 눈썹을 뽑고 그 위에 더 세련된 각도로 눈썹을 그렸지만 옛 눈썹을 되찾으려는 자연의 노력 때문에 얼굴이 지저분해 보였다. 그녀가 움직일 때마다 두 팔에 달린 무수한 도기 팔찌가 위아래로 흔들리며 연신 딸랑거렸다.

그녀는 급히 안으로 들어와서는 마치 자기 집인 양 둘러보았다. 혹시 이 집이 그녀의 것이 아닐까 하는 생각이 들 정도였다. 그래서 여기서 사냐고 물었더니 그녀는 호들갑스럽게 깔깔 웃으면서, 내 질문을 큰 소리로 되풀이하고는 자기는 여자 친구와 함께 호텔에서 산다고 대답했다.

아래층에 사는 맥키 씨는 파리한 얼굴이 여자 같은 느낌을 주는 남자였다. 광대뼈에 흰 비누 거품 자국이 있는 것으로 보아 방금 면도를 한 모양이었다. 그는 방에 있는 사람들에게 무척 예의 바르게 인사했다.

그는 나에게 '예술적인 일'에 종사하고 있다고 말했는데, 나중에 그가 사진사라는 것을 알게 되었다. 그래서 나는 벽에 걸려 있는 머틀 어머니의 사진을 확대하여 심령 사진처럼 만든 장본인이 그 남자겠거니 짐작했다.

날카롭고 새된 목소리를 가진 그의 아내는 기운이 없어 보였고, 얼굴은 예쁜 편이었지만 느낌이 좋지 않았다. 그녀는 남편이 결혼한 이래 127번이나 자기 사진을 찍어주었다고 자랑스럽게 떠벌렸다.

윌슨 부인은 어느 새 정교하게 만든 크림색 실크 야회복을 차려입고 있었다. 그녀가 그 옷으로 방 안을 쓸고 다니는 동안 계속 바스락 소리가 났다. 옷은 인품마저 달라 보이게 하는지, 자동차 정비소에서 눈에 띄었던 강렬한 활력은 인상적인 거만함으로 바뀌었다. 그녀의 웃음, 그녀의 몸짓, 그녀의 말투는 시간이 지날수록 점점 더 거칠어졌고, 그녀가 그렇게 부풀어 오를수록 방은 점점 더 비좁아졌다. 그녀는 마치 시끄럽게 삐그덕거리는 회전축을 타고 담배 연기 자욱한 공기 속을 빙빙 돌고 있는 듯 보였다.

"캐서린, 그런 사람들은 늘 너를 속이려 들 거야. 그들 머리에는 오직 돈 생각밖에 없어. 지난주에 발 손질하려고 어떤 여자를 불렀는데, 청구서 보고 맹장수술 받았나 싶었다니까." 그녀는 거드름을 피우며 높은 톤으로 동생에게 소리쳤다.

"그 여자 이름이 뭔데요?" 맥키 부인이 물었다.

"에버하트 부인이라고, 집집마다 다니면서 발을 손질해 주는 여자예요."

"드레스가 참 근사하네요. 정말 훌륭해요." 맥키 부인이 말했다.

윌슨 부인은 경멸하듯 눈썹을 치켜 올리는 것으로 칭찬을 무시해 버렸다.

"낡아빠진 옷이에요. 아무거나 입어도 괜찮을 때 가끔 걸치죠." 그녀가 말했다.

"제 말은, 부인이 입으니까 아주 멋지다는 거예요. 만약 제 남편 체스터가 당신의 그런 포즈를 포착한다면 아주 훌륭한 작품이 나올 거예요." 맥키 부인이 계속 말했다.

우리는 모두 말없이 윌슨 부인을 바라보았고, 그녀는 눈을 덮고 있던 머리카락을 쓸어 올리고는 밝은 미소를 지으며 우리를 쳐다보았다. 맥키 씨는 한쪽으로 머리를 기울인 채 그녀를 주시하다가 손을 눈앞에서 앞뒤로 천천히 움직였다.

"조명을 바꿔야겠어요. 얼굴의 입체감을 선명하게 나타내려면 말이죠. 뒤쪽 머리카락도 모두 살리면서요." 잠시 후 그가 말했다.

"조명은 바꾸지 않는 게 좋을 것 같아요. 제 생각에는…" 맥키 부인이 소리쳤다.

그녀의 남편이 "쉿!" 하고 말을 끊자 우리는 모두 다시 모델을 쳐다보았다. 그러자 톰이 소리 내어 하품하면서 자리에서 일어났다.

"맥키 부부는 뭔가 더 마셔야 해. 머틀, 얼음하고 탄산수를 더 가져와. 모두들 자러 가겠다고 하기 전에 말이야." 톰이 말했다.

"그 꼬맹이한테 얼음 가져오라고 시켰어요 아랫것들은 정말! 하여간 늘 잔소리를 해야 한다니까."

머틀은 하류사회 사람들은 속수무책이라는 듯이 눈썹을 치켜 올리다가 나를 보고는 멋쩍게 웃었다. 그녀는 강아지에게 달려가 열렬히 입을 맞추더니 12명의 요리사가 자기 명령을 기다리고 있기라도 한 것처럼 부엌으로 달려갔다.

"롱아일랜드에서 멋진 작품을 몇 개 냈었죠." 맥키 씨가 주장했다.

톰은 멍하니 그를 쳐다보았다.

"그 중 둘은 액자에 넣어 아래층에 걸어놓았어요."

"뭐가 둘이라는 거요?" 톰이 물었다.

"두 작품 말입니다. 하나는 '몬턱 포인트[8]—갈매기', 또 하나는 '몬턱 포인트—바다'라고 이름을 붙였어요."

캐서린이 소파로 와서 내 옆에 앉았다.

"롱아일랜드에 사세요?" 그녀가 물었다.

"웨스트에그에 삽니다."

"정말요? 한 달 전쯤에 거기서 열린 파티에 갔었는데, 개츠비라는 사람 집에요. 그분 아세요?"

"바로 옆집에 살아요."

---

8 롱아일랜드 동쪽 끝에 있는 지역 이름

"그 분은 빌헬름 황제의 조카인지 사촌인지 된다더군요. 그 분의 돈은 모두 거기서 나온 거래요."

"정말입니까?"

그녀는 고개를 끄덕이며 말했다.

"전 그 사람이 무서워요. 그 사람이 뭐든 나와 관련되는 건 싫을 것 같아요."

그때 맥키 부인이 갑자기 캐서린을 가리키며 떠드는 바람에 내 이웃에 관한 아주 흥미로운 정보는 거기에서 중단되고 말았다.

"체스터, 내 생각엔 당신이 저 아가씨와 뭔가 괜찮은 작품을 만들 수 있을 것 같아요."

그녀가 불쑥 말을 꺼냈지만 맥키 씨는 귀찮다는 듯이 고개를 끄덕이고 톰에게 시선을 돌리며 말했다.

"롱아일랜드에서 좀 더 일하고 싶어요, 할 수만 있다면요. 내가 오직 바라는 것은 그저 작업할 기회가 주어지는 것 뿐입니다."

"머틀한테 부탁해 보시죠." 톰이 말하고 짧은 웃음을 터뜨릴 때, 머틀이 쟁반을 들고 들어왔다.

"그녀가 소개장을 써줄 겁니다. 머틀, 안 그래?"

"뭘 써준다고요?" 그녀가 놀라서 물었다.

"맥키 씨가 당신 남편을 모델로 작품을 만들 수 있도록 당신 남편에게 소개장을 써서 맥키 씨에게 드리라고."

톰이 제목을 생각하는 동안 그의 입술이 말없이 움직였다.

"'정비소의 조지 B. 윌슨' 이나 뭐 그런 제목으로 말이야."

캐서린은 나한테 몸을 기울이더니 귓속말로 속삭였다.

"두 사람 모두 자기 배우자를 견딜 수 없어 해요."

"그래요?"

"참을 수가 없대요. 제 말은요, 서로 참을 수 없는데 왜 계속 같이 사느냐는 거예요. 나 같으면 당장 이혼하고 둘이 재혼할 텐데."

그녀는 머틀과 톰을 번갈아 바라보았다.

"그녀도 윌슨을 싫어해요?"

뜻밖에도 우리말을 엿듣고 있던 머틀이 직접 그렇다고 대답했다. 그 대답은 난폭하면서도 음탕했다.

"그것 봐요." 캐서린은 의기양양하게 소리쳤다. 그녀는 다시 목소리를 낮춰 말했다.

"두 사람을 갈라놓고 있는 건 사실 톰의 부인이에요. 가톨릭신자거든요. 가톨릭에서는 이혼을 허용하지 않잖아요."

데이지는 가톨릭이 아니었다. 나는 이 치밀한 거짓말에 약간 충격을 받았다.

"두 사람이 결혼을 하면 잠잠해질 때까지 한동안 서부에 가서 살 거래요." 캐서린이 말을 이었다.

"유럽으로 가면 더 좋을 텐데요."

"아, 유럽 좋아하세요? 전 몬테카를로[9]에서 얼마 전에 돌아왔어요." 그녀는 놀랍다는 듯 소리쳤다.

"그래요?"

"바로 작년에요. 다른 여자와 함께 갔었어요."

"오래 있었어요?"

"아뇨. 몬테카를로에만 갔다가 곧장 돌아왔어요. 마르세유를 경유해서 갔는데, 출발할 때는 1,200달러 넘게 갖고 있었거든요. 그런데 사설 도박장에서 이틀 만에 몽땅 사기 당했어요. 돌아올 때 얼마나 고생을 했는지…… 맹세코 난 그 도시를 증오해요!"

늦은 오후의, 푸른 지중해 같은 하늘이 한순간 창문을 가득 채우며 환히 비쳤다. 바로 그때 맥키 부인이 날카롭고 높은 목소리로 정신 번쩍 들게 외쳤다.

"저도 실수할 뻔했어요. 몇 년 동안이나 저를 따라다니던 키 작은 촌뜨기와 결혼할 뻔했거든요. 저보다 못한 사람이라는 걸 알고 있었어요. 모두들 저한테 '루실, 넌 그 남자에겐 너

9 리비에라 해안에 있는 모나코의 도시. 카지노로 유명하다.

무 아까워!' 하더군요. 하지만 제가 체스터를 만나지 못했다면 분명히 그 남자가 절 차지했을 거예요."

"그래요. 하지만 내 말 들어봐요. 적어도 당신은 그 남자와 결혼하지는 않았잖아요." 머틀 윌슨이 고개를 위아래로 끄덕이면서 말했다.

"그래요, 안 했지요."

"하지만 나는 했어요. 그게 당신과 내 경우의 차이죠." 머틀이 애매모호하게 말했다.

"언니는 왜 그 사람과 결혼한 거야? 강요하는 사람도 없었는데 말이야." 캐서린이 물었다.

머틀은 잠시 생각에 잠겼다가 입을 열었다.

"그 사람을 신사로 착각했기 때문이야. 난 그 사람이 교양 있는 사람이라고 생각했거든. 하지만 알고 보니 내 신발을 핥을 자격도 없는 위인이었어."

"그래도 언니는 한동안 그에게 미쳐 있었잖아." 캐서린이 말했다.

"미쳐 있었다고! 내가 그 인간에게 미쳐 있었다고? 내가 그 작자에게 미쳐 있었다고 누가 그래? 저기 있는 저 사람에게 미치지 않은 것처럼 그 작자한테 미쳐 있었던 적 없단 말이야!" 머틀은 믿기지 않다는 듯이 소리를 질렀다.

그녀가 갑자기 나를 가리키자 모두들 내게 비난하는 듯한 눈길을 보냈다. 나는 그녀의 과거와 아무 관련이 없다는 것을 표정으로 보여주려고 애썼다.

“내가 미쳐 있었던 건 막 결혼했을 때뿐이야. 하지만 곧 실수라는 걸 깨달았지. 그 작자는 결혼식 예복을 빌려 입고도 나한테 아무 말도 하지 않았어. 그런데 어느 날 그가 집에 없을 때 옷 임자가 옷을 찾으러 왔어. ‘아, 그게 댁의 양복이었나요?’ 내가 말했지. ‘전 처음 듣는 얘기거든요.’ 양복을 내주고 나서 엎어져서 오후 내내 울었어.”

그녀는 얘기를 듣고 있는 사람들을 둘러보았다

“언니는 정말이지 형부를 차버려야 하는데. 두 사람은 자동차 정비소에서 11년이나 살았어요. 그리고 톰은 언니의 첫 애인이죠.” 캐서린이 나에게 말했다.

방에 있는 사람들은 계속 위스키 병을 찾아 댔고, 벌써 두번째 병을 마시고 있었다. 전혀 안 마셔도 마신 것처럼 기분을 낼 수 있다는 캐서린만 빼고 말이다. 톰은 초인종으로 심부름꾼을 불러 고급 브랜드의 샌드위치를 사 오라고 시켰는데 그 자체로 저녁식사가 될 만큼 훌륭했다.

나는 밖으로 나가 동쪽에 있는 공원을 향해 부드러운 황혼 속을 걷고 싶었지만, 나가려고 할 때마다 떠들썩한 논쟁에 말려들어 밧줄에 묶인 것처럼 도로 의자에 앉게 되곤 했다. 도시의 하늘 위로 줄지어 있는 노란 창문들은, 조금씩 어둠이 내리는 길을 걷다가 우연히 고개를 든 사람에게 나름대로 인간의 비밀을 속삭여주었음에 틀림없다. 나 역시 올려다보고 그 비밀을 궁금해 하는 사람 중 하나였다. 나는 집 안에 있으면서 집 밖에 있는 기분이었다. 다양한 삶에 매혹당하기도 하고 동시에 혐오감을 느끼기도 하면서 말이다.

머틀은 의자를 끌어당겨 나에게 가까이 다가오더니 느닷없이 더운 입김을 내뿜으며 톰과 처음 만났을 때의 이야기를 쏟아놓았다.

"그 열차에는 조그만 좌석이 두 개 서로 마주 보고 있었는데 늘 마지막까지 비어있었지요. 나는 동생 집에 가려고 뉴욕에 가는 길이었어요. 그는 정장을 입고 명품 가죽 구두를 신고 있었는데, 눈을 뗄 수가 없었어요. 하지만 그가 나를 쳐다볼 때마다 난 그의 머리 위쪽에 있는 광고를 보는 척했지요. 역에 도착할 쯤 그가 바로 내 옆에 앉았는데, 흰 셔츠 앞가슴으로 내 팔을 누르더군요. 그래서 나는 경찰을 부르겠다고 말했지만 거짓말이라는 걸 그도 알고 있었죠. 나는 너무 흥분한 나머지 그와 함께 택시를 잡아타고도 지하철을 탄 게 아니란 걸 깨닫지 못할 정도였어요. 그때 내 머릿속에 줄곧 떠오른 말은,

'영원히 살 수는 없어. 영원히 살 수는 없는 거야.' 였어요."

머틀은 맥키 부인 쪽으로 몸을 돌렸고 방안 가득 그녀의 가식적인 웃음소리가 울렸다.

"이봐요. 오늘 이 옷을 벗자마자 당신에게 줄게요. 나는 내일 또 한 벌 살 거니까요. 사야 할 물건을 적어둬야겠어요. 마사지 기계, 파마 기계, 개 목걸이, 스프링 달린 깜찍한 재떨이, 여름 내내 엄마 무덤을 장식할 까만 비단 띠 화환 등을요. 잊어버리지 않게 목록을 적어둬야겠어요." 머틀이 소리쳤다.

벌써 9시가 되었다. 9시인 것을 확인하고 나서 금방 다시 내 시계를 보았을 때는 벌써 10시였다. 맥키 씨는 꽉 쥔 두 주먹을 무릎에 올려놓고 잠들어 있었는데 마치 움직이는 사진처럼 보였다. 나는 손수건을 꺼내 오후 내내 마음에 걸리던 말라붙은 비누거품 자국을 그의 뺨에서 닦아냈다.

강아지는 탁자 위에 앉아 거의 감긴 눈으로 담배 연기 자욱한 방 안을 둘러보면서 이따금 작은 소리로 낑낑거렸다. 사람들은 사라졌다가 다시 나타나고, 어딘가 갈 계획을 세우고, 그러다가 대화를 나누던 상대를 잃어버려 찾아다니고, 몇 미터 앞에서 다시 발견하기도 했다.

자정이 가까울 무렵 톰 뷰캐넌과 윌슨 부인은 얼굴을 맞대고 열띤 목소리로 말다툼을 벌이고 있었다.

"데이지! 데이지! 데이지! 내가 부르고 싶으면 언제든지 부를 거예요! 데이지! 데이……" 윌슨 부인이 소리쳤다.

톰 뷰캐넌은 손바닥으로 그녀의 코를 세게 후려쳤다. 짧고 날쌘 동작이었다.

그러고 나서 목욕탕 바닥에는 피 묻은 수건들이 널리고, 여자들이 꾸짖는 소리가 들렸으며, 이런 소란을 압도하는 윌슨 부인의 울부짖음이 들렸다.

잠에서 깬 맥키 씨는 멍한 상태로 문 쪽으로 걸어가다가 중간쯤에서 방 안의 소동을 돌아보았다. 구급약을 들고 비좁은 가구 사이를 서성거리며 꾸짖기도 하고 위로를 건네기도 하는 자신의 아내와 캐서린, 피를 흘리면서도 베르사유 궁전의 태피스트리에 피가 묻을까봐 그 위에 '타운 태틀'을 펼치고 있는 머틀의 상심한 모습이 보였다. 맥키 씨는 다시 돌아서서 문밖으로 나갔다. 나도 샹들리에에 걸어두었던 모자를 집어 들고 그를 따라 나갔다.

"언제 점심이나 하러 오시죠." 소음을 내며 내려가는 엘리베이터 안에서 그가 제안했다.

"어디로요?"

"어디든 상관없어요."

"레버에서 손 떼세요." 엘리베이터 소년이 잘라 말했다.

“미안. 내가 만지고 있는 줄도 몰랐네.” 맥키 씨가 말했다.

“좋습니다. 기꺼이 가지요.” 나는 그의 초대에 응했다.

……그 다음에 나는 그의 침대 옆에 서 있었고, 그는 속옷 차림으로 침대 시트 사이에 앉아 두 손에 커다란 포트폴리오를 들고 있었다.

“미녀와 야수…… 고독…… 식료품 가게의 늙은 말…… 브루클린 다리…….”

어느 새 나는 펜실베이니아 역의 추운 지하 대합실에 누워 반쯤 졸면서 조간신문 ‘트리뷴’을 보며 새벽 4시 기차를 기다리고 있었다.

제3장

여름 밤 내내 이웃 저택에서는 음악이 흘렀다. 남자와 여자들이 샴페인을 들고 속삭이며 개츠비의 푸른 정원 별빛 사이를 나방처럼 돌아다녔다. 오후 밀물 때가 되면, 부두에 연결된 방주의 망루에서 다이빙을 하는 사람들, 모터보트 두 대가 물거품의 폭포 위로 수상스키를 끌고 다니며 해협의 물살을 가르는 동안, 해변의 뜨거운 모래 위에서 일광욕하는 사람들이 보였다.

주말마다 그의 롤스로이스는 아침 9시부터 자정이 넘도록 시내에서 파티에 오는 사람들을 위한 셔틀버스가 되었고, 그의 스테이션왜건은 모든 기차 도착 시간에 맞춰 노란 딱정벌레처럼 부지런히 뛰어다니며 손님들을 맞았다.

그리고 월요일에는 특별히 채용된 정원사를 포함한 8명의 고용인들이 하루 종일 자루걸레, 청소 브러시, 망치, 정원용 가위 등을 들고 지난밤에 망가진 곳을 수선했다.

매주 금요일에는 뉴욕의 과일가게에서 오렌지와 레몬이 다섯 상자씩 배달되었고, 월요일이면 반으로 잘린 오렌지와 레몬 껍질이 뒷문 밖에 피라미드처럼 쌓였다. 부엌에는 주스 기계가 있었는데, 집사가 엄지로 작은 버튼을 200번만 누르면 30분 안에 200잔의 오렌지 주스를 만들어낼 수 있었다.

최소한 2주에 한 번씩은 연회업자들이 수백 피트의 캔버스와 갖가지 색깔의 전구를 가져와서 개츠비의 거대한 정원을 크리스마스트리처럼 장식했다. 뷔페 테이블에는 화려한 전채 요리와 양념한 햄 구이, 알록달록 샐러드, 밀가루를 발라 튀긴 돼지고기, 거무스름한 금빛 칠면조 요리 등이 차려졌다. 중앙 홀에는 청동 레일을 갖춘 바가 설치되었고, 증류주와 알코올 음료와 코디얼이 쌓여 있었다. 코디얼은 워낙 오래 잊혔던 술이라 대부분의 여자 손님들은 그것을 다른 것과 구별하기엔 나이가 어렸다.

7시쯤 되면 오케스트라가 도착했다. 보잘것없는 5인조가 아니라 오보에, 트롬본, 색소폰, 비올라, 코넷, 피콜로, 저음과 고음의 드럼까지 갖춘 완벽한 오케스트라였다.

해변에서 늦게까지 수영하던 사람들도 돌아와 위층에서 옷을 갈아입었다. 뉴욕에서 온 자동차들이 저택 안 도로까지 다섯 겹으로 주차했고, 홀과 객실과 베란다는 벌써부터 화려한 원색 옷을 차려입고 최신 유행의 이상야릇한 단발머리에 카스티야 왕국의 꿈도 무색할 만큼 근사한 숄을 두른 여자들로 붐볐다.

파티는 절정에 달했고, 칵테일 쟁반이 바깥 정원까지 돌면서 잡담과 웃음소리와 즉흥적인 풍자로 분위기가 무르익었다. 사람을 소개받고도 금세 잊어버리기도 하고, 서로 이름도 모르는 여자들끼리 열띤 대화를 나누기도 했다.

태양이 지평선 아래로 깊숙이 가라앉자 전등 불빛은 더욱 밝아졌다. 오케스트라는 선정적인 칵테일 음악을 연주하기 시작했으며, 사람들의 목소리는 한층 더 높아졌다. 순간마다 웃음소리는 더 쉽게 흘러나오고 재미있는 말들이 아낌없이 던져졌다. 대화를 나누는 그룹들은 더 빨리 바뀌고, 손님들이 잇따라 도착하면서 단숨에 부풀었다 흩어졌다 다시 모였다.

이리저리 배회하는 사람들도 있고, 대담한 여자들은 그룹의 중심이 되어 짜릿하게 즐거운 순간을 만끽하면서, 끊임없이 바뀌는 불빛 아래 급격하게 변하는 얼굴과 목소리, 색깔의 바다를 승리감에 취해 미끄러지듯 누비고 다녔다.

갑자기 온몸을 흔들리는 오팔로 장식한 집시 여인이 칵테일 잔을 공중에서 낚아채 단숨에 마시고는 캔버스 깔린 무대 위에서 조 프리스코[10]처럼 손을 놀리며 혼자 춤을 추었다. 순간 모두가 숨을 죽였다. 오케스트라 지휘자가 기꺼이 그녀의 춤에 맞춰 리듬을 바꾸었다. 그러자 사람들 사이에서 탄성이 터져 나왔다. 그녀가 〈시사풍자극[11]〉에 나오는 질다 그레이[12]의 대역 배우라는 헛소문이 돌자 사람들은 술렁댔다. 이제 진짜 파티가 시작된 것이다.

개츠비의 집을 처음 방문한 날 밤 나는 정식으로 초대받은 몇 안 되는 손님 중 하나였다. 대부분의 사람들은 초대 없이 그냥 온 것이었다. 그들은 롱아일랜드로 실어다주는 자동차를 타고 개츠비 저택 문 앞에서 내린 다음, 개츠비를 아는 사람이 소개해 주면 놀이 공원의 일반적인 행동 규칙에 따라 행동했다. 때때로 그들은 개츠비를 아예 만나지도 않고 돌아가기도 했는데, 그런 단순한 마음이 곧 초대장인 셈이다.

나는 정식으로 초대 받았다. 토요일 아침 일찍, 청록색 제복을 입은 운전기사가 지극히 형식적인 초대장을 들고 우리 집

---

10 블랙 보텀이라는 춤을 만든 미국의 유명한 댄서이자 코미디언

11 1907년부터 해마다 공연된 브로드웨이 뮤지컬 쇼

12 시사풍자극의 여주인공 역을 맡은 유명한 배우

잔디밭을 건너왔다. 그날 밤 자신의 '조촐한' 파티에 와 주신다면 더없는 영광이라며, 나를 몇 번 본 적이 있고, 벌써부터 방문하고 싶었지만 특별한 여러 사정으로 그러지 못했다고 적혀 있었다. 끝부분에는 제이 개츠비라는 훌륭한 손 글씨 서명이 있었다.

7시 조금 지나서 나는 하얀색 플란넬 양복을 차려입고 그의 잔디밭으로 건너가, 이리저리 오가는 낯선 사람들 틈에서 겸연쩍게 어슬렁거렸다. 간혹 통근 열차에서 본 듯한 눈에 익은 얼굴들이 있기는 했다. 무엇보다 놀라운 건 젊은 영국인들이 꽤 많다는 것이었다. 모두 옷을 잘 차려입었지만 어딘지 굶주린 표정이었고, 낮고 진지한 목소리로 믿음직하고 부유해 보이는 미국인들과 이야기를 나누고 있었다. 증권이든 보험이든 자동차든 뭔가 팔고 있는 게 분명했다. 적어도 눈 먼 돈이 가까이 있는 걸 고통스러울 정도로 꿰뚫어 보고 어떻게든 말만 잘하면 자기 걸로 만들 수 있다고 믿는 모양이었다.

도착하자마자 나는 주인을 찾았다. 두세 사람에게 물어보았을 뿐인데, 하나같이 별 걸 다 묻는다는 듯이 눈을 동그랗게 뜨고 모른다고 딱 잘라 말했기 때문에 나는 칵테일 테이블 쪽으로 슬그머니 꽁무니를 빼고 말았다. 거기야말로 외톨이가 얼쩡거릴 수 있는 유일한 장소였다.

어색한 기분을 지우기 위해 술을 좀 마셔볼까 하는데, 조던 베이커가 집 안에서 나오더니 대리석 계단 꼭대기에 서서 몸을 약간 뒤로 젖힌 채 업신여기는 표정으로 정원을 내려다보았다. 환영을 받든 말든 지나가는 사람에게 인사라도 건네려면 누군가에게 붙어 있어야 한다는 것을 절감하던 차라, 나는 그녀 쪽으로 다가가면서 큰소리로 외쳤다.

"안녕하세요!"

내 목소리가 정원 전체에 어색하게 크게 울렸다.

"오실지도 모른다고 생각했어요. 이웃에 사신댔으니."

그녀는 멍하니 대답하면서 나를 잘 돌봐주겠다고 약속하듯 불쑥 내 손을 잡았다. 계단 밑에 서 있던 노란 드레스를 입은 두 여자가 동시에 소리쳤다.

"안녕하세요! 당신이 이겼어야 했는데, 속상해요."

지난주 골프 시합 결승전에서 진 걸 두고 하는 말이었다.

"우리가 누군지 모르시죠? 한 달 전에 여기서 만났었는데." 두 여자 중 하나가 말했다.

"그 뒤에 머리 염색을 했군요."

조던이 말했고, 나는 걷기 시작했다. 하지만 여자들이 아무 생각 없이 그냥 가버리는 바람에 그녀의 말은 음식 배달업자의 바구니에서 꺼낸 저녁식사처럼 때 이르게 떠오른 달을 향해 내뱉은 격이 되고 말았다. 황금빛으로 그을린 조던의 날씬한 팔이 내 팔을 감았다. 우리는 계단을 내려가 정원을 어슬렁거리며 돌아다녔다. 칵테일 쟁반이 황혼 속에서 우리에게 전달되었고, 우리는 노란 드레스의 두 여자 그리고 모르는 세 남자와 함께 식탁에 앉았다.

"이런 파티에 자주 오세요?"

조던이 옆에 있는 여자에게 물었다.

"지난번에 당신을 만났을 때가 마지막이었어요."

민첩하고 자신 있는 목소리로 여자가 대답했다. 그녀는 친구 쪽으로 고개를 돌렸다.

"루실, 너도 그렇지?"

루실이라는 여자 역시 그렇다고 했다.

"난 이런 파티가 좋아요. 뭘 하든 신경 쓰지 않고 즐길 수 있으니까. 지난번에 여기 왔을 때 의자에 걸려 옷이 찢어졌는데 그분이 내 이름과 주소를 묻더군요. 그러고 일주일도 안 되어 크루아리에 새 이브닝 가운이 도착했어요." 루실이 말했다.

"그래서 그 옷을 받았어요?" 조던이 물었다.

"물론이죠. 오늘 그 옷을 입고 오려고 했는데 가슴 부분이 너무 커서 줄여야 해요. 보랏빛 구슬이 달린 하늘색 드레스예요. 265달러나 한다고요."

"그렇게 지나치게 호의적인 사람에게는 뭔가 수상한 구석이 있는 법이에요. 그 사람은 말썽이 생기는 걸 원치 않는 거죠." 다른 여자가 진지하게 말했다.

"누가 그렇다는 겁니까?" 내가 물었다.

"개츠비죠, 물론. 어떤 사람이 그러는데……."

두 여자와 조던은 허물없는 사이처럼 서로 몸을 기울였다.

"그는 살인한 적이 있대요."

전율이 우리를 스쳐 지나갔다. 모르는 세 남자도 몸을 앞으로 기울이고 진지하게 듣고 있었다.

"난 그렇게는 생각하지 않아. 그가 전쟁 중에 독일 첩자였다는 말이 더 맞는 것 같아." 루실이 말했다.

세 남자 중 하나가 확인이라도 해주듯 고개를 끄덕였다.

"개츠비와 독일에서 함께 자라 그에 대해 모두 아는 사람한테서 나도 그 얘기를 들었어요."

세 남자 중 하나가 단정적으로 장담했다.

"아, 아니에요. 그럴 리가 없어요. 왜냐하면 그는 전쟁 중에 미군 소속이었거든요." 첫 번째 여자가 말하고는 우리가 믿는 기색을 보이자 열심히 몸을 앞으로 기울였다.

"보는 사람이 아무도 없다고 생각할 때 그의 표정을 보세요. 난 그가 살인자라는 데에 걸겠어요."

그녀는 눈을 찡그리며 몸을 떨었다. 루실도 몸을 떨었다. 우리는 모두 고개를 돌려 개츠비를 찾으려고 주위를 살폈다. 세상일을 놓고 쑥덕이는 걸 좋아하지 않는 사람들조차 그에 관해 수군거린다는 것은 그만큼 개츠비가 사람들에게 낭만적인 추측을 불러일으키고 있다는 증거였다.

첫 번째 만찬—자정이 지나면 한 번 더 나온다—이 나올 무렵, 조던은 다른 테이블에 있는 자기 일행과 함께 식사하자며 나를 초대했다. 거기에는 커플 3쌍과 조던의 경호원 격으로 따라온 대학생이 있었는데, 난폭하고 풍자적인 말투의 그 대학생은 조만간 조던이 어떤 식으로든 자기에게 굴복할 거라고 생각하는 것 같았다. 그들은 여기저기 돌아다니지 않고 위엄 있는 태도를 유지하면서 점잖은 지방의 고상한 품위를 대표하는 역할을 맡은 것처럼 굴었다. 그 이스트에그 사람들은 일부러 자기를 낮추는 태도로 웨스트에그 사람들을 대하면서도 그들의 휘황찬란한 쾌락을 경계하는 것 같았다.

"밖으로 나가요. 여기는 너무 점잖아요."

30분이나 부당하게 시간을 낭비한 뒤에 조던이 속삭였다. 우리는 일어섰다. 그녀는 일행에게 내가 개츠비를 만난 적이 없어서 주인을 찾으러 간다고 말했고, 그 말이 난 좀 불안했다. 대학생은 냉소적이고 침울한 표정으로 고개를 끄덕였다.

우리는 먼저 바를 둘러보았다. 계단 꼭대기에도 베란다에도 개츠비는 없었다. 우연히 우리는 왠지 중요해 보이는 문을 열고 들어갔다. 영국산 참나무로 장식된, 고딕 양식의, 해외 유적을 고스란히 옮겨놓은 것 같은 서재였다.

커다란 올빼미 눈 모양의 안경을 낀 건장한 중년 남자[13]가 약간 술에 취한 채 커다란 테이블 끝에 앉아서 불안정한 시선으로 선반 가득한 책을 쳐다보고 있었다. 우리가 들어서자 그는 몸을 휙 돌리더니 조던을 머리에서 발끝까지 훑어보았다.

"어떻게 생각해요?" 그가 충동적으로 물었다.

"뭘요?"

그가 서가를 향해 손을 흔들며 말했다.

"저 책들요. 진위를 조사할 필요는 없어요. 내가 이미 확인했으니까. 저것들은 다 진짜예요."

"저 책들 다요?"

그는 고개를 끄덕였다.

"완벽한 진품이에요. 페이지도 빠진 게 없고 모든 게 다 있어요. 난 저것들이 튼튼한 마분지로 만든 장식용 책일 거라고 생각했는데 완전히 진짜예요. 이걸 좀 봐요!"

---

13 피츠제럴드의 절친이자 작가인 링 라드너를 모델로 삼은 것으로 알려져 있다. 실제로 라드너의 별명은 올빼미 눈이다.

우리가 의심할 거라고 생각했는지 그는 서가로 달려가 『스토더드 강연집[14]』 1권을 들고 돌아왔다.

"봐요! 이건 진짜 책이에요. 이 집 주인은 데이비드 벨라스코[15] 같은 사람이에요. 이건 정말 대단한 위업입니다. 기가 막힌 철저함! 놀라운 리얼리즘! 정도를 넘지도 않았고, 페이지를 칼로 자르지도 않았어요. 그런데 여긴 왜 들어왔어요? 찾는 거라도 있어요?"

그는 내게서 책을 낚아채더니 하나라도 빠지면 서가 전체가 무너진다고 투덜대며 다시 서가에 꽂아놓았다.

"누가 데려다 준 겁니까? 아니면 그냥 온 겁니까? 나는 누가 데려다 줍디다. 대개는 누군가를 따라서 오더구만."

그가 따지듯 물었다. 조던은 아무 대답도 하지 않고 쾌활하면서도 경계하는 표정으로 그를 바라보았다.

"나는 루스벨트라는 여자가 데려다 줬어요. 클로드 루스벨트 부인 알아요? 지난밤 어딘가에서 그녀를 만났지요. 나는 오늘까지 일주일 내내 술을 마셨고, 그래서 서재에 앉아 있으면 술이 좀 깰 거라고 생각했소." 그가 말했다.

---

14 미국의 저술가 존 L. 스토더드가 1897년부터 출간한 15권의 강연집

15 브로드웨이 연극 감독. 사실주의자로 현실과 거의 비슷하게 만든 무대 장치로 유명하다.

"그래, 깨셨나요?"

"조금 깬 것 같소. 아직 확실하지는 않지만. 여기 들어온 지 1시간밖에 안됐거든. 내가 저 책 얘기를 했던가요? 저것들은 진짜예요. 저 책들은……."

"얘기하셨어요."

우리는 그와 공손하게 악수하고 다시 밖으로 나왔다. 정원의 천막에서는 무도회가 시작되고 있었다. 늙은이들은 그저 끝없는 원을 그리느라 체통 없이 젊은 여자들을 뒤로 밀어내고 있었고, 춤을 잘 추는 커플들은 구석에서 비틀거리면서도 우아하게 서로를 안고 춤추고 있었다.

한밤중이 되자 소리는 한층 높아졌다. 유명한 테너 가수가 이탈리아어로 노래를 불렀고, 악명 높은 콘트랄토 가수가 재즈를 불렀다. 그 사이에 정원 곳곳에서 눈길을 끄는 '장기자랑'이 벌어졌고, 다른 한쪽에서는 즐겁지만 공허한 웃음소리가 여름 하늘에 울려 퍼졌다. 무대에 오른 쌍둥이는—노란 드레스를 입은 그 아가씨들이었다—시대극 의상을 입고 어린애 흉내를 냈다. 핑거볼보다 더 큰 잔에 담긴 샴페인이 제공되었다. 달은 계속 높이 떠올라, 삼각형 모양의 은빛 비늘이 되어 해협 위를 떠다녔고, 주정뱅이 위에서 작게 흔들리더니, 잔디밭 현악기 연주단의 양철 방울이 되었다.

나는 여전히 조던 베이커와 함께 있었다. 우리는 내 또래의 남자 한 명과 작은 농담에도 미친 듯이 웃어대는 수선스러운 작은 아가씨와 같은 테이블에 앉았다. 이제야 나도 즐거워졌다. 샴페인을 큰 잔으로 두 잔 마시자 내 눈앞에서 벌어지는 파티의 광경이 의미 있고 중요하며 심오하게 느껴졌다. 잠시 소란이 가라앉은 사이에 그 남자가 나를 보고 미소를 지었다.

"낯이 익습니다. 전쟁 때 혹시 제3사단에 계셨습니까?" 그가 정중하게 물었다.

"아, 맞습니다. 제9 기관총 대대에 있었어요."

"전 1918년 6월까지 제7보병대에 있었습니다. 어쩐지 전에 어디선가 뵌 듯하더군요."

우리는 한동안 습하고 잿빛 나는 프랑스의 작은 마을 얘기를 했다. 얼마 전에 수상 비행기를 샀는데 내일 아침에 타볼 생각이라고 말하는 것으로 보아 근처에 사는 모양이었다.

"같이 타시겠소, 친구? 근처 해변에서 탈 건데."

"몇 시에요?"

"아무 때나 친구 편한 시간에요."

막 그의 이름을 물어보려는데 조던이 미소 띤 얼굴로 주위를 둘러보며 끼어들었다.

"이제 기분이 좋아졌나 봐요?"

"아주 많이요." 그렇게 대답하고 나는 새로 알게 된 사람에게 얼굴을 돌렸다.

"저한테는 좀 익숙하지 않은 파티라서요. 아직 주인도 못 만났거든요. 전 저 건너편에 사는데, 개츠비라는 분이 운전기사를 통해 초대장을 보냈어요."

나는 손을 들어 저 멀리 보이지 않는 울타리를 가리켰다. 그는 무슨 말인지 모르겠다는 표정으로 잠시 나를 쳐다보았다.

"제가 개츠비입니다." 그가 불쑥 말했다.

"뭐라고요! 앗, 실례했습니다." 나는 소리쳤다.

"아시는 줄 알았어요. 제가 주인 노릇을 제대로 못했군요."

그는 이해한다는, 아니 이해 이상의 것을 보여주는 미소를 지었다. 영원히 변치 않을 확신이 담긴, 평생에 너덧 번 볼까 말까 한 아주 드문 미소였다. 순간적으로 영원한 세계를 대면한 듯한 미소였고, 또한 당신을 좋아하고, 당신에게 온 마음을 다하겠다는 미소였다. 당신을 이해하고, 당신이 믿는 만큼 믿으며, 당신이 주고 싶은 최대한의 호의적인 인상을 분명히 받았다고 확인시켜 주는 미소였다. 다음 순간 미소는 사라졌다.

어느새 내 앞에는 서른 두셋 가량의 단정하고 우아한 젊은이가 서 있었다. 격식을 차린 말투는 어리석다는 느낌을 가까스로 벗어나는 수준이었다.

개츠비가 정체를 드러내자마자 집사가 급히 그에게 다가와 시카고에서 전화가 왔다고 전했다. 그는 우리를 한 사람씩 돌아보면서 고개를 살짝 숙이며 실례하겠다고 말했다.

“이만 실례하겠습니다. 나중에 다시 뵙죠. 뭐든 필요한 게 있으면 말해요, 친구.” 그가 내게 특별히 말했다.

그가 사라지자마자 나는 나의 놀라움을 말하려고 조던에게 눈을 돌렸다. 개츠비 씨가 몸이 비대하고 혈색 좋은 중년 신사일 거라고 생각했었는데 전혀 아니었기 때문이다.

“저 사람은 어떤 사람이에요?” 내가 물었다.

“그냥 개츠비라는 이름을 가진 남자예요.”

“어디 출신이냐고요. 대체 뭘 하는 사람이죠?”

“이제 당신도 관심을 갖기 시작했군요. 전에 내게 옥스퍼드 대학 출신이라고 하더군요. 하지만 난 안 믿어요.”

그녀가 희미하게 미소 지으며 말했다.

“왜요?”

“모르겠어요. 그냥 안 다녔을 것 같아요.”

그녀의 말투는 그가 살인한 적이 있다고 했던 여자의 말을 떠올리게 했다. 호기심이 일었다. 개츠비가 루이지애나 주의 습지대 출신이라거나 뉴욕 시의 이스트사이드 아래쪽 출신이라면 믿었을지도 모른다. 그건 그럴싸했다.

하지만 어디인지도 모르는 곳에서 굴러 들어온 젊은 사람이 뻔뻔하게 롱아일랜드 해협에 궁전 같은 저택을 사지는 않는다. 적어도 내 얼마 안 되는 경험으로 봐서는.

"어쨌든 그가 여는 파티는 굉장해요. 난 성대한 파티가 좋아요. 남의 시선에 신경 쓰지 않아도 되잖아요. 작은 파티에는 프라이버시라곤 없거든요."

자질구레한 얘기를 싫어하는 도시적 취향을 발휘하여 조던은 화제를 바꿨다. 큰북소리가 나더니 오케스트라 지휘자의 목소리가 정원의 떠들썩한 소리를 압도하며 크게 울렸다.

"신사 숙녀 여러분. 개츠비 씨의 요청으로 여러분을 위해 블라디미르 토스토프의 최근 작품을 연주하겠습니다. 이 작품은 지난 5월 카네기홀에서 대단한 관심을 모았습니다. 신문을 보신 분은 아시겠지만 커다란 센세이션을 불러일으킨 작품이지요."

그는 아주 유쾌하게 미소를 짓고는 이렇게 덧붙였다.

"약간의 센세이션!"

그러자 사람들이 웃음을 터뜨렸다.

토스토프의 곡은 내 귀에 제대로 들어오지 않았다. 연주가 시작되자마자 개츠비에게 시선을 빼앗겼기 때문이다. 그는 대리석 계단 위에 혼자 서서 사람들을 흐뭇한 눈길로 둘러보고 있었다. 햇볕에 보기 좋게 그을린 피부는 팽팽했고, 짧은 머리는 단정했다. 나는 그에게서 어떤 불길한 구석도 찾아볼 수 없었다. 다만 술을 마시지 않는다는 사실이 그를 손님들과 구별시켜 주는 게 아닌가 하는 생각이 들었다. 손님들의 유쾌함이 더해질수록 그는 더욱 단정하게 보였기 때문이었다.

'세계 재즈의 역사' 연주가 끝나자, 어떤 여자들은 강아지처럼 다정하게 남자들 어깨 위로 머리를 기댔고, 어떤 여자들은 남자들 팔 쪽으로, 심지어 누군가 받쳐주리라 생각하고는 사람들 쪽으로 장난스럽게 몸을 뒤로 젖혀 넘어졌다.

하지만 아무도 개츠비한테는 몸을 기대지 않았고, 프랑스식 단발머리를 한 여자 누구도 개츠비의 어깨를 건드리지 않았으며, 개츠비를 둘러싸고 노래 부르는 사람도 없었다.

"실례합니다. 베이커 양이시죠? 개츠비 씨가 따로 드릴 말씀이 있다고 하십니다."

개츠비의 집사가 갑자기 우리 옆에 나타나 물었다.

"저한테요?" 그녀가 놀라서 소리쳤다.

"네, 그렇습니다."

그녀는 놀라움의 표시로 나한테 눈썹을 치켜떠 보이고는 천천히 자리에서 일어나 집사를 따라 집 쪽으로 걸어갔다. 나는 이브닝드레스를 입은 그녀의 뒷모습을 바라보았는데, 마치 운동복을 입은 것처럼 보였다. 아마 어떤 옷을 입어도 그럴 것이었다. 그녀는 맑고 상쾌한 아침에 골프장에서 처음 골프를 배우는 사람처럼 경쾌하게 걸었다.

나는 혼자 남겨졌다. 거의 새벽 2시였다. 테라스 바로 위에 있는, 창이 많은 긴 방에서 한동안 소란스럽고 뭔가 궁금하게 만드는 소리가 들렸다. 코러스 걸 2명과 산부인과 얘기를 하면서 같이 어울리자는 조던의 대학생을 피해 나는 집안으로 들어갔다.

커다란 방은 사람들로 가득 차 있었다. 노란 드레스를 입은 아가씨 중 하나가 피아노를 치고 있었고, 그녀 옆에서는 유명한 합창단 출신의, 키 큰 빨간 머리의 젊은 여자가 노래를 부르고 있었다. 그녀는 샴페인을 얼마나 마셨는지 노래가 끊어질 때마다 숨을 헐떡이며 흐느끼고, 다시 떨리는 소프라노로 노래를 불렀다.

그녀는 노래를 부르는 동안 터무니없게도 세상이 온통 슬픈 일 천지라고 결론을 내린 모양이었다. 두 뺨 위로 눈물이 흘렀다. 두꺼운 눈화장이 눈물에 번져 검은 실개천처럼 흘러내렸다. 얼굴에 그려진 악보대로 노래하나 보다고 누군가 우스갯소리를 하자 그녀는 두 손을 번쩍 들어 올리더니 그대로 의자에 푹 파묻혀 잠들었다.

“저 여자는 자기가 남편이라고 떠드는 남자와 싸웠어요.” 내 곁에 있는 여자가 설명했다.

나는 주위를 둘러보았다. 아직 남아 있는 여자들은 거의 남편이라 불리는 남자들과 싸우고 있었다. 조던과 함께 이스트에그에서 온 두 부부도 싸우고 나서 뿔뿔이 흩어져 있었다. 남편이 호기심에 젊은 여배우에게 말을 걸자, 그의 아내는 품위 있게 무관심한 척하며 웃어넘기다가 결국 이성을 잃고 공격하기 시작했다. 말이 끊어진 틈에 날카롭게 각진 다이아몬드처럼 남편 귀에 대고 “약속했잖아요!”하고 소리친 것이다.

집에 가기 싫어하는 건 바람난 남자들뿐만이 아니었다. 지금 홀은 아쉽게도 술에 취하지 않은 남자 둘과, 무척 화가 난 그 부인들이 점령하고 있었다. 부인들은 격앙된 목소리로 서로 공감을 나누고 있었다.

“내가 기분 좀 내려고 하면 꼭 집에 가자고 해요.”

“그렇게 이기적인 얘기는 평생 처음 듣겠네요.”

“우린 늘 맨 먼저 자리를 떠나는 편이에요.”

“우리도 그래요.”

“그런데 오늘은 우리가 끝까지 남은 손님이 되었다고. 오케스트라는 벌써 30분 전에 떠났는데.”

두 남자 중 하나가 낮은 목소리로 말했다.

그렇게 심술궂게 굴다니 믿을 수 없다며 부인들이 저항했지만 말다툼은 짧게 끝나고 결국 두 부인은 발버둥치면서 집으로 끌려가고 말았다.

내가 홀에서 모자를 기다리고 있을 때 서재 문이 열리면서 조던과 개츠비가 같이 걸어 나왔다. 개츠비가 뭔가 더 말하려고 했지만, 몇 사람이 그에게 작별 인사를 하러 오자 그의 열성적인 태도는 곧 굳어버렸다.

조던 일행이 현관에서 그녀를 재촉하며 불러댔지만 그녀는 사람들과 악수를 하느라 잠시 지체했다.

"방금 아주 놀라운 얘기를 들었어요. 우리가 저기서 얼마나 오래 있었죠?" 그녀가 속삭였다.

"한, 1시간쯤?"

"이건…… 정말로 놀라운 얘기예요. 하지만 말하지 않겠다고 맹세했으니 당신을 애태울 수밖에 없네요."

그녀는 얼빠진 표정으로 말하면서 내 얼굴에 대고 우아하게 하품했다.

"연락해요. 전화번호부에서…… 시고니 하워드 부인 이름을 찾아요. 제 숙모예요."

그녀는 갈색 손을 흔들어 쾌활하게 작별인사를 하면서 서둘러 문간에 서 있는 일행 속으로 섞여 들어갔다.

나는 처음 온 파티에 너무 늦게까지 남아 있는 게 좀 부끄러웠지만 개츠비 주위에 모여 있는 손님들과 마지막까지 어울렸다. 초저녁부터 그를 찾아다녔으며 정원에서 알아보지 못해서 미안하다는 말을 꼭 하고 싶었다.

"그런 말씀 마세요. 걱정할 일 아닙니다, 친구. 내일 아침 9시에 수상비행기 타기로 한 것 잊지 마세요."

친구라는 친근한 호칭보다 날 안심시키듯 내 어깨를 토닥이는 손길이 훨씬 더 친밀하게 느껴졌다.

그때 집사가 그의 뒤에서 말했다.

"필라델피아에서 전화 왔습니다."

"알았어. 곧 간다고 해. 자, 그럼 안녕히 가세요."

"안녕히 주무세요."

그는 미소를 지었다. 내가 끝까지 남아준 것이 굉장히 기쁘고 중요한 일이었고, 처음부터 줄곧 그러기를 바랐다는 듯한 미소였다.

"안녕히 가세요, 친구. 잘 자요."

하지만 계단을 내려가면서 나는 파티가 아직 완전히 끝나지 않았다는 것을 깨달았다. 현관에서 50피트 정도 떨어진 곳에서 10여개의 헤드라이트가 기괴하고 떠들썩한 광경을 비추고 있었다.

개츠비의 차고를 나온 지 2분도 안 된 신형 쿠페 자동차가 바퀴가 하나 빠진 채 길가 도랑에 처박혀 있었다. 삐죽 튀어나온 담벼락에 부딪혀 타이어가 빠진 모양인데, 호기심 많은 운전자들 대여섯 명이 차를 멈추고 주의 깊게 들여다보느라 길을 막고 있었기 때문에, 뒤에 오던 차가 요란하게 경적을 울려 혼란은 더욱 가중되었다.

사고 차에서 긴 코트를 입은 남자가 내리더니 당황스러운 표정으로 차와 타이어를 번갈아 쳐다보며 말했다.

"이런! 차가 도랑에 빠졌군."

그는 무척 놀란 모양이었다. 놀라는 모습이 예사롭지 않은 그 사람을 자세히 살펴보니 개츠비 서재에 있던 남자였다.

"어떻게 된 겁니까?"

"난 기계에 대해선 전혀 모릅니다."

그는 어깨를 으쓱하며 단호하게 말했다.

"어쩌다 저렇게 됐어요? 벽을 들이받았습니까?"

"나한테 묻지 마세요. 난 운전에 대해 잘 몰라요. 하여튼 일이 벌어졌다는 것 밖에 나도 모르겠소."

이 사건과 무관하다는 듯 올빼미 눈의 남자가 말했다.

"운전할 줄 모르면 밤에 운전하지 말았어야죠."

"운전 안 했어요." 그가 화를 내며 말했다.

“자살하려고 했나요?”

“바퀴만 빠졌으니 다행이네요! 운전도 못하면서!”

“그렇지 않아요! 내가 운전한 게 아니라니까요. 차 안에 또 다른 사람이 있어요.” 남자가 설명했다.

사람들 사이에서 놀라면서도 납득했다는 “아하 ” 소리가 퍼졌다. 그때 쿠페 차문이 천천히 열렸다. 군중들은 무의식적으로 뒤로 물러섰고, 창백한 사람이 아주 천천히, 몸 한 부분 한 부분을 끌어내는 것처럼 차에서 내리더니, 발에 맞지 않는 커다란 무용 신발을 시험해 보듯 땅을 디뎠다.

헤드라이트 불빛 때문에 눈이 부신데다 계속 울려대는 경적 때문에 정신이 없어서 잠시 비틀거리며 서 있던 그는 겨우 코트 입은 사람을 알아보고 조용히 물었다.

“어떻게 된 거예요? 연료가 떨어졌나요?”

“저기 좀 봐요!”

대여섯 개의 손가락이 동시에 빠진 바퀴를 가리키자 그는 잠깐 쳐다보더니 마치 그것이 하늘에서 떨어진 것인가 의심하는 것처럼 하늘을 올려다보았다.

“바퀴가 빠졌어요.” 누군가가 설명했다.

“처음에 나는 차가 멈춘 것도 몰랐어요.”

그는 한숨을 쉬더니 어깨를 펴고 결연하게 말했다.

"주유소가 어디 있는지 누구 아세요?"

10명도 넘는 사람들이, 그들 중에는 차에서 기어 나온 사람보다 나을 것도 없는 사람도 있었지만, 그에게 바퀴가 더 이상 자동차에 붙어 있지 않다고 설명해 주었다.

"차를 뒤로 빼요. 후진기어로 놔 봐요." 그가 말했다.

"하지만 바퀴가 빠졌다니까요!"

그는 머뭇거렸다.

"해봐서 손해 볼 건 없잖아요." 그가 말했다.

으르렁거리는 경적소리는 점점 커졌고, 나는 돌아서서 잔디밭을 가로질러 집으로 향했다. 나는 한 번 힐끗 뒤돌아보았다. 오늘도 어김없이 웨이퍼 과자처럼 둥근 달이 개츠비의 저택 위를 환히 비추며 밤하늘을 장식하고 있었고, 아직도 환한 그의 정원에 웃음소리와 말소리가 더 오래 남아있게 했다.

그때 갑자기 창들과 커다란 문에서 공허한 기운이 흘러나오더니, 현관에서 형식적인 작별인사를 보내며 한 손을 들고 있는 집주인의 모습을 완벽하게 고립시켰다.

* * *

지금까지 내가 써놓은 것을 읽어보니, 몇 주 사이에 벌어진 3일 밤의 각각의 사건들이 나를 완전히 사로잡은 것 같은 인상을 준다. 하지만 그 당시에는 그저 어느 여름에 일어난 소소

한 사건에 지나지 않았고, 훨씬 나중까지도 내 개인적인 일보다 결코 더 중요하지 않았다.

나는 하루의 대부분을 일하면서 보냈다. 이른 아침 내가 프로비티 트러스트 회사를 향해 뉴욕 남쪽의 하얀 건물 벽 사이를 급히 내려갈 때면 태양이 내 그림자를 서쪽으로 드리웠다. 나는 친하게 지내는 다른 사무원들과 함께 어둡고 북적대는 식당에서 돼지고기 소시지, 으깬 감자 그리고 커피로 점심을 때웠다. 저지 시에 사는 경리부 아가씨와 짧은 연애를 하기도 했다. 하지만 그녀의 오빠가 날 못마땅한 눈으로 보았기 때문에, 그녀가 7월에 휴가를 떠난 것을 계기로 우리 관계가 조용히 사라지도록 내버려 두었다.

나는 보통 예일 클럽[16]에서 저녁을 먹었는데, 왠지 모르게 이때가 하루 중 가장 우울한 시간이었다. 저녁을 먹고 나면 위층에 있는 도서실에 올라가 1시간 동안 투자와 증권 공부를 했다. 클럽에는 대개 시끄러운 건달이 몇 명 있기 마련이지만 도서실까지는 들어오지 않았다. 공부를 끝내고 날씨가 좋으면 매디슨 가를 천천히 걸어 내려가 유서 깊은 머리힐 호텔을 지나 33번가로 해서 펜실베이니아 역까지 걸어갔다.

16 예일 대학교 졸업생과 교수를 위한 클럽. 맨해튼의 그랜드센트럴 역 근처에 있다.

나는 뉴욕이 좋아지기 시작했다. 뉴욕의 밤은 생동감 넘치고 모험적이었다. 끊임없이 명멸하는 남녀와 네온사인은 가만히 있지 못하는 눈동자에 만족감을 주었다. 5번가를 걸어 올라가 군중 속에서 낭만적인 여자들을 골라 몇 분 안에 그들의 생활 속으로 들어가는 걸 상상을 했다. 때로는 보이지 않는 길모퉁이에 있는 아파트까지 그 여자들을 따라가 그들이 문을 열고 따뜻한 어둠 속으로 사라지기 전에 나를 돌아보고 미소 짓는 모습을 상상했다.

하지만 가끔은 매혹적인 대도시의 황혼녘에 떨치기 힘든 고독을 느꼈고, 다른 사람들에게서도 그런 느낌을 받았다. 저녁식사를 기다리며 식당 쇼윈도 앞에서 서성이는 가난한 사람들, 밤과 삶의 가장 자극적인 순간을 어두운 곳에서 낭비하는 다른 젊은 사무원들에게서도.

8시가 되어 40번가의 어두운 골목에 극장가로 가는 택시들이 5줄로 서 있는 걸 볼 때, 내 가슴은 내려앉았다. 택시에 탄 사람들은 차가 떠나기를 기다리며 서로 몸을 기댔고, 노래를 불렀으며, 뭔가 농담을 주고받으며 웃어댔다. 담뱃불만이 택시 안의 알 수 없는 몸짓의 흐름을 보여주었다. 나 역시 즐거운 일을 향해 서둘러 가고 있다고 상상하면서, 그들의 은밀한 흥분을 나누고 그들에게 행운을 빌어주었다.

조던 베이커와 한동안 만나지 못하다가 한여름에 다시 만났다. 처음에는 사람들이 다 아는 유명한 골프 챔피언과 친하다는 것이 자랑스러워서 그녀와 함께 여기저기 돌아다녔지만 그러는 동안 우리 사이는 좀 더 진전했다. 하지만 세상이 따분한 그녀의 오만한 얼굴은 뭔가를 숨기고 있었다. 어느 날 나는 마침내 그것이 무엇인지 알아냈다. 우리가 워릭에서 열린 파티에 함께 갔을 때, 그녀는 빌려온 자동차의 지붕을 열어놓은 채 빗속에 세워두고는 거짓말을 했던 것이다. 그때 나는 문득 데이지의 집에서 떠오르지 않았던 소문이 기억났다.

그녀는 처음 참가했던 중요한 골프 대회 준결승 때 치기 어려운 곳에 떨어진 골프공을 옮겨 놓았다는 소문이 돌았는데, 추문으로까지 확대될 것 같던 그 사건은 어느새 흐지부지되고 말았다. 캐디는 자기 진술을 취소했고 유일한 목격자는 어쩌면 자기가 잘못 보았을지도 모른다고 꼬리를 내린 것이다. 그러나 그 사건과 이름은 내 기억 속에 남아 있었다.

조던 베이커는 영리하고 빈틈없는 사람을 본능적으로 피했고, 불리한 입장에 서는 것을 참지 못했으며, 구제불능일 정도로 부정직했다. 그렇다고 내가 달라진 건 없었다. 여자의 부정직성은 그리 심하게 비난할 일이 못 된다 생각했고, 그때는 잠깐 실망했지만 곧 잊어버렸다.

우리가 운전에 관해 꼬치꼬치 대화를 주고받은 것도 바로 워릭에서 열린 파티에서였다. 그녀가 일단의 노동자들 곁으로 차를 아슬아슬하게 몰고 가다가 그만 펜더로 한 사람의 외투 단추를 건드렸다.

"운전 솜씨가 형편없군요. 좀 더 조심하든가 아니면 운전을 하지 말아야겠소." 내가 질책했다.

"조심하고 있어요."

"아니, 안 그러고 있어요."

"그럼 다른 사람들이 조심하겠지요."

"그게 무슨 소리요?"

"그들이 비켜갈 거라고요. 사고가 나려면 양쪽 다 실수를 해야 하니까요." 그녀는 고집스레 말했다.

"당신처럼 부주의한 사람과 마주친다면?"

"그런 일은 절대로 없을 거예요. 난 조심성 없는 사람을 정말 싫어하거든요. 그래서 당신을 좋아하는 거예요."

햇빛에 가늘어진 그녀의 잿빛 눈은 정면을 보고 있었지만, 그녀의 말에는 우리의 관계를 변화시키려는 의도가 숨어 있었다. 잠시 나는 그녀를 사랑한다고 생각했다. 하지만 나는 천천히 생각하는 성격인데다 욕망에 제동을 거는 내면의 규칙도 많이 갖고 있었다.

무엇보다 고향에서 연루된 연애 사건에서 확실히 빠져나오는 것이 먼저였다. 나는 일주일에 한 번씩 '사랑하는 닉'이라고 서명한 편지를 그녀에게 보냈지만, 그녀에 대해 생각나는 것이라고는 테니스를 칠 때 윗입술에 땀방울이 콧수염처럼 맺힌다는 것뿐이었다. 하지만 그런 막연한 관계라도 완전히 자유로워지기 위해서는 좋은 감정을 유지한 상태로 관계를 끊어야 했다.

사람은 누구나 기본적인 덕목 중 한 가지는 갖추고 있기 마련인데, 내게도 그런 덕목이 있다. 내가 아는 한, 나는 내가 알고 있는 극소수의 정직한 사람 중 하나라는 것이다!

제4장

해변 마을에 교회 종소리가 울려 퍼지는 일요일 아침, 사교계 인사들과 그 연인들이 개츠비의 저택에 돌아와 잔디 위에서 신나게 들떠서 즐기고 있었다. 젊은 부인들이 개츠비의 칵테일 바와 꽃밭 사이를 오가며 말했다.

"그는 밀주업자래요. 옛날에 어떤 남자를 죽였는데, 그가 힌덴부르크[17]의 조카이며 악마[18]와 육촌이라는 사실을 알아냈기 때문이래요. 여보, 장미 한 송이 꺾어줘요. 그리고 저기 있는 크리스탈 잔에 마지막 한 방울까지 따라줘요."

---

17 독일의 군인이자 정치가. 제1차 세계대전 때 독일군 원수로 참전했고, 공화국 제2대 대통령을 지냈다.

18 제1차 세계대전을 일으킨 독일 황제 빌헬름 2세

언젠가 나는 기차 시간표의 빈자리에 그해 여름 개츠비의 저택에 왔던 사람들의 이름을 적어놓았었다. 이제는 접힌 곳이 다 헤지고 위에는 '이 시간표는 1922년 7월 5일까지만 유효함'이라고 적힌 낡은 종이 쪼가리일 뿐이지만, 지금도 희미하게 남아 있는 그 이름들을 알아볼 수 있다. 아마 그 이름들이 개츠비의 엄청난 환대를 받고도 그에 대해 아무것도 모른다는 말 같지도 않은 말로 보답한 사람들에 대해 내가 대충 뭉뚱그려 말하는 것보다 분명한 인상을 줄 수 있을 것이다.

이스트에그에서 온 사람들은, 체스터 베커 부부, 리치 부부, 내가 예일 대학교에서 알고 지냈던 번슨이라는 남자, 지난여름 메인 주에서 익사한 웹스터 시벳 박사 등이었다. 혼빔 부부와 윌리 볼테어 부부, 그리고 블랙벅 일가가 모두 왔는데, 그들은 항상 구석에 모여 있다가 누가 가까이 오기만 하면 염소처럼 코를 벌름거렸다. 이스메이 부부, 크리스티 부부(아니 휴버트 아워바흐와 크리스티 씨의 아내라고 해야 옳을 듯), 그리고 어느 겨울 오후 아무 이유 없이 머리가 솜처럼 하얗게 변했다고 소문이 난 에드거 비버도 있었다.

클래런스 엔다이브도 이스트에그에서 온 걸로 기억하는데, 그는 흰색 니커보커[19]를 입고 딱 한 번 와서는, 정원에서 에티

19 무릎 근처에서 졸라매는 느슨한 바지

라는 부랑자와 싸움을 벌였다. 롱아일랜드 변두리에서 치들 부부, O. R. P. 슈레이더 부부, 조지아 주의 스톤월 잭슨 에이브럼 부부, 피시가드 부부, 리플리 스넬 부부가 왔다. 스넬은 술 취해 자갈이 덮인 차도에 쓰러져 있다가 율리시스 스윗 부인의 자동차에 오른손을 깔렸다. 댄시 부부, 예순이 훨씬 넘은 S. B. 화이트베이트, 모리스 A. 플린크와 해머헤드 부부, 담배 수입업자인 벨루가와 그의 여자들도 왔었다.

웨스트에그에서는 폴 부부, 멀레디 부부, 세실 로벅과 세실 숀, 주 의회 상원의원 굴릭, '필름스 파 엑설런스'를 경영하는 뉴턴 오키드, 에크호스트, 클라이드 코언, 돈 S. 슈워츠(아들), 아서 맥카티 등이 왔는데, 모두 영화 쪽과 관련된 사람들이었다. 그리고 캐틀립 부부, 벰버그 부부, 나중에 자기 아내를 목 졸라 살해한 멀둔의 형제인 G. 얼 멀둔도 왔다. 흥행주인 다폰타노, 에드 렉로스와 제임스 B. 페릿, 드 종 부부, 어니스트 릴리도 왔다. 그들은 주로 도박을 하러 왔는데, 페릿이 정원을 어슬렁거리고 다니면 그가 깨끗이 털렸다는 뜻이고 다음날 연합 운송의 주가가 오른다는 것을 의미했다.

클립스프링거라는 남자는 그 저택에 너무 자주, 너무 오래 머물렀기 때문에 '하숙생'으로 통했다. 연극계 인사들로는 거스 웨이즈, 호레이스 오도너번, 레스터 마이어, 조지 덕위드, 프랜시스 불이 왔다. 그리고 뉴욕에서 크롬 부부, 백히슨 부부, 데니커 부부, 러셀 베티, 코리건 부부, 켈러허 부부, 드워 부부, 스컬리 부부, S. W. 벨처, 스머크 부부, 지금은 이혼한 젊은 퀸 부부, 타임스 광장에서 지하철에 뛰어들어 자살한 헨리 L. 팔미토가 왔다.

베니 맥클리너핸은 늘 여자를 넷씩 데리고 왔다. 그 여자들은 서로 다른 사람이었지만 외모가 너무 비슷해서 잘 구별이 안 됐고, 그들 이름은 잘 기억이 안 나는데, 재클린이라는 이름이 있었던 것 같고, 콘수엘라나 글로리아, 주디, 아니면 준도 있었던 것 같다. 그들의 성은 꽃이나 월 이름을 딴 음악적인 것이나 미국의 대자본가들 식의 엄숙한 것이었을 텐데, 캐물어 보면 그들의 사촌뻘이라고 고백했을지도 모른다.

그 사람들 말고도 포스티나 오브라이언이 적어도 한 번은 왔고, 베데커 가문의 여자들과 전쟁 때 총에 맞아 코가 날아갔다는 젊은 브루어, 올브릭스버거 씨와 그의 약혼녀인 하그 양, 아디터 피츠 피터스, 미국 재향군인회장을 지낸 P. 주웨트 씨, 자신의 운전기사라는 남자와 같이 온 클로디아 힙 양, 그리고 우리가 공작이라고 부른 어딘가의 왕자도 있었다.

이 모든 사람들이 그해 여름 개츠비 저택에 왔다.

* * *

7월 하순의 어느 날 아침 9시, 개츠비의 호화찬란한 자동차가 돌투성이 길을 비틀거리며 올라와 우리 집 문 앞에서 세 가지 화음의 경적을 요란하게 울렸다. 그의 파티에 두 번이나 갔었고, 그의 수상비행기를 탄 적도 있으며, 그의 집요한 초대로 그의 해변을 자주 이용하기도 했지만 개츠비가 직접 찾아온 것은 이번이 처음이었다.

"안녕하쇼, 친구? 오늘 나하고 점심이나 같이 합시다. 내 차로 같이 가요."

그는 미국인 특유의 유연한 몸짓으로 차의 계기판 위에서 균형을 잡고 있었다. 아마 젊을 때 무거운 물건을 들고 오래 가만히 앉아 있어 본 적이 없는 데다가, 우리가 때때로 벌이는, 그 긴장되는 게임의 형식 없는 우아함 때문에 그런 습관이 생긴 모양이었다. 그런 특성은 그의 딱딱한 태도를 깨고 불안정한 모습으로 나타났다. 그는 잠시도 가만히 있지 못하고, 발을 구르거나 손을 쥐었다 폈다 했다. 그는 감탄하며 자동차를 구경하는 나를 보더니 차에서 뛰어내렸다.

"차 멋있죠, 친구? 이런 차, 본 적 있어요?"

물론 본 적이 있었다. 누구나 봤을 것이다. 짙은 크림색, 번쩍이는 니켈, 괴물처럼 기다란 차체 곳곳에 뽐내듯이 놓인 모자 상자와 음식 상자 그리고 장난감 상자, 앞 유리는 미로처럼 복잡하게 나뉘어 태양을 십여 개로 반사하는 차 말이다. 여러 겹으로 된 유리창 뒤 초록색 가죽으로 만든 온실 안에 앉아서 우리는 시내로 출발했다.

그동안 그와 대여섯 번 만나 이야기를 나눴지만 실망스럽게도 그에겐 별 화젯거리가 없었다. 그래서 그가 중요한 인물일 거라는 첫인상은 점점 사라지고 그저 이웃의 화려한 저택 주인으로 보이기 시작하던 차였다. 자동차를 타고 가는 동안, 개츠비는 우아한 말투를 버리고 캐러멜 색 양복 무릎을 탁탁 치더니 갑자기 입을 열었다.

"이봐요, 친구. 날 어떻게 생각해요?"

나는 당황해서 대충 둘러댔다. 그는 내 말을 끊었다.

"그럼 내 얘기를 좀 할게요. 다른 데서 들은 얘기로 나를 판단하지 않았으면 해서요."

자기 집 홀에서 오고 가는 이야기들에 담긴 미묘한 비난들을 알고 있는 모양이었다.

"하늘에 맹세코 진실을 말할 겁니다."

그는 갑자기 오른손을 쳐들더니 맹세의 동작을 했다.

"나는 중서부에서 부잣집 아들로 태어났어요. 가족들은 모두 죽고 없어요. 미국에서 자랐지만 옥스퍼드에서 공부했어요. 대대로 그곳에서 교육을 받았거든요. 가문의 전통이죠."

그는 곁눈질로 나를 쳐다보았다. 그 순간 왜 조던 베이커가 못 믿는지 알게 되었다. '옥스퍼드에서 공부했다'는 말을 급히 했는데, 전에 그 말 때문에 괴롭힘을 당한 적이 있는 것처럼 그 말이 목구멍에 걸린 느낌이었다. 의심이 일자 그의 말을 믿을 수 없게 됐고, 그가 소문처럼 정말로 음흉할 것 같았다.

"중서부 어디요?" 난 아무렇지도 않게 물었다.

"샌프란시스코요."

"아, 네."

"가족들이 모두 죽는 바람에 유산을 혼자 상속받았어요."

갑작스러운 가족의 죽음이 아직도 기억에 생생한 듯 그의 목소리는 엄숙했다. 혹시 그가 나를 놀리는 건 아닌지 의심이 들었지만 힐끗 쳐다보고 나서 그렇지 않다는 확신이 들었다.

"그 후 난 젊은 왕자처럼 파리, 베네치아, 로마 같은 유럽의 대도시에서 살았어요. 보석을 수집하고, 주로 루비였어요, 맹수 사냥대회에 다니기도 하고, 혼자 취미로 그림을 그리기도 했어요. 오래 전에 있었던 슬픈 일을 잊으려고요."

터무니없는 그 말에 웃음이 터지는 걸 간신히 참았다. 실오라기 하나까지 훤히 들여다보일 만큼 상투적인 말이라 머리에 터번을 감은 인형이 톱밥을 질질 흘리며 불로뉴 숲에서 호랑이를 추격하는 이미지만 떠올랐다.

“그때 전쟁이 일어났어요, 친구. 정말로 마음이 놓이더군요. 이 기회에 죽으려고 무진 애를 썼지만, 내 목숨은 마법에 걸린 것 같았어요. 전쟁이 시작되었을 때 나는 중위로 임관했어요. 아르곤 숲 전투[20]에서 2개의 기관총 부대를 너무 전진시키는 바람에 보병 부대와 반 마일가량 간격이 생겼어요. 그래서 병사 130명이 루이스 기관총 16정을 가지고 이틀 밤낮 동안 전투를 했어요. 마침내 보병들이 도착했을 때 독일군 시체 더미 속에서 독일군 3개 사단의 휘장을 발견했고, 나는 소령으로 승진했어요. 가는 곳마다 연합국 정부에서 훈장을 달아주더군요. 심지어 아드리아 해에 있는 작은 몬테네그로에서까지 훈장을 달아줬다니까요!”

그는 소리 높여 “작은 몬테네그로!”라 외치고 고개를 끄덕이며 미소를 지었다. 그 미소는 몬테네그로의 고난의 역사를 이해하며 그들의 용감한 투쟁에 공감하는 것이었다. 그리고 몬테네그로의 작지만 따뜻한 마음이 담긴 훈장을 받게 된 일련의 국제 정세를 완전히 이해하고 있는 미소였다. 나의 불신은 이제 매혹 속으로 가라앉았다. 12권이나 되는 잡지를 급히 훑어본 느낌이었다.

20 프랑스 동부의 구릉지로, 제1차 세계대전 당시 미군이 독일군에게 압승을 거두었다.

개츠비는 주머니에 손을 넣어 리본이 달린 쇠붙이를 꺼내더니 내 손바닥에 떨어뜨렸다.

"몬테네그로에서 준 거예요."

놀랍게도 진짜 같았다. '다닐로 훈장, 몬테네그로, 니콜라스 국왕' 이라는 글자가 가장자리에 둥글게 새겨져 있었다.

"뒤집어 봐요."

나는 '제이 개츠비 소령, 그 출중한 무공을 기리며' 라는 문구를 소리 내 읽었다.

"내가 늘 갖고 다니는 게 또 있어요. 옥스퍼드 시절의 기념이지요. 트리니티 대학[21] 구내에서 찍은 겁니다. 내 왼쪽에 있는 남자는 현재 동캐스터 백작이지요."

스포츠 단체복을 입은 청년 여섯이 아치 아래 입구에 모여 있고, 뒤쪽으로 첨탑들이 보이는 사진 속에 크리켓 배트를 쥐고 있는 젊은 개츠비가 있었다.

그렇다면 모두 사실인데? 그랜드 운하에 있는 저택에서 불타오르듯 번득이는 호랑이 가죽이 보이는 듯했다. 루비 상자를 열고 진홍색으로 반짝이는 보석을 바라보며 마음의 상처를 달래는 그의 모습이 보이는 듯했다.

---

21 영국 옥스퍼드 대학교에 속한 단과 대학

"오늘 어려운 부탁을 하나 하려고요. 그래서 나에 대해 좀 아는 게 좋겠다고 생각했지요. 나를 하찮은 사람이라고 생각하지 않았으면 해요. 아시다시피 난 주로 낯선 사람들과 어울리는데, 그건 나에게 일어났던 슬픈 일들을 잊으려고 여기저기 떠돌아 다니기 때문입니다."

그는 만족스럽게 기념품들을 호주머니에 넣고는 잠시 머뭇거리다가 덧붙였다.

"오늘 오후에 그 얘기를 듣게 될 겁니다."

"점심 먹으면서요?"

"아뇨, 오후에요. 우연히 친구가 베이커 양과 차를 마시기로 했다는 얘기를 들었습니다."

"혹시 베이커 양을 사랑한다는 뜻입니까?"

"아니에요, 친구. 아닙니다. 하지만 베이커 양을 사랑한다는 게 아니에요. 어쨌든 베이커 양은 친절하게도 이 문제를 당신에게 말해 주겠다고 동의했어요."

나는 '이 문제'라는 것이 대체 뭔지 짐작도 가지 않았지만 궁금하기보다는 짜증이 났다. 개츠비 얘기나 하려고 조던을 만나는 것도 아니거니와 그 부탁이란 것이 완전히 황당한 것일 거라는 확신이 들자, 순간적으로 사람들이 득실거리는 그의 잔디밭에 발을 들여놓은 게 후회될 지경이었다.

그는 더 이상 말하지 않았다. 뉴욕 시내에 가까워지자 그의 태도는 점점 더 반듯해졌다. 우리는 붉은 띠를 두른 외항선들이 언뜻언뜻 보이는 루스벨트 포트를 지나 거무스름하게 빛이 바랬지만 여전히 사람들이 드나드는 1900년대의 술집들이 즐비한 빈민굴의 자갈길을 빠른 속도로 지났다.

이윽고 양 옆으로 재의 골짜기가 펼쳐졌다. 정비소에서 윌슨 부인이 헐떡거리며 펌프질하는 모습이 힐끗 보였다.

우리는 흙받이를 날개처럼 펼치고 애스토리아의 절반가량을 가볍게 지났다. 고가철도의 기둥을 돌 때 '탁-탁-탁!' 하는 귀에 익은 모터사이클 소리가 들리면서 광분한 경찰관이 우리 옆에 바짝 따라오는 게 보였다.

"알았소, 친구!" 개츠비가 차를 멈추고 소리쳤다. 그는 지갑에서 하얀 카드를 꺼내 경찰관 눈앞에서 흔들었다.

"됐습니다, 개츠비 씨. 몰라 뵈서 죄송합니다. 용서하십시오!" 경찰관이 거수경례하며 말했다.

"뭔데요? 그 옥스퍼드 사진이라도 보여준 거예요?"

"전에 경찰 국장한테 호의를 베푼 적이 있는데, 해마다 크리스마스카드를 보내요."

거대한 다리 위에서 햇빛이 철제 들보 사이를 지나 움직이는 자동차들 위에 끊임없이 어른거렸다. 강 건너, 하얀 각설탕

덩어리처럼 솟아 있는 도시를 보면서 나는 그것들이 모두 깨끗한 돈으로 세워졌기를 바랐다. 퀸즈보로 다리에서 바라보는 뉴욕은 세상의 모든 기인들과 미인들이 품었던 무모한 기대가 깃들어 있다는 점에서 늘 처음 보는 도시처럼 신선했다.

꽃으로 장식한 영구차가 지나가고 있었다. 차양을 내린 마차 2대와 고인의 친구들을 태운 좀 더 활기찬 마차들이 그 뒤를 따르고 있었다. 그들은 동남부 유럽인 특유의 짧은 윗입술과 슬픈 눈으로 우리를 내려다보았다. 그들이 우울한 휴일에 개츠비의 화려한 차를 봤다고 생각하니 기분이 좋았다.

우리가 블랙웰 섬[22]을 지날 때 백인 기사가 운전하는 리무진이 우리 앞을 지나갔다. 맵시 있게 차려입은 흑인 남자 둘과 여자 하나가 타고 있었는데, 그들이 거만하게 경쟁이라도 하듯 우리를 향해 달걀 노른자 같은 눈동자를 굴리는 걸 보고 나는 웃음을 터뜨렸다.

이 다리를 넘었으니 이제 무슨 일이든 일어나겠지. 무슨 일이든…… 심지어 개츠비라는 인물의 존재도 특별히 놀랄 일도 아니잖아. 나는 혼자 생각했다.

---

22 퀸스와 맨해튼 사이에 흐르는 이스트 강에 있는 섬. 자선병원과 형무소가 있는 섬으로, 1921년에 웰페어 섬으로 이름이 바뀌었다가 1973년에 다시 프랭클린 루스벨트 섬으로 바뀌었다.

* * *

시끄러운 한낮이었다. 선풍기 시설이 잘 된 42번 가의 지하 레스토랑에서 점심을 먹기로 했다. 바깥 거리의 햇살 속에 있다가 컴컴한 실내로 들어온 탓에 식당 대기실에서 다른 사람과 이야기하고 있는 개츠비를 겨우 알아보았다.

"캐러웨이 씨, 내 친구 울프샤임[23] 씨예요."

작고, 코가 납작한 유대인이 큰 머리를 들어 나를 보았는데, 콧구멍에 코털이 무성했고, 작은 두 눈은 한참 만에야 보였다.

"그래서 그를 한 번 노려봤지. 내가 뭐라고 했을 것 같은가?" 울프샤임은 나와 악수하며 진지하게 말했다.

"뭐라고요?" 내가 공손하게 물었다.

하지만 그는 내 손을 놓더니 그 독특한 코를 개츠비 쪽으로 향했다. 나에게 한 말이 아니었던 것이다.

"캐츠포에게 돈을 주면서 내가 말했지. '좋아, 캐츠포. 그가 입을 다물기 전까진 한 푼도 주지 마.' 그랬더니 그 자리에서 바로 입을 다물더군."

개츠비가 우리 두 사람의 팔을 하나씩 잡고 레스토랑 안으로 들어가자, 울프샤임은 막 꺼내려던 말을 입안으로 삼키고 몽유병자처럼 멍해졌다.

---

23 도박사이자 조직 폭력계의 거물인 아놀드 로스스타인이 모델임

"하이볼로 드릴까요?" 수석 웨이터가 물었다.

"멋진 레스토랑이군. 하지만 난 길 건너편이 더 좋아!" 울프샤임은 천장에 그려진 장로교 요정들을 보면서 말했다.

"그래, 하이볼로 주게."

개츠비가 주문하고 나서 울프샤임 씨에게 말했다.

"거긴 너무 더워요."

"덥고 좁긴 하지. 하지만 추억이 가득해."

"거기가 어딘데요?" 내가 물었다.

"옛날 메트로폴[24]요."

"옛날 메트로폴…."

울프샤임은 침울한 얼굴로 곱씹었다.

"죽고 없는 얼굴로 가득하지. 영영 가버린 친구들로 가득해. 거기서 로지 로젠탈[25]이 총에 맞은 그 밤을 평생 잊을 수가 없어. 그때 우리 여섯은 테이블에 앉아 있었고, 로지는 밤새도록 먹고 마셨지. 새벽이 될 무렵, 웨이터가 이상한 표정으로 그에게 다가와서 누가 밖에서 잠깐 보자고 한다는 거야. 로지가 '좋아!' 그러면서 자리에서 일어나기에 내가 다시 앉혔어. '보고 싶으면 그 녀석들 보고 이리 오라고 해, 로지. 밖으로 나

24 브로드웨이와 43번가 근처에 있는 호텔 이름

25 1912년 메트로폴 호텔에서 반대파 갱 단원에게 살해당했다.

가면 절대 안 돼!' 그때가 새벽 4시 무렵이었으니 아마 블라인드를 올렸다면 밝은 새벽빛을 볼 수 있었을 거야."

"그가 나갔나요?" 내가 순진하게 물었다.

"물론 나갔지. 그는 문 쪽으로 가면서 말했어. '내 커피 치우지 못하게 해!' 그리고 밖으로 나가자 놈들은 그의 불룩한 배에 총을 3발 쏘고 차를 타고 도망갔어."

울프샤임의 코가 분통 터진다는 듯 번득였다.

"그들 중 4명은 전기의자에 앉았지요."

내가 기억을 더듬으며 말했다.

"베커까지 다섯이지. 근데 당신이 사업 거래처를 찾는 걸로 아는데." 그의 콧구멍이 나에게 관심을 보였다.

사업 거래처라니 나는 깜짝 놀랐다. 개츠비가 급히 말했다.

"아닙니다. 이 분은 그 사람이 아니에요!"

"아니라고?" 울프샤임은 실망한 듯 보였다.

"이 사람은 그냥 친구예요. 그 이야기는 다음에 하자고 아까 말씀드렸잖아요."

"미안하네. 내가 사람을 잘못 봤군."

육즙이 풍부한 다진 고기 요리가 나오자, 울프샤임은 옛날의 메트로폴의 감상적인 분위기는 잊어버리고 맹렬하면서도 섬세하게 먹기 시작했다. 그러는 동안에도 그의 눈은 아주 천천히 식당을 두리번거렸다. 등을 돌려 바로 뒤에 있는 사람들까지 살펴보고 나서야 그는 한 바퀴 살피는 일을 끝냈다. 내가 없었다면 그는 아마 우리 식탁 밑까지도 잠깐 들여다봤을 것이라는 생각이 들었다.

"이봐요, 친구. 내가 혹시 오늘 아침 차 안에서 기분 상하게 하지나 않았는지 걱정스럽네요."

개츠비가 특유의 미소를 지으며 나한테로 몸을 기울이고 말했다. 하지만 이번에는 나도 잠자코 있지 않았다.

"나는 수수께끼 같은 거 좋아하지 않습니다. 왜 직접 말하지 않고 베이커 양을 통해서 합니까?"

"아, 비밀 같은 건 아무것도 없어요. 아시다시피 베이커 양은 훌륭한 운동선수고 옳지 않은 일을 할 사람이 아니잖아요." 그는 나를 안심시켰다.

그는 시계를 보더니 갑자기 자리를 박차고 일어나 울프샤임과 나를 테이블에 남겨둔 채 급히 밖으로 나갔다.

"전화를 걸 일이 있어서 그래. 훌륭한 친구지, 안 그런가? 얼굴도 미남인 데다 완벽한 신사야."

눈으로 그의 뒷모습을 좇으며 울프샤임이 말했다.

"네."

"그는 영국 오그스포드 출신이야."

"아, 네."

"영국에 있는 오그스포드 대학에 다녔어. 오그스포드 대학 알지?"

"네, 들어봤습니다."

"세계에서 제일 유명한 대학 중 하나지."

"개츠비를 아신 지 오래되셨나요?" 내가 물었다.

"몇 년쯤!" 그는 기쁜 듯이 대답했다.

"그를 알게 된 건 전쟁 직후였어. 1시간 동안 그와 얘기하고 나니 혈통이 좋은 사람이라는 생각이 들더군. '집에 데려가서 어머니와 누이동생에게 소개해 주고 싶은 사람' 이라고 생각할 정도로 말이야."

그는 잠시 말을 끊었다.

"내 커프스 단추를 보고 있군."

사실 단추를 보던 게 아니었지만 그 말을 듣고 나는 단추를 쳐다보았다. 묘하게 친근감이 가는 상아 세공품이었다.

"인간의 어금니로 만든 최고급품이지."

"그렇다면! 참 흥미로운 발상이네요."

그는 소매를 재빨리 걷어 코트 밑으로 감췄다.

"개츠비는 여자에게 무척 조심스러워. 친구의 부인을 쳐다보는 일은 절대로 없지."

본능적인 신뢰의 대상이 테이블로 돌아오자 울프샤임은 커피를 단숨에 마시고 자리에서 일어섰다.

"점심 잘 먹었네. 오래 있다 눈총받기 전에 두 젊은이에게서 얼른 떠나야지." 그가 말했다.

"서두르지 마세요, 마이어."

개츠비가 건성으로 말했다. 울프샤임은 축복의 기도처럼 두 손을 들었다.

"고맙지만 난 다른 세대에 속한 사람이니까." 그가 엄숙하게 말했다.

"자네들은 이제 스포츠나 젊은 아가씨 뭐 그런 이야기를 해. 그리고……" 그는 알아서 상상하라는 듯 손을 흔들었다.

"나야 이제 쉰이니 자네들을 귀찮게 하고 싶지 않네."

악수를 하고 돌아설 때 그의 코가 왠지 슬프게 떨려서 혹시 내가 기분 상하게 했나 싶어서 마음에 걸렸다.

"그는 가끔 아주 감상적이 될 때가 있어요. 오늘이 바로 그런 날이에요. 뉴욕에선 유명한 인물이죠. 브로드웨이의 명사예요." 개츠비가 설명했다.

"뭐하는 사람인데요? 배우인가요?"

"아뇨."

"그럼 치과 의사?"

"마이어 울프샤임이? 아니, 도박사예요."

개츠비는 잠시 망설이다 냉정하게 덧붙였다.

"1919년 월드 시리즈를 조작[26]한 장본인이에요."

"월드 시리즈를 조작해요?" 나는 되물었다.

순간 나는 아찔했다. 물론 1919년의 월드 시리즈 조작 사건은 기억하고 있었지만, 그 사건은 순전히 우발적으로 발생한 일이고, 불가피한 여러 상황이 얽힌 결과라고만 생각했던 것이다. 한 사람이 5천만 명이나 되는 팬들의 믿음을 우롱한다는 건 도저히 있을 수도, 생각할 수도 없는 일이니까.

"어떻게 그런 일이 일어날 수 있었어요?"

"기회를 잡았던 거지요."

"그는 왜 감옥에 들어가 있지 않죠?"

"그 사람은 잡아넣지 못해요, 친구. 영리한 사람이거든요."

나는 내가 점심값을 내겠다고 고집을 부렸다. 웨이터가 거스름돈을 가지고 왔을 때 건너편의 북적거리는 방에 톰 뷰캐넌이 있는 게 보였다.

"잠깐만요. 인사할 사람이 있어서요." 내가 말했다.

---

26 일명 블랙삭스 부정 사건으로, 1919년 시카고 화이트 삭스 팀 소속 선수 8명이 뇌물을 받고 신시내티 레즈에 져주었다는 혐의의 추문이다. 당시 배후 조종 인물로 로스스타인이 지목되었다.

톰은 나를 보자 벌떡 일어나 우리 쪽으로 걸어왔다.

"그동안 어디 있었어? 네가 전화도 한 통 안 한다고 데이지가 무척 화났어." 그가 열렬하게 따져 물었다.

"뷰캐넌, 이쪽은 개츠비 씨야."

그들은 짧게 악수했다. 개츠비의 얼굴이 굳어지면서 당황한 것처럼 보였다. 익숙하지 않은 표정이었다.

"그동안 어떻게 지냈어? 어쩌다가 이렇게 멀리까지 식사하러 오게 된 거야?" 톰이 내게 따지듯 물었다.

"개츠비 씨랑 점심 먹으러 왔어."

나는 개츠비 쪽으로 몸을 돌렸지만 그는 거기에 없었다.

* * *

1917년 10월 어느 날이었어요.

(그날 오후 조던 베이커는 플라자 호텔 커피숍에서 딱딱한 등받이 의자에 몸을 꼿꼿이 세우고 앉아서 말했다)

나는 보도와 잔디밭을 오가며 걷고 있었는데, 잔디밭 쪽이 더 기분 좋았어요. 밑창에 고무가 붙어 있는 영국산 구두라 부드러운 잔디에 쏙쏙 잘 박혔거든요. 새로 산 체크무늬 스커트는 바람에 날리고, 집집마다 문 앞에 걸려 있는 붉은색과 흰색, 푸른색의 깃발들이 팽팽히 펼쳐지면서 바람이 불 때마다 불만스럽다는 듯 '탓 탓 탓 탓' 소리를 내고 있었죠.

가장 큰 깃발과 가장 큰 잔디밭은 데이지 페이네 것이었어요. 데이지는 막 열여덟 살이 되었는데 저보다 두 살 위였어요. 그녀는 루이빌의 젊은 아가씨들 중에서 가장 인기가 많았어요. 그녀는 하얀 원피스를 입고, 하얀 소형 로드스터를 몰고 다녔어요. 캠프 테일러에서 근무하는 젊은 장교들이 어떻게든 그녀를 독차지하려고 매일 전화를 걸고 난리였어요.

그날 아침에 그녀의 집 맞은편에 가 보니, 흰색 로드스터가 길모퉁이에 서 있고, 그 안에 그녀가 처음 보는 중위와 앉아 있는 게 보였어요. 서로 어찌나 열중해 있던지 내가 다섯 걸음 앞으로 갈 때까지도 날 알아차리지 못할 정도였어요.

"안녕, 조던. 이리 좀 와봐."

그녀가 놀란 표정으로 나를 불렀어요. 나는 우쭐했어요. 나보다 위인 여자들 중에서 데이지를 가장 동경했거든요. 붕대 만들러 적십자사로 가는 길이냐고 묻기에 그렇다고 대답했더니, 자기는 오늘 못 간다고 전해 달라더군요. 장교는 데이지가 말하는 동안 줄곧 그녀를 쳐다보고 있었는데, 젊은 아가씨라면 누구나 받고 싶어 하는 그런 눈빛이었어요. 내게는 너무 낭만적인 일이라 지금까지도 그 일을 자세히 기억하고 있어요. 그의 이름이 바로 제이 개츠비였고, 나중에 롱아일랜드에서 그를 만났을 때는 같은 사람인 줄 몰랐어요.

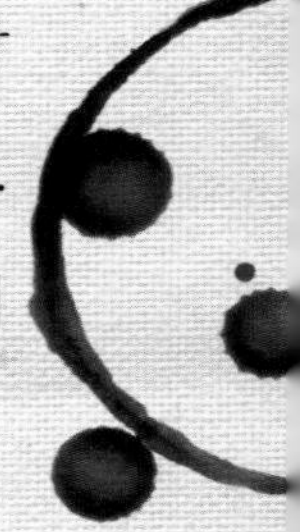

그게 1917년의 일이었어요. 그 이듬해 내게도 남자 친구가 몇 사람 생겼고, 골프 시합에 나가기 시작하면서 데이지를 자주 만나지 못했어요. 그녀는 늘 자기보다 나이가 많은 사람들과 어울렸는데, 이상한 소문이 돌았어요. 어느 겨울밤, 데이지가 해외로 가는 군인을 전송하러 뉴욕에 가려고 가방을 챙기다가 어머니한테 들켜서 못갔다는 거예요. 그 다음부터 그녀는 더 이상 군인들과 사귀지 않았고, 대신 군대에 들어갈 수 없는 평발이나 근시인 젊은 남자들하고만 어울렸대요.

다음 해 가을이 되자 데이지는 다시 명랑해졌어요. 세계대전이 휴전에 들어간 뒤에는 사교계에 드나들기 시작하면서 2월에 뉴올리언스 출신 남자와 약혼하더니, 6월에 시카고의 톰 뷰캐넌과 결혼했어요. 루이빌에서는 일찍이 보지 못했던 성대한 결혼식이었어요. 톰은 자동차 4대에 백여 명을 태우고 왔어요. 실바크 호텔 한 층을 통째로 빌렸고, 결혼식 전날에는 그녀에게 35만 달러짜리 진주 목걸이를 선물했어요.

나는 신부 들러리였어요. 피로연이 열리기 30분 전에 신부방에 들어가 보니, 꽃으로 장식한 드레스를 입고 6월의 밤처럼 아름답게 침대에 누워 있었어요. 그런데 취해서 얼굴이 원숭이처럼 빨간 거예요. 한 손에는 프랑스산 백포도주 한 병을 쥐고, 다른 손에는 편지 한 장을 들고 있었어요.

"축하해 줘. 한 번도 술을 마셔본 적이 없지만 지금은 술을 즐기고 있어." 그녀가 중얼거렸어요.

"왜 그래, 데이지?"

나는 겁이 났어요. 술 취한 여자를 본 적이 없었거든요. 그녀는 침대 위에 올려놓은 쓰레기통을 뒤지더니 진주 목걸이를 꺼냈어요.

"자, 이걸 갖고 아래층으로 내려가서 주인이 누구든 그 사람한테 돌려주고, 데이지의 마음이 변했다고 전해. 데이지는 마음이 변했다고 말이야!"

데이지가 울기 시작했어요. 나는 얼른 뛰어나가서 데이지 어머니의 하녀를 찾아 데려 왔어요. 우리는 문을 잠그고 찬물이 든 욕조에 그녀를 집어넣었어요. 그래도 손에 쥔 편지를 놓지 않더니, 욕조 속에서 편지를 물에 담가 꼭 쥐어 축축한 덩어리를 만들더니 마침내 눈송이처럼 조각조각 흩어지는 것을 보고서야 그걸 비누 접시에 버렸어요.

다른 말은 한마디도 하지 않았어요. 우리는 그녀가 정신 차리게 암모니아 냄새를 맡게 하고 이마에 얼음을 얹어주고 다시 드레스를 입혔어요. 그리고 30분 뒤 방에서 나왔을 때 진주 목걸이는 그녀의 목에 걸려 있었고, 톰 뷰캐넌과 결혼식을 올렸고, 남태평양으로 3개월 예정으로 신혼여행을 떠났어요.

그들이 돌아온 뒤에, 산타바바라에서 만났는데, 나는 남편에게 그렇게 미쳐있는 여자는 처음 봤어요. 그가 잠깐만 안 보여도 불안하게 "톰이 어디 갔지?" 하며 방 안을 돌아다니며 그가 다시 문가에 나타날 때까지 얼빠진 표정을 하고 있는 거예요. 모래 위에 앉아서 남편 머리를 무릎에 올려놓고 1시간이나 그의 눈가를 쓰다듬으며 무한한 기쁨으로 내려다보곤 했죠. 그들이 함께 있는 모습을 봤으면 아마 감동받았을 거예요. 너무 매혹적이라 숨죽이고 웃을 정도로요.

그때가 8월이었어요. 내가 산타바바라를 떠난 지 일주일 뒤에 톰이 몰던 차가 벤투라 도로에서 왜건과 충돌해 앞바퀴가 빠지는 사고가 있었어요. 같이 타고 있던 여자의 팔이 부러지는 바람에 신문에 났는데, 산타바바라 호텔 청소부였어요.

이듬해 4월에 데이지는 딸을 낳았고 그들은 1년 동안 프랑스에서 살았어요. 봄에 칸[27]에서 그들을 만났고 그 다음엔 도빌[28]에서 봤는데, 그 뒤에 그들은 시카고로 돌아와서 정착했어요. 아시다시피 데이지는 시카고에서 인기가 좋았어요. 두 사람은 젊고 부유하고 난폭한 사람들과 어울려 다녔지만 데이지는 평판이 좋았어요. 아마 술을 마시지 않아서였을 거예

27 프랑스 리비에라 해안에 있는 휴양 도시
28 프랑스 북서쪽 해안에 있는 휴양 도시

요. 술꾼들 틈에서 술을 마시지 않는 건 굉장한 이점이거든요. 입 조심할 수 있고, 실수를 해도 시간을 맞출 수 있죠. 술 취한 사람들이 그 실수를 알아차리지 못하거나 신경 쓰지 않도록요. 데이지는 외도 같은 건 꿈도 못 꿨을 거예요. 하지만 그녀의 목소리에는 늘 뭔가가 있었죠…….

그런데 6주 전에 데이지가 몇 년 만에 처음으로 그 이름을 다시 들은 거예요. 기억나요? 내가 '개츠비란 사람은 아실 텐데요'라고 물었던 거. 그날 밤에 내 방에 들어와서 나를 깨우더니 "개츠비라니, 어느 개츠비 말이야?"라고 묻더라고요.

그래서 내가 반쯤 졸면서 그에 관해 말해 줬어요. 그러자 그녀는 아주 이상한 목소리로 자기가 알고 있는 그 사람이 틀림없다는 거예요. 그때까지 나는 데이지의 하얀 자동차를 타고 있던 장교와 개츠비를 연관시키지 못했었는데 말이죠.

* * *

조던 베이커가 이야기를 모두 마쳤을 때는 플라자 호텔을 떠난 지 30분이 지난 뒤였다. 우리는 빅토리아(관광객용 마차)를 타고 센트럴 파크를 지나고 있었다. 해는 벌써 웨스트 50번가의 영화배우들이 사는 고층 아파트 뒤로 넘어갔고, 아이들의 맑은 목소리가 풀잎 위의 귀뚜라미처럼 뜨거운 황혼 위로 솟아올랐다.

나는 아라비아의 족장[29]

그대 사랑은 나의 것

그대가 잠든 밤에

그대 텐트 속으로 기어들어가리.

"그것 참 묘한 우연의 일치군요." 내가 말했다.

"그건 전혀 우연의 일치가 아니었어요."

"왜죠?"

"개츠비가 그 집을 산 건 데이지가 만 건너편에서 살고 있기 때문이니까요."

그렇다면 그 6월의 밤에 그가 바라보았던 것은 밤하늘의 별들만이 아니었다. 무의미하게 호화롭기만 하던 장막이 걷히고 갑자기 그가 세상에 모습을 드러냈다.

"그는 당신이 데이지를 초대하고, 자기도 불러줄 수 있는지 알고 싶대요." 조던이 말을 이었다.

이토록 겸손한 요청이라니 나는 너무 충격을 받아서 몸이 떨릴 지경이었다. 5년을 기다려서 저택을 산 다음 우연히 날아드는 나방들한테 별빛을 나눠주면서, 정작 자기는 남의 집 정원에 언젠가 건너갈 수 있기만 바랐다니!

29 1921년에 미국에서 크게 유행한 노래

"내가 이 모든 것을 알기 전에는 그런 간단한 부탁조차 할 수 없었던 걸까요?"

"두려운 거죠. 너무 오래 기다렸으니까요. 당신 기분을 상하게 할까 걱정하는 마음 반, 이 일에 대한 집착 반이에요."

"당신에게 부탁해도 될 텐데 왜 굳이 나한테?"

"그는 데이지에게 자기 집을 보여주고 싶어 해요. 당신 집이 바로 옆집이잖아요." 그녀가 설명했다.

"아!"

"언젠가 그녀가 그의 파티에 오기를 기대했던 것 같아요. 하지만 그녀는 오지 않았어요. 그래서 그는 사람들에게 그녀를 아는지 슬그머니 묻기 시작했고, 그러다가 처음으로 찾아낸 사람이 바로 나였죠. 댄스파티에서 나를 불렀던 바로 그날 말이에요. 얼마나 조심스럽게 얘기를 꺼내던지! 물론 나는 당장 뉴욕에서 점심을 같이 하자고 했지요. 그랬더니 '정도를 벗어난 짓을 할 생각은 없어요! 나는 그녀를 옆집에서 만나고 싶습니다.' 이러는 거예요. 정신이 좀 이상한 게 아닌가 싶더라니까요. 당신이 톰의 특별한 친구라고 말하자 그는 계획을 전부 포기하려 했어요. 그는 톰에 관해 거의 모르더군요. 혹시나 데이지의 이름이 눈에 띌까 해서 몇 해 동안 시카고 신문을 읽었다면서도요."

벌써 날이 어두워지고 있었다. 우리를 태운 마차가 작은 다리 아랫길로 빠져 들어갈 때 나는 한 팔을 조던의 황금빛 어깨에 둘러 끌어당기며 같이 저녁을 먹자고 말했다. 갑자기 데이지와 개츠비가 머릿속에서 사라졌다. 그 대신 깔끔하고, 튼튼하고, 냉정하며, 조금 편협하기도 한 여자, 손에 닿는 사람, 보편적인 의심을 하고, 유쾌하게 내 팔에 기대고 있는 여자가 머릿속 가득 들어와 있었다. 그런데 격렬한 흥분과 함께 다음과 같은 한 구절이 뇌리에 울리기 시작했다.

'세상에는 쫓기는 자와 쫓는 자, 바쁜 자와 지친 자가 있을 뿐이다.'

"데이지의 삶에도 뭔가 있어야 해요."

조던이 나에게 중얼거렸다.

"데이지는 개츠비를 만나고 싶대요?"

"그녀는 아직 아무것도 몰라요. 개츠비는 그녀가 이 사실을 모르길 원해요. 당신은 그냥 차 마시러 오라고 데이지를 초대하기만 하면 돼요."

장벽처럼 늘어선 컴컴한 나무들을 지나 59번가 초입에 들어서자 아늑하지만 창백한 불빛 덩어리가 공원을 비추고 있었다. 개츠비나 톰 뷰캐넌과는 달리 나에게는 어두운 처마 밑이나 번쩍이는 간판을 따라 떠오르는 여자가 없었다.

나는 옆에 있는 여자를 두 팔로 조이며 바짝 끌어당겼다. 파리하고 냉소적인 그녀의 입술이 살며시 미소를 지었고, 그녀를 더 바짝 이번에는 내 얼굴 쪽으로 끌어당겼다.

제5장

그날 밤 웨스트에그로 돌아왔을 때 나는 잠시 집이 불타고 있는 줄 알았다. 새벽 2시의 작은 반도 한 모퉁이가 구석구석 불빛으로 타오르는 것처럼 보였기 때문이다. 불빛은 관목 위에 비현실적으로 내리 비추었고, 길가 전선에도 가늘고 긴 불빛을 비추었다. 모퉁이를 돌아서서야 나는 꼭대기부터 지하실까지 전등불을 밝혀놓은 개츠비의 저택을 보았다.

처음에는 또 파티가 열려 '숨바꼭질'이나 '밀어내기 놀이'를 하느라 온 집안이 놀이터가 됐나 했는데, 너무 조용했다. 나무 사이로 스치는 바람이 전깃줄을 흔들어 마치 집이 어둠을 향해 윙크하고 있는 것처럼 불빛만 깜박이고 있었다. 택시가 요란하게 사라지자, 개츠비가 잔디밭을 걸어왔다.

"세계 박람회장 같군요." 내가 말했다.

"그래요?" 그는 무심히 자기 집 쪽을 돌아보았다.

"지금까지 방을 좀 돌아보고 있었어요. 우리 코니아일랜드에 갈래요? 내 차로 같이 갑시다."

"너무 늦었어요."

"그럼, 풀장에 뛰어드는 건 어때요? 여름 내내 한 번도 안 썼거든요."

"난 자고 싶어요."

"알았어요."

그는 기다렸다. 조바심을 억제하고 나를 쳐다보며.

"베이커 양한테 다 들었어요. 내일 데이지에게 전화를 걸어 여기로 차 마시러 오라고 초대할 겁니다."

잠시 후 내가 말했다.

"아, 그거 잘됐군요. 친구에게 폐를 끼치고 싶지 않습니다만." 그가 엉겁결에 말했다.

"언제가 좋을까요?"

"언제가 좋으세요? 정말 폐를 끼치고 싶지 않아요. 아시죠?" 그는 내 말을 재빨리 바로잡았다.

"모레는 어떠세요?"

그는 잠시 생각하더니 내키지 않는 듯 말했다.

"그날은 잔디를 깎을 거예요."

우리는 동시에 잔디밭을 쳐다보았다. 내 초라한 잔디와 무성하게 잘 가꿔진 그의 광활한 잔디밭이 아주 뚜렷하게 경계를 이루고 있어서 우리 집 잔디를 말하나 보다 싶었다.

"사소한 게 또 하나 있는데요."

그는 애매하게 말하면서 머뭇거렸다.

"그럼 아예 며칠 뒤로 연기할까요?" 내가 물었다.

"아, 그게 아니라. 적어도……"

그는 말만 꺼내놓고 계속 우물쭈물했다.

"저, 내 생각엔…… 친구 수입이 그리 많은 편은 아니죠?"

"네, 그리 많지 않습니다."

이 대답에 안심했는지 그는 좀 더 자신 있게 말을 이었다.

"그럴 거라고 생각했습니다. 실례였다면 용서하세요. 나는 일종의 부업으로 조그만 사업을 하고 있습니다. 그래서 생각해 봤는데 친구 수입이 많지 않으면…… 지금 증권을 팔고 있죠, 친구?"

"네. 그렇습니다."

"그럼 이 일에 흥미를 느낄 겁니다. 시간을 별로 들이지 않고도 꽤 많은 수입을 올릴 수 있거든요. 가끔 비밀을 지켜야 하는 일이 생기긴 하지만."

다른 상황에서 이런 말을 들었다면 내 인생의 중대한 고비가 됐겠지만, 보답 차원의 대가라는 것이 명백했기 때문에 나는 그 자리에서 거절하는 것 밖에 선택의 여지가 없었다.

"지금 하고 있는 일도 벅찹니다. 고마운 말씀이지만 다른 일은 할 수가 없어요." 내가 대답했다.

"울프샤임과 거래하지 않아도 될 겁니다."

그는 분명히 점심 식사 때 울프샤임이 입에 올렸던 '사업 거래처'라는 말 때문에 내가 피한다고 생각하는 모양이었다. 나는 그렇지 않다고 분명하게 말해 주었다. 그는 내가 다른 얘기를 꺼내기를 한참이나 기다렸지만, 내가 말도 못하게 피곤해 했기 때문에 마지못해 집으로 돌아갔다.

그날 저녁, 나는 마음이 가벼웠고 행복했다. 현관을 들어서는 것이 마치 깊은 잠 속으로 걸어 들어가는 것 같았다. 그래서 나는 개츠비가 코니아일랜드에 갔는지, 그가 얼마나 오랫동안 집에 요란스럽게 불을 켜놓고 방들을 들여다보았는지 알지 못한다.

이튿날 아침 사무실에서 나는 데이지에게 전화를 걸어 우리 집에 차 마시러 오라고 초대했다.

"근데 톰은 데리고 오지 마." 내가 말했다.

"뭐라고요?"

"톰은 데리고 오지 말라고."

"톰이 누군데요?" 그녀는 천진난만하게 물었다.

약속한 날 하필 비가 퍼부었다. 11시가 되자 비옷을 입은 남자가 잔디 깎는 기계를 들고 개츠비 씨가 우리 집 잔디를 깎으러 보냈다면서 현관문을 두드렸다. 문득 핀란드인 가정부에게 다시 와달라고 부탁한다는 걸 깜박한 게 생각났다. 그래서 나는 차를 몰고 웨스트에그 마을로 가서, 비에 젖은 하얀 골목에서 그녀를 찾아낸 다음, 컵과 레몬과 꽃을 조금씩 샀다.

꽃은 살 필요가 없었다. 2시쯤 개츠비의 저택에서 온실을 통째로 보낸 건가 싶을 정도로 많은 화분이 도착했기 때문이다. 1시간 후, 현관문이 요란하게 열리며, 흰 플란넬 양복에 은색 셔츠, 금색 넥타이를 맨 개츠비가 황급히 들어왔다. 창백한 얼굴에, 거뭇한 눈 밑 하며 잠을 제대로 못 잔 것 같았다.

"준비 다 됐습니까?" 그가 곧장 물었다.

"잔디 말입니까? 그거라면 잘 됐습니다."

"잔디? 무슨? 아, 앞뜰 잔디 말이군요."

그는 멍하니 서서 창밖을 내다보았다. 그러나 아무 것도 눈에 들어오지 않는 표정이었다.

"좋아요. 신문 보니까 4시쯤에 비가 그친대요. '저널'에서 본 것 같아요. 차는 다 준비되었나요?" 그가 흐릿하게 말했다.

나는 그를 식품실로 안내했다. 그는 핀란드인 가정부를 못마땅한 듯 쳐다보았다. 우리는 식품점에서 배달된 레몬케이크 12개를 세심하게 살펴보았다.

"됐나요?" 내가 물었다.

"그럼요, 물론이죠! 아주 훌륭해요!"

그리고 그는 의미 없는 한마디를 덧붙였다. "친구."

3시 반쯤 되자 비는 물기 머금은 안개로 바뀌어, 이슬비가 조금씩 흘러내리는 정도가 되었다. 개츠비는 멍한 눈으로 클레이의 『경제학[30]』을 들여다보다가 부엌에서 나는 핀란드인 가정부의 발소리에 놀라기도 하고, 눈에 보이지 않지만 놀라운 사건들이 연달아 밖에서 일어나고 있기라도 한 것처럼 가끔 뿌옇게 흐린 창을 뚫어지게 내다보기도 했다. 결국 그는 자리에서 일어서더니 불안한 목소리로 집에 가겠다고 말했다.

"왜 그러세요?"

"아무도 차 마시러 오지 않을 거예요. 너무 늦었어요! 하루 종일 기다릴 순 없어요." 그는 다른 급한 약속이라도 있는 것처럼 시계를 들여다보았다.

"그러지 마세요. 아직 4시 2분 전이에요."

30 미국 정치가 헨리 클레이가 쓴 경제학 저서. '일반 독자를 위한 입문서'라는 부제가 붙어 있다.

내가 억지로 잡아당긴 것처럼 그는 비참하게 주저앉았다. 그때 우리 집의 좁은 길로 들어오는 자동차 소리가 들렸다. 우리는 벌떡 일어났고, 나는 약간 당황해서 뜰로 뛰어나갔다.

물방울이 떨어지는 앙상한 라일락 나무 밑으로 커다란 오픈카 한 대가 올라오고 있었다. 차가 멈췄다. 데이지의 얼굴이 보랏빛 삼각모자 아래에서 약간 옆으로 기울인 채 밝고 황홀한 미소로 나를 보았다.

"여기가 정말 오빠가 사는 집이에요?"

빗속에서 활기찬 물결 같은 그녀 목소리가 자유분방하게 울려 퍼졌다. 나는 잠시 오르락내리락 하는 그녀의 목소리를 귀로 좇았다. 젖은 머리카락 한 가닥이 푸른 물감을 쭉 그은 것처럼 그녀의 뺨에 흘러내려 있었고, 자동차에서 내리는 것을 도와주려고 잡은 손은 비에 젖어 번들거렸다.

"혹시 나를 사랑하게 됐어요? 아니면 왜 나 혼자 오라고 했어요?" 그녀가 내 귀에 대고 속삭였다.

"그건 '랙렌트 성[31]'의 비밀이야. 운전기사한테 어디 가 있다가 1시간 뒤에 오라고 해."

"퍼디, 1시간 뒤에 와요."

그러고는 낮은 목소리로 내게 중얼거렸다.

31 영국계 아일랜드 소설가 마리아 에지워스가 쓴 소설 제목

"저 사람 이름은 퍼디예요."

"휘발유가 그의 코에 영향을 준 건가?"

"아닐 걸요. 근데 왜요?" 그녀는 순진하게 말했다.

우리는 안으로 들어갔다. 놀랍게도 거실은 텅 비어 있었다.

"어, 이상한데!" 내가 소리를 질렀다.

"뭐가 이상해요?"

가볍고 기품 있게 현관문을 두드리는 소리를 듣고 그녀는 고개를 돌렸다. 나는 가서 문을 열었다. 죽은 사람처럼 창백한 얼굴로 개츠비가 외투 주머니에 두 손을 넣어 아령을 넣은 것처럼 불룩하게 만든 채, 물웅덩이에 서서, 비극적으로 내 눈을 노려보고 있었다.

두 손을 여전히 주머니에 넣은 채 그는 내 옆을 지나 홀 안쪽으로 성큼성큼 걸어가더니, 마치 철사 줄에 매달린 인형처럼 급격히 돌아서 거실 안으로 사라졌다. 그 장면은 조금도 우습지 않았다. 심장이 커다랗게 고동치는 것을 느끼면서 다시 거세지는 빗줄기를 막기 위해 현관문을 닫았다.

30초 동안 아무 소리도 나지 않았다. 다음 순간 거실에서 목멘 중얼거림과 짧은 웃음소리가 들렸고, 데이지의 맑지만 가식적인 목소리가 이어졌다.

"다시 만나서 정말 너무 기뻐요."

그리고 다시 침묵. 무시무시하게 긴 침묵이 이어졌다. 나는 홀에서 할 일이 아무것도 없었기 때문에 방으로 들어갔다.

여전히 두 손을 주머니에 넣고 개츠비는 벽난로 장식에 몸을 기대고 아주 편안한 척, 심지어 좀 따분한 척하면서 서 있었다. 머리를 너무 뒤로 젖힌 나머지 고장 난 벽난로 시계에 기대져 있었는데, 그는 그 자세 그대로 몹시 동요하고 있는 눈빛으로, 깜짝 놀랐으면서도 우아한 자태를 잃지 않고 딱딱한 의자 끝에 앉아있는 데이지를 내려다보고 있었다.

"전에 만난 적이 있지요." 개츠비가 중얼거렸다.

그의 눈은 순간적으로 힐끗 나를 보았고, 웃으려다 만 입술은 약간 벌어져 있었다. 다행히 그 순간 그의 머리에 눌린 시계가 옆으로 기우는 바람에 그는 얼른 돌아서서 떨리는 손가락으로 시계를 붙잡아 제자리에 돌려놓고는 뻣뻣하게 앉아 팔꿈치를 소파의 팔걸이에 올려놓고 손으로 턱을 고였다.

"시계를 건드려서 미안합니다." 그가 말했다.

이제는 내 얼굴이 화끈 달아올랐다. 머릿속에 평범한 말들이 가득 차 있었지만 왠지 한마디도 끄집어낼 수 없었다.

"낡은 시계인 걸요." 나는 바보처럼 말했다.

그때 잠시 우리는 모두 시계가 바닥에 떨어져 산산조각 났다고 믿었던 것 같다.

"여러 해 동안 못 봤네요." 최대한 사무적인 목소리로 아무렇지도 않게 데이지가 말했다.

"오는 11월에 5년 됩니다."

반사적인 개츠비의 대답은 우리를 다시 침묵에 빠뜨렸다. 나는 할 수 있는 건 다 해 본다는 심정으로, 부엌에 가서 차를 마련하는 것을 도와달라며 두 사람을 자리에서 일어나게 했지만, 그 순간 악마 같은 핀란드 가정부가 쟁반 위에 차를 받쳐 들고 들어왔다.

찻잔과 케이크를 받는 동안 자연스럽게 질서가 자리잡혔다. 데이지와 내가 얘기하는 동안 개츠비는 어두운 곳으로 가서 긴장되고 불만스러운 눈빛으로 조심스럽게 우리 두 사람을 쳐다보았다. 그러나 조용하게 있다 가자고 자리를 마련한 것이 아니었기 때문에 나는 기회를 틈타 양해를 구하고 자리에서 일어섰다.

"어디 가려구요?" 개츠비가 놀라서 곧장 물었다.

"곧 돌아올 겁니다."

"가시기 전에 잠깐 할 말이 있어요."

그는 급히 나를 좇아 부엌으로 들어오더니, 문을 닫고는 비참하게 속삭였다.

"맙소사!"

"왜요?"

"이건 끔찍한 실수예요. 끔찍한, 정말 끔찍한 실수예요."

그는 머리를 좌우로 흔들며 말했다.

"그냥 당황한 것뿐이에요. 데이지도 마찬가지고요."

이것은 아주 적절한 말이었다.

"그녀가 당황했다고요?"

그는 믿을 수 없다는 듯 되풀이했다.

"바로 당신이 당황한 것만큼요."

"그렇게 크게 말하지 마세요."

"어린애처럼 구는군요. 게다가 무례하기까지 하고요. 지금 데이지가 저기 혼자 앉아 있잖아요." 내가 버럭 말했다.

그는 손을 들어 내 말을 막고는 원망의 눈빛으로 나를 보았는데, 그 눈빛은 지금도 생생하다. 그는 조심스럽게 문을 열고 다시 거실로 돌아갔다.

나는 뒷문으로 나갔다. 30분 전에 개츠비가 안절부절못하고 집을 한 바퀴 돌았을 때 그랬던 것처럼. 나는 울퉁불퉁한 옹이가 있고, 무성한 잎이 비를 막아주는 커다란 검은 나무쪽으로 뛰어갔다. 비가 다시 퍼붓기 시작했다. 개츠비의 정원사가 잘 깎아주었지만 원래 엉성한 내 잔디밭은 작은 진흙 웅덩이들과 선사시대의 늪지 같은 것들로 가득 찼다.

그 나무 밑에서는 개츠비의 거대한 저택 말고는 아무것도 보이지 않았다. 그래서 나는 칸트가 교회의 뾰족탑을 보았던 것[32]처럼 30분 동안 그 거대한 저택을 바라보았다.

그 집은 10년 전, '복고풍'이 열광적으로 유행할 때 어떤 양조업자가 지은 집이었다. 그는 근방에 있는 작은 집 주인들에게 지붕을 짚으로 덮으면 5년 동안 세금을 대신 내주겠다고 제안했는데, 이웃들이 거절한 탓에 한 가문을 세우려던 계획은 좌절되었고, 그는 몰락했다. 그의 자식들은 문에서 검은 화환을 떼기도 전에 그 집을 팔아버렸다. 미국인들은 농노가 될지언정, 소작농은 되지 않겠다고 늘 고집을 부렸던 것이다.

30분이 지나자 다시 햇살이 비쳤고, 식료품상 자동차가 먹을거리를 싣고 저택의 차도를 돌아 올라왔다. 개츠비는 아무것도 먹고 싶지 않을 것 같았다. 가정부가 저택의 위쪽 창문들을 열기 시작하더니, 중앙에 있는 커다란 베란다에 몸을 기대고 정원에 침을 뱉었다. 이제 그들에게 돌아갈 시간이었다. 빗소리는 그들이 중얼거리는 목소리처럼 들렸고, 그들의 목소리는 감정의 소용돌이에 따라 조금씩 높아지다 낮아지다 했지만 비가 그치고 조용해지자 집안에도 정적이 내려앉았다.

---

32 독일 철학자 임마누엘 칸트는 교회의 뾰족탑을 보며 명상하는 습관이 있었다고 한다.

나는 난로를 뒤엎는 게 아닐까 싶을 정도로 부엌에서 온갖 소란을 피운 다음 안으로 들어갔다. 그러나 그들은 아무 소리도 못 들은 것 같았다. 소파 양쪽 끝에 앉아서 그들은 어떤 질문을 했거나 그 질문이 은은히 감도는 분위기로 서로 마주 보고 있었다. 당황했던 흔적은 어디에도 없었다. 데이지의 얼굴은 눈물로 얼룩져 있었고, 내가 들어가자 그녀는 벌떡 일어나 거울 앞에서 손수건으로 눈물을 닦기 시작했다. 정말로 놀라운 것은 개츠비의 변화였다. 그는 찬란한 빛을 발하고 있었다. 말로도 몸짓으로도 기쁨을 표현하지는 않았지만 행복이 그의 몸에서 뿜어져 나와 작은 방을 가득 채우고 있었다.

"돌아왔군요, 친구."

몇 년이나 못 본 사람처럼 그가 말했기 때문에 순간적으로 나는 그가 악수를 하려는 게 아닌가 생각했다.

"비가 그쳤어요."

"그래요?"

내 말을 듣고서야 그는 방 안에 햇살이 반짝거리는 방울처럼 비쳐들고 있다는 사실을 깨달았다. 그는 다시 나타난 햇살을 열광적으로 환영하는 기상 통보관처럼 환하게 웃으며, 그 기쁜 소식을 데이지에게 전했다.

"어떻게 생각해요? 비가 그쳤다네요."

"기뻐요, 제이."

고통과 슬픔으로 가득 차 있던 아름다운 그녀의 목소리에 뜻밖의 기쁨이 감돌았다.

"데이지와 함께 우리 집에 오세요. 데이지에게 집 구경을 시켜주고 싶어요." 그가 말했다.

"나도 같이 가는 걸 바라는 게 확실합니까?"

"정말 확실히요, 친구."

데이지가 얼굴을 씻는다며 위층으로 올라갔다. 화장실 수건이 창피했지만 이미 늦었으니 어쩔 수 없었다. 개츠비와 나는 잔디밭에서 기다렸다.

"우리 집 어때요? 보기 좋죠? 정면으로 햇살을 받고 있는 모습 좀 봐요." 그가 내게 말했다.

나는 그의 집이 정말 근사하다는 데 동의했다.

"맞아요. 저 집을 사는 데 꼬박 3년이 걸렸어요."

그는 아치형 문과 사각형 탑을 일일이 살피고 있었다.

"재산을 상속받았다면서요."

"그랬지요, 친구. 하지만 대공황 때, 전쟁 후 공황 때요, 거의 다 잃어버렸어요." 그가 대답했다.

지금 다시 생각해보니 그는 그때 자기가 무슨 말을 하고 있는지도 몰랐던 것 같았다. 내가 무슨 사업을 했냐고 묻자 "상관마세요."라고 대답했기 때문이다. 그는 곧 적절한 대답이 아니라는 사실을 깨닫고 얼른 고쳐 말했다.

"아, 여러 가지 일을 했지요. 약국 사업도 하고, 석유 사업도 하고요. 지금은 둘 다 그만두었지만요."

그는 주의 깊게 나를 바라보며 물었다.

"그날 밤 내가 제안한 거 다시 생각해 봤어요?"

그때 데이지가 집에서 나왔다. 그녀의 옷에 두 줄로 나란히 달려 있는 황금빛 단추가 햇빛에 반짝거렸다.

"저 커다란 저택이에요?"

그녀가 손가락으로 가리키며 외쳤다.

"마음에 들어요?"

"정말 마음에 들어요. 하지만 어떻게 저기서 혼자 사시는지 모르겠어요."

"우리 집은 항상 재미있는 사람들로 가득해요. 밤낮없이요. 재미있는 일을 하는 유명한 사람들 말입니다."

해변을 따라 난 좁고 긴 지름길 대신 우리는 도로 쪽으로 내려가서 커다란 그의 집 뒷문으로 들어갔다. 데이지는 특유의 매력적인 속삭임으로 감탄사를 연발했다. 하늘을 배경으로 솟아오른 봉건시대 풍 저택의 실루엣에 감탄하고, 노란 수선화의 짙은 향기, 산사나무와 서양자두 꽃의 가벼운 향기, 야생

오랑캐꽃의 연한 황금빛 향기로 가득한 정원에 감탄했다. 이상하게도 우리가 대리석 계단까지 오도록 문을 드나드는 화려한 드레스들이 하나도 보이지 않았고, 나무에서 지저귀는 새 소리 말고는 아무 소리도 들리지 않았다.

안에 들어가 마리 앙투아네트 음악실과 왕정복고시대 풍의 살롱을 구경할 때까지도, 나는 손님들이 우리가 지나갈 때까지 소파와 테이블 뒤에 조용히 숨어 있으라는 명령을 받은 게 아닐까 생각했다. 개츠비가 '머튼 대학 서재[33]'의 문을 닫았을 때, 나는 올빼미 눈을 가진 남자가가 유령처럼 웃음을 터뜨리는 소리를 들었다고 맹세할 수 있다.

우리는 위층으로 올라가서, 장밋빛과 보랏빛 비단으로 휘감고 싱싱한 꽃으로 장식된 고풍스러운 침실을 거쳐, 탈의실과 도박장, 움푹 파인 욕조가 있는 욕실들을 지나갔다. 어떤 방으로 들어서자 파자마 차림의 남자가 머리가 헝클어진 채로 바닥에서 생활 운동을 하고 있었다. '하숙생' 클립스프링거 씨였다. 그날 아침 나는 배고픈 얼굴로 해변을 돌아다니는 그를 보았었다. 결국 우리는 침실과 욕실 그리고 애덤식 서재로 이루어진 개츠비의 방에 도착했다. 우리는 그곳에 앉아서 그가 벽장에서 꺼내 온 샤르트뢰즈 포도주를 한 잔씩 마셨다.

33 옥스퍼드 대학교에 속한 단과 대학 도서관을 본떠 만들었다.

그는 데이지한테서 잠시도 눈을 떼지 않았다. 그녀의 사랑스러운 눈이 반응하는 정도에 따라 자기 집의 모든 것을 재평가하는 것 같았다. 가끔씩 그는 자신의 소유물들을 멍한 시선으로 바라보았다. 그녀가 눈앞에 실재하고 있다는 놀라운 사실 앞에서 다른 모든 것들은 이제 없는 거나 마찬가지라는 듯이. 그러다가 계단에서 거의 굴러 떨어질 뻔하기도 했다.

그의 침실은 순금 화장도구로 장식된 화장대만 빼면 아주 소박한 방이었다. 데이지가 기뻐하며 브러시를 집어 머리를 빗어 내리자 개츠비는 앉아서 눈을 가린 채 웃기 시작했다.

"진짜 웃기죠, 친구. 나는 안 되거든요. 저렇게 하려고 해도……." 그가 명랑하게 말했다.

그는 분명히 두 번째 단계를 지나 세 번째 단계로 접어들고 있었다. 당혹감과 무조건적인 기쁨을 지나 이제는 그녀가 앞에 있다는 놀라운 사실에 사로잡혀 있었다. 아주 오랫동안 몰두했고, 올바른 일이라고 믿으며 꿈꿨으며, 상상하기 어려울 정도의 긴장을 견디며 기다렸던 일이 지금 눈앞에서 일어나고 있는 것이다. 그 반작용이랄까, 지나치게 조여졌던 시계태엽처럼 그는 이제 풀리고 있었다.

잠시 후 그는 정신을 차리고 양복과 실내복, 넥타이와 셔츠가 가득 쌓여 있는 독특한 모양의 커다란 옷장 2개를 열었다.

"영국에서 옷을 사서 보내주는 사람이 있어요. 봄가을로 계절이 바뀔 때마다 물건을 보내지요."

그는 와이셔츠를 하나씩 우리 앞으로 던지기 시작했다. 접혀 있던 얇은 린넨 셔츠, 두꺼운 실크 셔츠, 고급 플란넬 셔츠가 활짝 펼쳐지면서 갖가지 색상으로 어지럽게 테이블을 덮었다. 우리가 감탄하며 바라보는 동안 그는 셔츠를 더 많이 가져와서, 부드러운 고급 셔츠 더미를 더 높이 쌓았다. 줄무늬, 소용돌이무늬, 체크무늬의 산호색, 연두색, 보라색, 옅은 오렌지색 셔츠에는 짙은 하늘색으로 그의 이니셜이 새겨져 있었다. 갑자기 데이지가 셔츠 속에 머리를 묻고 울음을 터뜨렸다.

"정말 너무 아름다워요. 이제껏 이렇게⋯⋯ 이렇게 아름다운 셔츠를 본 적이 없어요. 그래서 슬퍼요."

그녀의 목소리는 겹겹이 쌓인 셔츠 속에 묻혀버렸다.

* * *

집안을 구경하고 나서 우리는 마당과 수영장 그리고 수상비행기와 한여름 꽃들을 둘러볼 생각이었다. 그러나 창 밖에 다시 비가 내리기 시작했기 때문에 우리는 나란히 서서 파도치는 바다를 바라보았다.

"안개가 끼지 않았으면 만 건너편에 있는 당신 집이 보였을 텐데. 부두 끝에는 늘 초록빛 불이 켜있더군요."

데이지가 불쑥 그의 팔짱을 꼈지만 그는 방금 자기가 한 말에 정신이 팔려 있었다. 어쩌면 그 불빛이 지니고 있던 어마어마한 의미가 이제 영원히 사라졌다는 생각이 들었는지도 모른다. 그와 데이지를 갈라놓았던 머나먼 거리와 비교해 보면 이제 그 불빛은 아주 가까이, 거의 손으로 만질 수 있을 만큼 가까이 있었다, 달 가까이 있는 별처럼. 이제 그것은 부두를 밝히는 초록 불빛에 지나지 않았고, 그의 마음을 사로잡았던 대상 하나가 줄어들었다.

나는 어둑해서 형체가 뚜렷하지 않은 온갖 물건들을 살펴보면서 방안을 돌아다녔다. 책상 위에 커다란 사진이 걸려 있었다. 요트복을 입은 나이 지긋한 남자의 사진이었다.

"누굽니까?"

"그 사람? 댄 코디 씨예요, 친구. 돌아가셨어요. 몇 해 전까지만 해도 내 가장 친한 친구였는데."

어디선가 들어본 것 같은 익숙한 이름이었다.

사무용 책상 위에는, 역시 요트복을 입고 반항적으로 머리를 뒤로 젖힌 열여덟 살쯤의 어린 개츠비 사진이 있었다.

"어머 귀여워라! 이 퐁파두르 스타일[34] 말이에요! 이런 머

34 앞머리를 뒤로 둥글게 말아올리고 양 옆머리는 위로 빗어 올려 앞머리와 합친 머리 모양

리를 했었다고 말한 적 없잖아요. 요트 얘기도 한 적 없고요." 데이지가 소리쳤다.

"이것 좀 봐요. 여기 오려둔 이 많은 기사들이 다 당신에 관한 것들이에요." 개츠비가 급히 말했다.

그들은 나란히 서서 그것을 살펴보았다. 내가 루비를 보여달라고 말하려는데 전화벨이 울렸고, 개츠비가 수화기를 집어 들었다.

"네…… 지금은 말할 수 없어요…… 지금은 안 돼요, 친구. 작은 도시라고 했죠…… 작은 도시가 어디인지는 그가 알고 있을 거예요…… 글쎄, 디트로이트가 작은 도시라고 생각한다면 그는 우리한테 쓸모가 없어요……."

그는 전화를 끊었다.

"빨리 와보세요!" 데이지가 창가에서 소리쳤다.

아직도 비가 내리고 있었지만 서쪽 하늘에 덮여 있던 어두운 구름은 사라졌고, 거품 같은 구름이 핑크빛과 금빛으로 바다 위에서 소용돌이 치고 있었다.

"저것 좀 봐요. 저 핑크빛 구름에 당신을 태우고 이리저리 밀어주고 싶어요." 그녀가 속삭였다.

나는 먼저 가려고 했지만 그들은 놓아주지 않았다. 내가 있는 게 단둘이 있는 것보다 더 만족스러운 모양이었다.

"좋은 생각이 났어요. 클립스프링거에게 피아노를 쳐달라고 합시다." 개츠비가 말했다.

그는 방을 나가면서 "유잉!"하고 부르더니 조금 있다가 어리둥절한 표정의 청년을 데리고 왔다. 성긴 금발에 조개껍데기 테안경을 쓰고, 목이 트인 운동 셔츠와 흐릿한 색깔 면바지에 스니커즈를 신고 있었는데 약간 피곤해 보였다.

"운동하시는 데 방해가 됐나요?" 데이지가 공손히 물었다.

"자고 있었어요. 그러니까, 자다가 일어나서……"

클립스프링어가 몹시 당황하여 큰 소리로 말했다.

"클립스프링어는 피아노를 칩니다. 그렇지, 유잉?"

개츠비가 청년의 말을 끊으며 말했다.

"잘 못 쳐요. 아니, 못 쳐요…… 거의 전혀 안 쳤어요. 연습도 전혀 하지 않아서……."

"자, 1층으로 내려갑시다."

개츠비가 그의 말을 끊고 스위치를 올리자 집 전체에 불이 들어오면서 어두컴컴한 창들이 사라졌다.

음악실에 들어서자 개츠비는 피아노 옆에 있는 램프를 켰다. 그는 떨리는 손으로 데이지의 담배에 불을 붙여주고는 조금 떨어진 기다란 소파에 그녀와 함께 앉았다. 홀에서 들어온 불빛이 바닥에 반사되어 어른거릴 뿐 다른 빛은 전혀 없었다.

클립스프링어는 '사랑의 보금자리[35]'를 연주하다가 의자에 앉은 채 몸을 돌려 어두컴컴한 곳에 앉아 있는 개츠비를 불안한 표정으로 살폈다.

"보시다시피 연습을 전혀 안 했어요. 못 친다고 말씀드렸죠. 연습을 너무 안 해서…"

"말이 너무 많군요, 그냥 연주해요!" 개츠비가 명령했다.

아침에도
저녁에도
우리는 즐겁지 않은가…

밖에서 세찬 바람 소리와, 해협을 따라 울리는 천둥소리가 들렸다. 웨스트에그는 이제 환하게 불을 밝히고 있었다. 전철은 뉴욕을 떠나 집으로 돌아가는 사람들을 싣고 빗속을 질주하고 있었다. 인간의 내면에 깊은 변화가 일어나는 시간이었고, 흥분이 공기 속에 퍼져나가고 있었다.

한 가지는 분명해, 더 분명한 것은 없어.
부자는 더 부유해지고

35 1920년에 유행한 노래

가난뱅이한테는 자식들만 생기지.

그러는 동안

그러는 사이……

작별 인사를 하러 갔을 때 나는 개츠비의 얼굴에 또 다시 당혹스러운 표정이 되돌아 온 것을 보았다. 지금 누리고 있는 행복이 얼마나 가치 있는 것인지 의심스러워진 표정이었다.

거의 5년이었다! 그날 오후에조차도 데이지가 그의 꿈을 무너뜨린 순간이 틀림없이 있었을 것이다. 그녀의 잘못이라기보다는 그가 품은 거대하고 지속적인 환상 탓이겠지만. 그 환상은 그녀보다 앞서갔고 모든 것을 추월했다. 그는 직접 그 속에 뛰어들어 창조적인 열정으로 그 환상을 끊임없이 부풀렸으며, 그의 길 앞에서 떠도는 모든 빛나는 깃털로 그 환상을 장식했던 것이다.

어떤 정열이나 순수함도 한 남자의 가슴에 깊숙이 쌓아올린 환상에는 도전할 수 없는 법이다.

그를 바라보는 동안 그는 조금씩 눈에 띄게 지금의 분위기에 적응해 갔다. 그는 그녀의 손을 잡고, 그녀가 낮은 목소리로 귀에다 뭔가 속삭이면 열정적으로 그녀를 향해 몸을 돌렸다. 나는 그를 사로잡았던 것은 그녀의 목소리라고 생각한다.

열렬한 따스함을 갖고 위아래로 오르내리는 그 목소리는 꿈에서도 따라할 수 없는, 불멸의 노래였기 때문이다.

그들은 나를 까맣게 잊고 있었다. 문득 데이지가 나를 힐끔 쳐다보고 손을 내밀었다. 개츠비는 아예 나를 모르는 사람 같았다. 나는 다시 한 번 그들을 바라보았다. 열정에 사로잡힌 채 그들은 멀리서 나를 돌아다보았다. 나는 그들만 남겨둔 채 방을 나와서 대리석 계단을 내려가 빗속으로 걸어 들어갔다.

제6장

이 무렵의 어느 날 아침, 뉴욕에서 온 야심 찬 젊은 기자가 개츠비의 저택 문 앞까지 와서 뭔가 할 말이 없는지 물었다.

"무슨 말을 하라는 겁니까?" 개츠비가 점잖게 질문했다.

"어…… 알려주고 싶은 말이라면 뭐든지요."

혼란스러운 5분이 지나고 나서, 그 기자가 사무실에서, 확실히 알지 못하는 어떤 문제와 관련하여 개츠비의 이름을 들었다는 사실이 밝혀졌다. 그래서 쉬는 날인데도 진상을 밝히겠다는 기특한 마음으로 달려 온 것이었다.

마구잡이로 총을 쏘는 격이었지만 기자의 직감은 적중했다. 개츠비의 환대를 즐긴 수백 명의 사람들이 퍼뜨린 악랄한 소문이 여름 내내 부풀려져 이제 뉴스가 되기 직전이었다.

'캐나다로 연결된 지하 파이프라인[36]' 같은 당대의 전설들이 그와 결부되었고, 심지어 개츠비의 집은 사실은 위장한 배고, 그 배로 롱아일랜드 해안을 몰래 오르내린다는 소문이 끈질기게 나돌았다. 이런 날조된 소문들이 왜 노스다코타의 제임스 개츠를 만족하게 했는지는 설명하기 어렵다.

제임스 개츠, 이것이 그의 진짜 이름, 적어도 법률상의 이름이다. 그는 17세에 이름을 고쳤다. 진짜 인생이 시작되던 바로 그 순간, 댄 코디의 요트가 슈피리어 호에서 수면 아래에 감춰진 모래톱에 닻을 내리는 것을 보았을 때였다. 그날 오후 제임스 개츠는 찢어진 녹색 운동셔츠에 두꺼운 작업바지를 입고 해변을 어슬렁거리고 있었다. 하지만 노 젓는 배를 빌려 타고 투올로미호에 다가가 코디에게 30분 뒤면 바람이 배를 부서뜨릴 거라고 알려 주었을 때는 이미 제이 게츠비였다.

그는 오랫동안 그 이름을 마음에 품고 있었을 것이다. 그의 부모는 무능하고 가난한 농사꾼이었다. 그의 상상 속에서 그는 절대로 그들을 부모로 받아들일 수 없었다. 롱아일랜드 웨스트에그의 제이 개츠비는 스스로 만들어낸 이상적인 모습에서 솟아나온 것이었다. 그는 신의 아들이었다.

---

36 금주법 시행 기간 동안 지하 파이프로 캐나다에서 미국으로 술을 밀수한다는 소문이 나돌았다.

이 말에 어떤 의미가 있다면 바로 이런 것이다. 그는 자기 아버지의 일[37], 어마어마하고 저속하고 겉치레뿐인 아름다움을 섬기는 일을 해야만 했다. 그래서 그는 17살 소년이 쉽게 고안해 낼 수 있는 제이 개츠비라는 인물을 창조해 낸 다음, 그 개념에 끝까지 충실했던 것이다.

1년이 넘도록 그는 슈피리어 호수의 남쪽 기슭을 따라 조개 캐기나 연어잡이 따위의 일로 어렵게 숙식을 해결하며 떠돌고 있었다. 그의 탄탄한 갈색 육체는 힘든 일과 게으른 생활을 반복하면서 자연스럽게 살았다. 그는 일찍 여자를 알았지만, 자신을 망친다는 이유로 여자를 경멸하게 되었다. 처녀들은 무지해서 그렇고, 다른 여자들은 자기도취에 빠진 그에게는 지극히 당연한 일에 대해 신경질을 부렸기 때문이다.

그러나 그의 마음속에서는 격렬한 폭동이 계속되고 있었다. 밤마다 가장 기괴하고 환상적인 자부심이 그를 괴롭혔다. 세면대 위에서 시계가 똑딱거리고 축축한 달빛이 바닥에 널브러진 옷을 흠뻑 적시는 동안, 말할 수 없이 야릇한 세계가 그의 머릿속에서 빙빙 돌았다. 밤마다 공상의 형태는 늘어만 갔고, 졸음이 몰려와 생생한 장면들을 무의식의 포옹으로 덮어버릴 때까지 계속되었다.

37　누가복음 2장 49절에서 나온 표현

얼마간 이것들은 그의 상상력에 출구를 제공해 주었다. 그건 현실의 비현실성을 보여주는 만족할만한 암시였고, 세상의 반석이 요정의 날개 위에 단단히 세워졌다는 약속이었다.

그 몇 달 전에 그의 본능은 미래의 영광을 예견한 것처럼 그를 미네소타 주 남부에 있는 루터교의 세인트 올라프 대학에 들어가도록 이끌었다. 그는 거기에서 2주간 머물렀다. 그러나 자기 운명의 북소리, 운명 그 자체에 대해 학교가 너무 무관심한 것에 실망했고, 학비를 마련하려고 시작한 잡역부 일도 진저리가 나서 그는 다시 슈피리어 호로 내려왔고, 댄 코디의 요트가 호숫가 얕은 모래톱에 닻을 내린 바로 그날에도 여전히 뭔가 할 일을 찾고 있었다.

그때 50세였던 코디는, 네바다 주의 은광과 유콘 광산뿐 아니라, 1875년 이후 손 댄 모든 광산사업에서 성공을 거둔 인물이었다. 몬태나 구리로 억만장자가 된 그는 육체적으로는 강건했지만 심적으로 나약해졌고, 이를 눈치 챈 수많은 여자들이 돈을 뜯어내려고 온갖 수작을 부렸다. 특히 엘라 케이라는 여기자는 그의 유약함을 이용해 마담 맹트농[38]처럼 굴며 그를 요트에 태워 바다로 내보냈는데, 그다지 유쾌하지 않은 그 사건은 1902년의 말 많은 언론계에서는 공공연한 비밀이었다.

38 루이 16세의 두 번째 부인으로 왕에게 막강한 영향력을 행사했다.

그 후 5년 동안 코디는 기후 좋은 해안을 따라 여행하다가 리틀걸 만에서 제임스 개츠의 운명이 된 것이었다.

노를 놓고 난간 둘린 갑판을 올려다본 젊은 개츠에게 그 요트는 세상의 아름다움과 부를 상징했다. 그는 아마도 코디에게 미소를 지었을 것이다. 사람들이 자기의 미소를 좋아한다는 것을 분명히 알고 있었을 테니까. 어쨌든 코디는 그에게 몇 마디 물었고, (그 질문에서 그의 새 이름이 도출됐다) 민첩하고 엄청나게 야심적인 청년이라는 사실을 알았다. 며칠 뒤 코디는 그를 덜루스[39]에 데리고 가서 푸른색 외투와 하얀색 면바지 6벌과 요트 모자를 사주었다. 그리고 투올로미 호가 서인도 제도와 바바리 해안으로 떠날 때 개츠비도 같이 떠났다.

개츠비는 좀 애매하고 개인적인 자격으로 고용되어, 집사, 동료, 선장, 비서, 심지어 간수 노릇까지 했다. 댄 코디는 자기가 술에 취하면 무슨 황당한 짓을 할지 모른다는 사실을 알고 있었기 때문에, 개츠비를 신뢰하게 되면서 그런 우발적인 사태에 대처하게 했다. 계약은 5년간 지속되었고 그 동안 배는 미 대륙을 3번이나 돌았다. 어느 날 밤 엘라 케이가 보스턴에서 배에 올라타지 않고 그 일주일 뒤 댄 코디가 불미스럽게 죽지 않았더라면 그 관계는 영원히 지속되었을지도 몰랐다.

39 슈피리어 호수 서쪽 끝에 있는 항구 도시

개츠비의 침실에 걸려있던 댄 코디의 사진은, 반백의 혈색 좋고 완고하고 무표정한 얼굴이었다. 난봉꾼이자 개척자였고, 미국 역사의 개척 시대에 자행된 매음굴과 술집의 야만적인 폭력을 동부 해안에 다시 가져온 사람이었다. 개츠비가 거의 술을 마시지 않는 것은 아마 코디 덕분일 것이다. 유쾌한 파티가 벌어지는 동안 술 취한 여자들이 간혹 그의 머리에 샴페인을 부은 적은 있어도 그는 절대로 술을 마시지 않았다.

개츠비는 코디에게서 2만 5천 달러의 유산을 상속받았다. 하지만 실제로는 그 돈을 받지 못했다. 그는 자기에게 불리하게 적용되는 법적 장치를 결코 이해할 수 없었고, 결국 유산은 엘라 케이의 손에 고스란히 넘어가고 말았다. 그는 아주 적절한 교훈과 함께 남겨졌다. 제이 개츠비라는 모호한 윤곽이 한 인간의 실체로 꽉 채워진 것이다.

* * *

그가 이런 이야기를 들려준 건 훨씬 뒤의 일이다. 그런데도 지금 내가 이 이야기를 적고 있는 건 그의 조상에 관한 터무니없는 소문을 타파하기 위해서다. 더구나 그가 이 이야기를 한 건, 내가 그를 믿어야 할지 말아야 할지 혼란스러울 때였다. 그래서 나는 개츠비가 숨을 죽이고 있는 동안, 이 짧은 휴지기를 이용해서 이런 일련의 오해를 풀려는 것이다.

개츠비와의 관계도 휴지기였다. 몇 주 동안 나는 그를 만나지도, 전화 목소리조차 듣지 못했다. 조던과 돌아다니거나 그녀의 노망난 숙모에게 환심을 사느라 거의 뉴욕에서 지내고 있었다. 그러던 어느 일요일 오후 마침내 그의 집으로 갔는데, 채 2분도 되지 않아 누군가가 술이나 한잔 하자며 톰 뷰캐넌을 데리고 그 집에 왔다. 내가 놀란 건 당연한 일이었지만, 더 놀라운 건 그런 일이 전에는 한 번도 없었다는 사실이다.

말을 타고 온 그들 3명은 톰과 슬로언이라는 남자, 그리고 전에 온 적이 있는 갈색 승마복을 차려입은 예쁜 여자였다.

"만나서 반갑습니다. 이렇게 들러주셔서 기쁘군요."

현관에 서서 개츠비가 말했다. 마치 그들이 대단한 관심을 보이기라도 한 것처럼!

"앉으세요. 담배나 시가를 피우시겠습니까? 곧 술을 준비하겠습니다." 그는 벨을 울리며 방 안을 재빨리 돌아다녔다.

톰이 있다는 사실에 그는 극심하게 흔들리고 있었다. 그들이 그냥 술을 마시려고 온 거라는 사실을 알면서도 뭔가 대접하기 전에는 계속 불안한 듯했다. 슬로언 씨는 아무것도 마시려고 하지 않았다. 레모네이드 드릴까요? 아뇨, 괜찮습니다. 그럼 샴페인? 아뇨, 고맙지만 됐습니다.

"승마는 즐거우셨어요?"

"이쪽 주변은 길이 참 좋아요."

"제 생각으로는 자동차가……"

"네."

어떤 거부할 수 없는 충동에 이끌려, 개츠비는 초면으로 소개 받은 톰을 향해 고개를 돌렸다.

"뷰캐넌 씨, 전에 어디선가 뵌 것 같습니다."

"아, 네. 그랬지요. 기억납니다."

언제 어디서 만났는지 기억하지 못하는 게 분명했지만 톰은 걸걸한 목소리로 정중하게 대답했다.

"2주쯤 전이었지요."

"맞아요. 여기 닉과 함께 계셨지요."

"아내분을 알고 있습니다." 개츠비가 공격적으로 말했다.

"그래요?"

톰이 나에게 고개를 돌리며 물었다.

닉, 너도 이 근처에 살아?"

"바로 옆집에 살아."

"그래?"

슬로언은 말 없이 거만하게 몸을 뒤로 젖히고 의자에 앉아 있었다. 여자도 아무 말 하지 않고 있었는데, 하이볼을 두 잔 마시더니 상냥하게 변했다.

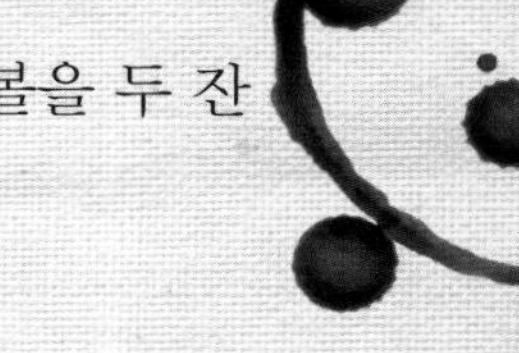

"우리 모두 다음 파티에 참석할게요. 개츠비 씨, 괜찮죠?" 그녀가 제안했다.

"그럼요. 오신다면 아주 기쁘겠습니다."

"훌륭하군요. 자, 이제 집으로 갈 때가 됐어요."

슬로언은 건성으로 대답하고 일행을 재촉했다.

"서두르지 마세요. 괜찮으시면…… 저녁 드시고 가세요. 뉴욕에서 다른 손님들이 더 오셔도 괜찮습니다."

개츠비가 간곡히 말했다. 이제 침착함을 회복하고 나자 톰에 대해 좀 더 알고 싶어진 것이다.

"그럼 우리 쪽으로 저녁 식사 하러 오시는 건 어때요? 두 분다요." 그녀가 열성적으로 말했다. 이 말은 나를 포함하는 것이었다. 슬로언이 자리에서 일어섰다.

"자, 갑시다." 그가 말했다. 그녀에게만 하는 말이었다.

"진심이에요. 두 분과 함께 하고 싶어요. 자리는 많아요." 그녀가 고집을 부렸다.

개츠비는 묻는 표정으로 나를 쳐다보았다. 그는 가고 싶었지만 슬로운이 원치 않는다는 건 모르는 모양이었다.

"미안하지만 난 못 가요." 내가 말했다.

"그럼 당신만 오세요." 그녀가 개츠비를 설득했다.

슬로언이 그녀의 귀에 대고 뭐라고 속삭였다.

"지금 출발하면 늦지 않을 거예요."

그녀가 큰 소리로 다시 재촉했다.

"말이 없어서요. 군에 있을 때는 말을 탔는데……, 차를 타고 따라가야겠군요. 잠깐 실례합니다." 개츠비가 대답했다.

남은 사람들은 현관으로 걸어 나갔고, 현관 한쪽에서 슬로언과 여자가 열띤 말로 다투기 시작했다.

"맙소사, 정말로 따라 오려나봐. 그냥 빈말로 한 걸 진짠 줄 아나 봐?" 톰이 말했다.

"그녀가 계속 가자고 했잖아."

"큰 파티가 열릴 텐데, 거기엔 그가 아는 사람이 하나도 없을 거야. 도대체 그자는 어디서 데이지를 만난 걸까? 맙소사, 내 생각이 구식인지는 몰라도 요즘 여자들 너무 나돌아 다니는 게 영 마음에 안 들어. 별 이상한 녀석들을 다 만나거든."

갑자기 슬로언과 여자가 계단을 내려가더니 말을 탔다.

"자, 빨리. 이러다 늦겠어. 빨리 가야 해."

슬로언이 톰에게 말하고 나서 나를 보며 말했다.

"너무 늦어져서 기다릴 수 없었다고 전해 주세요."

톰과 나는 악수했고, 나머지는 냉랭하게 고개만 끄덕였다. 그들은 재빨리 말을 몰아 8월의 무성한 나뭇잎 아래로 사라졌다. 그때 개츠비가 모자와 얇은 외투를 들고 현관으로 나왔다.

톰은 데이지가 혼자 돌아다니는 것에 당황한 게 분명했다. 왜냐하면 그 다음 토요일 밤 개츠비의 파티에 그녀를 따라 왔기 때문이다. 그 때문인지 그날 저녁은 특이한 중압감이 감돌았다. 그날 저녁은 그해 여름 개츠비가 열었던 다른 어느 파티보다도 뚜렷하게 내 기억 속에 남아 있다.

똑같은 사람들, 적어도 똑같은 종류의 사람들이 참석하고, 똑같은 샴페인이 흘러넘치고, 다양한 색깔, 다양한 음조의 소동이 똑같이 벌어졌지만, 그 분위기 속에는 묘한 불쾌감이랄까, 전에는 느껴보지 못했던 껄끄러운 어떤 것이 있었다.

어쩌면 내가 그 세계에 익숙해진 탓일지도 몰랐다. 어느새 나는 웨스트에그 자체를 완벽한 세계로 받아들이게 되었고, 다른 어느 지역에 뒤지지 않는 기준과 유명 인사들을 지닌 세계로 여기게 되었다. 그리고 이제 나는 데이지의 눈으로 그 세계를 다시 보고 있다. 적응해서 기껏 익숙해진 것을 새로운 시선으로 바라보는 건 항상 서글픈 일이다.

그들은 황혼 무렵에 도착했다. 화려한 사람들 사이를 느긋이 거닐고 있을 때, 데이지가 중얼거리듯 소곤거렸다.

"이런 데 오면 난 너무 흥분돼. 오늘 밤 언제라도 나하고 키스하고 싶으면 말만 해요, 닉. 기꺼이 키스해 줄게요. 이름만 불러요. 아니면 녹색 카드를 꺼내요. 내가 녹색 카드를……"

"주위를 둘러보세요." 개츠비가 말했다.

"지금 보고 있어요. 아주 근사한 시간을……"

"이름만 듣던 사람들을 직접 보실 수 있을 겁니다."

톰은 거만한 눈초리로 사람들을 훑어봤다.

"우리는 별로 밖에 돌아다니지 않아요. 사실, 여긴 아는 사람이 하나도 없다고 생각하던 참입니다."

"아마 저 숙녀 분은 아실 걸요."

개츠비가 거의 사람이라고 하기 어려울 정도로 아름다운, 난초 같은 여성을 가리켰다. 그녀는 흰 자두나무 아래 동상처럼 앉아 있었다. 톰과 데이지는 영화에서 보았던 배우를 알아봤을 때 누구나 느끼게 되는 조금은 비현실적인 느낌으로 그녀를 바라보았다.

"참 아름답네요." 데이지가 말했다.

"그녀 쪽으로 몸을 굽히고 있는 사람은 그녀가 출연한 영화의 감독이에요."

개츠비는 격식을 차리며 그들을 이쪽저쪽 사람들에게 소개했다.

"뷰캐넌 부인과 뷰캐넌 씨입니다." 그는 잠깐 멈칫하더니 덧붙였다. "유명한 폴로 선수시죠."

"아니에요, 아닙니다." 톰이 재빨리 부정했다.

그러나 그 말이 개츠비를 즐겁게 했던 게 분명했다. 왜냐하면 톰은 그날 저녁 내내 '폴로 선수'로 통했기 때문이다.

"이렇게 유명한 사람들을 많이 만나기는 처음이에요. 난 저 사람이 좋아요. 이름이 뭐죠? 저 청교도 같은 사람." 데이지가 감탄하며 말했다.

개츠비는 이름을 알려주고, 평범한 연출가라고 덧붙였다.

"글쎄, 어쨌든 난 그 사람이 좋아요."

"난 폴로선수 아니면 좋겠어. 무명인 채로 이 유명 인사들을 구경하고 싶어." 톰이 유쾌하게 말했다.

데이지와 개츠비는 춤을 추었다. 그의 우아하고 보수적인 폭스트롯을 보고 놀랐던 게 기억난다. 그가 춤추는 모습을 전에는 본 적이 없었던 것이다. 그 후 그들이 우리 집으로 걸어 들어가 반시간쯤 계단 위에 앉아 있는 동안 나는 그녀의 부탁으로 정원에서 망을 보았다.

"불이나 홍수가 날지도 모르잖아요. 아니면 다른 천재지변이라도." 그녀가 설명했다.

우리가 저녁을 먹으려고 함께 앉아 있는데 존재조차 까맣게 잊고 있었던 톰이 나타나 말했다.

"저기 있는 사람들과 함께 식사를 해도 괜찮겠지? 한 친구가 재미있는 이야기를 늘어놓고 있거든."

"그래요. 주소를 적을 거면 내 금색 연필을 써요."

데이지는 상냥하게 말하면서 연필을 꺼내주었다. 그녀는 잠시 주위를 둘러보더니 나에게 그 여성이 '평범하지만 예쁘다'고 말했다. 그래서 나는 그녀가 개츠비와 단둘이 있었던 30분을 빼면 그리 즐겁지 않았다는 걸 알 수 있었다.

우리가 유난히 술 취한 사람들이 많은 테이블에 앉아 있었던 건 다 내 탓이었다. 개츠비는 전화를 받으러 갔고, 나는 겨우 2주 전에 알게 된 사람들과 즐기려 했던 것이다. 하지만 그때는 그렇게 재미있던 것이 지금은 진부했다.

"베데커 양, 괜찮아요?"

이름이 불린 그 아가씨는 내 어깨에 기대려고 어렵사리 시도하다가 내가 질문하자 의자에 똑바로 앉아 두 눈을 떴다.

"뭐라고요?"

둔하고 덩치 큰 여자가 데이지에게 내일 지역클럽에서 골프를 치자고 조르다가 베데커 양을 두둔하고 나섰다.

"아, 이제 괜찮아요. 칵테일 대여섯 잔 마시면 늘 저렇게 비명을 질러요. 술을 끊으라고 그렇게 말했건만."

"나 술 안 마셨어." 야단맞은 그녀가 헛되이 주장했다.

"소리 지르는 거 다 들었어. 그래서 내가 시벳 박사한테 '의사 선생님, 여기 도움이 필요한 사람이 있어요' 했단 말이야."

"얘도 고맙게 생각할 거예요. 하지만 얘 머리를 풀장에 집어넣는 바람에 옷이 다 젖었잖아요."

또 다른 친구가 고마운 기색 없이 말했다.

"풀장에 머리를 처넣는 게 제일 싫어. 뉴저지에선 거의 익사할 뻔했다니까." 베데커 양이 중얼거렸다.

"그러니까 술 좀 끊어." 시벳 박사가 대꾸했다.

"사돈 남 말하시네. 선생님 손도 떨리잖아요. 난 절대로 선생님 수술 받지 않을 거예요!" 베데커 양이 거칠게 외쳤다.

그런 식이었다. 거의 마지막으로 기억나는 일은 데이지와 함께 서서 영화감독과 여배우를 지켜본 일이다. 그들은 아직도 하얀 자두나무 아래 있었는데, 창백하고 가느다란 한줄기 달빛을 사이에 두고 거의 얼굴을 맞대고 있었다. 그가 저녁 내내 아주 조금씩 그녀를 향해 얼굴을 숙여 지금처럼 가까워졌을 거라는 생각이 문득 들었다. 심지어 내가 지켜보는 동안에도 그는 살짝 얼굴을 숙여 그녀의 뺨에 입 맞추었다.

"난 저 여자가 좋아. 사랑스러워요." 데이지가 말했다.

하지만 다른 사람들은 데이지의 기분에 거슬렸다. 그게 몸짓이 아니라 감정 때문이라는 데는 논쟁의 여지가 없었다. 그녀는 브로드웨이가 롱아일랜드 어촌 위에 낳아놓은 이 유례없는 웨스트에그라는 '장소'에 두려움을 느꼈다.

낡은 미사여구 때문에 짜증나는 투박한 활기와, 주민들을 무에서 무로 지름길을 따라 몰고 가는 지나치게 강제적인 운명에 그녀는 두려움을 느꼈다. 자기가 이해할 수 없는 지극한 단순함에서 두려움을 본 것이다.

톰과 데이지가 차를 기다리는 동안 나는 그들과 함께 앞 계단에 앉아 있었다. 앞쪽은 어두웠다. 문에서 흘러나오는 10평방피트 가량의 밝은 정사각형 빛만이 부드럽고 어스름한 새벽을 비추고 있었다. 가끔 위층에 있는 탈의실 블라인드에 그림자 하나가 움직이다가 다른 그림자에게 자리를 내주었다. 보이지 않는 거울에서 립스틱을 바르고 분을 두드리는 그림자들의 행렬이 끝없이 이어지고 있었다.

"도대체 이 개츠비란 자는 누구야? 거물 밀주업잔가?" 톰이 갑자기 물었다.

"그런 얘긴 어디서 들었어?" 내가 되물었다.

"들은 게 아니라 추측한 거야. 갑자기 떼부자 된 작자들 중에 거물 밀주업자가 많은 거 너도 알잖아."

"개츠비는 아니야." 내가 짧게 말했다.

그는 잠시 침묵했다. 차도의 자갈이 그의 발밑에서 자그락거렸다.

"아무튼 이 구경거리들을 모으느라 꽤 애썼겠군."

산들바람이 회색 안개 같은 데이지의 모피 깃을 휘저었다.

"적어도 그들은 우리가 아는 사람들보다는 재미있어요." 데이지가 애써 말했다.

"당신은 별로 재미있는 것 같지 않던데."

"아니, 재미있었어요."

톰은 웃으며 나를 향해 몸을 돌렸다.

"그 아가씨가 냉수에 샤워하게 해달라고 했을 때 데이지 얼굴 봤어?"

데이지가 허스키한 목소리로 속삭이듯 리드미컬하게 노래를 부르기 시작했다. 단어 하나하나에 이전에도 없었고 앞으로도 없을 의미를 부여하면서 말이다. 멜로디가 높아질 때 그녀의 목소리는 감미로운 가성이 되었고, 이런 변화가 생길 때마다 따뜻한 인간미가 마법처럼 공기속으로 퍼져나갔다.

"초대받지 않은 사람들도 많아요. 그 아가씨도 그랬고. 사람들이 막무가내로 들어와도 그는 너무 점잖아서 막지 못하는 거죠." 갑자기 그녀가 말했다.

"난 그 자가 도대체 누군지, 무슨 일을 하는지 알고 싶어. 알아내고야 말거야." 톰이 고집스레 말했다.

"지금 당장 말해줄게요. 약국을 경영해요. 그것도 아주 많이요. 자기 힘으로 이룬 사업이에요." 데이지가 대답했다.

리무진이 미적거리며 천천히 진입로로 들어왔다.

“잘 자요, 닉.” 데이지가 말했다.

그녀의 시선이 불 켜진 계단 꼭대기로 옮겨갔다. 열린 문으로, 그 해 유행했던 산뜻하면서도 슬픈 느낌의 왈츠 ‘새벽 3시’가 흘러나오고 있었다. 결국 개츠비의 파티가 가진 대단한 경쾌함 속에, 데이지의 세계에는 전혀 없는 낭만적 가능성이 있었던 것이다. 그 노래의 그 무엇이 그녀의 시선을 다시 집 안으로 불러들이는 걸까? 이 흐릿하고 짐작할 수 없는 시간에 무슨 일이 벌어지는 걸까? 어쩌면 믿기 힘든 손님, 모두를 놀라게 할 귀한 사람이 도착할지도 모른다. 어쩌면 눈부신 젊은 아가씨가 나타나 마법처럼 개츠비의 마음을 사로잡아, 5년 동안 흔들리지 않던 헌신적인 열정에 빗장을 지를지도 모른다.

나는 그날 밤 늦게까지 있었다. 개츠비가 시간 날 때까지 기다려 달라고 부탁했던 것이다. 수영하던 사람들이 추워하면서도 의기양양하게 어두운 해변에서 달려 올라오고, 위층 객실 불이 모두 꺼질 때까지 정원에서 빈둥거렸다. 마침내 그가 계단을 내려왔다. 햇볕에 그을린 그의 얼굴은 평소보다 굳어 있었고 그의 두 눈은 빛나면서도 지쳐 보였다.

“그녀는 파티를 좋아하지 않더군요.” 그가 곧장 말했다.

“좋아했어요.”

"좋아하지 않았어요. 그녀는 즐거운 시간을 보내지 못했어요." 그가 고집스레 말했다.

그는 침묵을 지켰다. 그가 얼마나 실망했는지 짐작이 갔다.

"그녀가 멀게 느껴져요. 그녀를 이해시키기 어렵군요."

"그 춤 말이에요?"

"춤? 친구, 춤은 중요하지 않아요."

그는 손가락을 튕겨 자기가 추었던 춤을 묵살해버렸다.

그가 원하는 것은 오직 데이지가 톰에게 가서 '난 당신을 사랑한 적 없어요.'라고 말하는 것뿐이었다. 그녀가 그 한 마디로 지난 4년을 지워버리고 나면 그들은 좀 더 현실적인 조치를 취할 수 있었다. 그 중 하나는 이것이다. 그녀가 자유로워지면 함께 루이빌로 돌아가서 그녀의 집에서 결혼식을 올리는 것이다. 바로 5년 전에 그랬던 것처럼.

"그런데 그녀가 이해해 주지 않아요. 전에는 이해했었는데요. 몇 시간이든 함께 앉아서……"

그는 갑자기 말을 끊고, 과일 껍질과 버려진 선물, 짓밟힌 꽃들이 어지럽게 널려 있는 길을 왔다 갔다 하기 시작했다.

"그녀에게 너무 많은 걸 요구하는 것 같아요. 과거는 돌이킬 수 없는데요." 내가 과감하게 말했다.

"과거를 돌이킬 수 없다고요? 아뇨, 돌이킬 수 있습니다!"

그는 믿기지 않는다는 듯 소리치며 거칠게 주위를 돌아보았다. 과거가 자기 집 그늘 속에, 손 닿지 않는 곳에 숨어 있을 뿐이라고 생각하는 것 같았다.

"모든 걸 옛날과 똑같이 돌려놓을 겁니다. 그녀도 이해하게 될 겁니다." 그는 고개를 끄덕이며 단호하게 말했다.

그는 과거에 대해 많은 이야기를 했고, 나는 그가 되돌리고 싶은 건 데이지가 아니라 그녀를 사랑하게 만든 어떤 개념이라는 결론을 내렸다. 그 이후 혼란과 무질서에 빠졌던 그의 인생을, 만약 다시 한 번 출발점으로 돌아가 모든 것을 돌이킬 수만 있다면, 그는 그것이 무엇인지 찾아낼 수 있었을 것이다.

5년 전의 어느 가을 밤, 그들은 낙엽이 흩날리는 거리를 걷고 있었다. 그들은 문득 나무 한 그루 없이 달빛만 하얗게 비추는 보도에 이르렀다. 그들은 걸음을 멈추고 마주보았다. 두 계절이 바뀔 때 느껴지는, 신비한 흥분이 감도는 서늘한 밤이었다. 집집마다 새어 나오는 고요한 불빛이 어둠 속에 웅얼거리고, 별과 별 사이에서 분주한 바스락 소리가 들렸다.

개츠비는 곁눈질로 보도블록이 나무 위 비밀 장소로 올라가는 사다리로 변하는 것을 보았다. 혼자라면 단번에 올라가 생명의 젖꼭지를 빨아먹고, 무엇과도 비교할 수 없는 경이로운 우유를 들이킬 수 있었을 것이다.

데이지의 하얀 얼굴이 자기 얼굴에 닿는 순간 그의 심장은 점점 더 빨리 뛰었다. 이 소녀와 입을 맞추고, 말로 표현할 수 없는 그의 꿈을 그녀의 사라지기 쉬운 숨결에 영원히 연결해 놓으면, 자기 마음이 신의 마음처럼 다시는 헤매지 않으리라는 것을 그는 알았다. 그래서 그는 별에 부딪히는 소리굽쇠 소리에 귀를 기울이며 조금 더 기다렸다. 마침내 그는 그녀에게 키스했다. 그의 입술이 닿자 그녀는 그를 위해 꽃처럼 활짝 피어났고 그렇게 꿈은 완성되었다.

그의 이야기를 들으면서, 그 이야기가 소름끼치도록 감상적이라 생각하면서도, 뭔가 떠오르는 게 있었다. 규정하기 어려운 리듬이랄까, 오래전에 어디선가 들은 적이 있지만 잃어버린 단어의 파편 같은 것이었다. 한순간 어떤 구절이 내 입에서 형태를 갖출 것 같았고, 내 입술은 한 줌 공기의 진동에 그치지 않고 훨씬 더 힘겹게 말하려고 애쓰는 벙어리의 입처럼 벌어졌다. 그러나 결국 그것은 소리를 만들지 못했고, 거의 떠오를 것 같았던 그 말도 영원히 전할 수 없게 되고 말았다.

제7장

개츠비의 집 전등이 켜지지 않던 어느 토요일 밤, 그에 관한 내 호기심은 극에 달했다. 그의 트리말키오[40]로서의 경력은 시작처럼 모호하게 끝났다. 잔뜩 기대하고 저택에 왔던 차량들이 화를 내며 떠나버린다는 걸 차츰 알게 되었다. 혹시 병이 났나 싶어서 건너갔더니 험상궂은 얼굴의 낯선 집사가 문간에서 의심스럽다는 듯 눈을 가늘게 뜨고 나를 쳐다보았다.

"개츠비 씨가 어디 편찮으세요?"

"아니오." 그는 잠시 머뭇거리다가 마지못해 "선생님."하고 덧붙였다.

---

40 고대 로마 작가 페트로니우스의 『사티리콘』에 성대한 파티를 자주 여는 인물로 등장한다.

"요새 통 뵙지 못해서 좀 걱정했습니다. 캐러웨이가 왔었다고 전해 주세요."

"누구요?" 그가 무례하게 물었다.

"캐러웨이요."

"캐러웨이. 알았어요. 전해드리죠."

그는 문을 쾅 닫고 들어가 버렸다.

핀란드인 가정부 말로는, 개츠비가 일주일 전에 집에 있던 하인들을 모두 해고하고 6명의 하인을 새로 고용했는데, 그들은 전화로 적절한 양의 식품을 주문하기 때문에 웨스트에그 마을에 가서 상인들에게 매수당할 일이 없다는 것이었다. 식료품 배달 소년은 부엌이 돼지우리 같더라고 했고, 마을 사람들은 새 고용인들이 전혀 하인 같지 않다고 수군거렸다.

다음날 개츠비가 나에게 전화를 했다.

"다른 곳으로 떠나시려구요?" 내가 물었다.

"아뇨, 친구."

"하인들을 모두 해고하셨다면서요."

"입이 무거운 사람들이 필요해서요. 데이지가 꽤 자주 놀러 오거든요. 오후에."

그러니까 저택 전체가 그녀의 불만스러운 눈빛만으로 마치 카드로 만든 집처럼 폭삭 주저앉아 버린 것이다.

"울프샤임이 돌봐달라고 부탁한 사람들이에요. 모두 형제 자매 같은 사인데, 조그만 호텔을 경영한 적도 있어요."

"아, 네."

그는 데이지의 부탁으로 전화를 걸었다면서 내일 그녀의 집에서 같이 점심 먹자고 했다. 베이커 양도 올 거라고 했다. 반시간 뒤 데이지가 직접 전화를 걸었다. 내가 간다고 하자 안심하는 눈치였다. 무슨 일이 있는 모양이라 생각했지만 그들이 설마 그 자리에서 그런 소동을 벌일 줄은 몰랐다. 개츠비가 정원에서 대충 말했던 그 심각한 소동을 말이다.

다음 날은 푹푹 쪘다. 그 해 여름 들어 분명히 가장 더운 날이었다. 기차가 터널을 지나 햇볕으로 나왔을 때, 내셔널 비스킷 컴퍼니의 뜨거운 사이렌 소리가 부글부글 끓는 한낮의 정적을 깨뜨리고 있었다. 객차 안의 밀짚 시트는 불 붙을 것처럼 뜨거웠고, 내 옆에 앉은 여자는 흰 셔츠 안으로 흘러내리는 땀을 꾹 참고 있다가, 들고 있던 신문이 축축하게 젖자, 짜증스럽게 신음했다. 그녀의 지갑이 바닥에 툭 떨어졌다.

"어머!" 그녀는 숨을 헐떡였다.

나는 나른한 몸을 굽혀 지갑을 주워서, 손가락으로 지갑 모서리만 잡고 그녀에게 건네주었다. 하지만 그 여자를 포함한 주변의 모든 사람들이 의심스러운 눈으로 날 쳐다보았다.

"덥네요! 날씨가 정말…… 더워요!…… 더워!…… 더워!…… 더워도 너무 더워요! 그쵸?"

차장이 친숙한 얼굴들을 향해 말했다.

내 정기승차권이 그의 손에서 거무스름한 얼룩을 묻히고 돌아왔다. 이 정도면 차장이 누구의 뜨거운 입술에 키스를 하든, 누구의 머리가 그의 가슴 쪽 셔츠 주머니를 축축하게 하든 아무도 상관하지 않을 터였다!

* * *

개츠비와 내가 현관에서 기다리고 있는데, 뷰캐넌 저택의 홀에서 희미한 바람이 전화벨 소리를 실어 왔다.

"주인의 시체라고요! 부인, 죄송합니다만, 지금은 안 됩니다. 이런 한낮에는 너무 더워서 시체를 만질 수 없어요!"

집사가 전화기에 대고 고함을 질렀다. 하지만 실제로 그가 한 말은 "네…… 네…… 알겠습니다."였다.

그는 수화기를 내려놓고 좀 번들거리는 얼굴로 우리에게 다가와 빳빳한 밀짚모자를 받아들었다.

"부인께서는 응접실에서 기다리고 계십니다!"

쓸데없이 응접실 쪽을 가리키면서 그가 외쳤다. 이런 무더위에는 불필요한 몸짓 하나조차 일상에 대한 모독 같았다.

차양으로 잘 가려진 방은 어둡고 서늘했다. 데이지와 조던이 윙윙거리는 선풍기 바람에 하얀 드레스가 날리지 않도록 옷자락을 누르면서 커다란 소파에 누워 있었는데, 마치 은으로 만든 인형처럼 보였다.

"못 움직이겠어요." 둘이 동시에 말했다.

분 바른 조던의 그을린 손가락이 잠시 내 손에 머물렀다.

"운동선수 토머스 뷰캐넌 씨는?" 내가 물었다.

그와 동시에 홀에서 퉁명스럽고 낮게 우물거리며 통화하고 있는 톰의 허스키한 목소리가 들렸다.

개츠비는 진홍색 카펫 한가운데 서서 황홀한 눈으로 주위를 살폈다. 데이지는 그를 쳐다보며 달콤하고 가슴 설레는 웃음을 지었다. 그녀의 가슴에서 미세한 분 가루가 공중으로 피어올랐다.

"소문으로는 지금 통화하는 사람이 톰의 애인이래요." 조던이 소곤거렸다.

우리는 아무 말도 하지 않았다. 홀에서 들리는 목소리는 짜증 때문에 더욱 커졌다.

"잘 알았어. 그럼 당신한테 그 차를 팔지 않겠어. …… 난 당신에게 신세진 거 없어. …… 그런 일로 점심시간에 성가시게 굴다니 도저히 참을 수가 없군!"

"수화기 내려놓고 저러는 거야." 데이지가 빈정거렸다.

"아니야, 저건 진짜 거래야. 나야 어쩌다 우연히 알게 된 일이지만." 나는 그녀에게 단언했다.

톰이 문을 확 열고 잠시 육중한 몸으로 문간을 다 가렸다가 급히 방으로 들어왔다.

"개츠비 씨! 반갑습니다. 닉도……"

그는 싫은 기색을 감쪽같이 감추고 넓적한 손을 내밀었다.

"차가운 음료수 좀 줘요." 데이지가 외쳤다.

톰이 방에서 나가자 그녀는 일어서서 개츠비 곁으로 가더니 그의 얼굴을 끌어내려 입술에 키스했다.

"내가 사랑하는 거 알죠?" 그녀가 소곤거렸다.

"여기 숙녀가 있다는 걸 잊으셨군." 조던이 말했다.

데이지는 미심쩍은 표정으로 돌아보았다.

"그럼 너도 닉한테 키스해."

"이런 천하고 세속적인 여자 좀 봐!"

"난 상관없어!"

데이지는 벽난로 가에서 클록 댄스를 추기 시작했다. 그러다 덥다는 것을 기억해내고는 죄책감이라도 느끼는 듯한 표정으로 소파에 가서 앉았다. 바로 그때 보모가 갓 세탁한 옷을 입은 조그만 여자애를 방으로 데리고 들어왔다.

"어서 와, 나의 귀염둥이! 사랑하는 엄마에게."

그녀는 두 팔을 내밀며 나지막이 속삭였다.

보모의 손에서 놓여나자 아이는 방을 가로질러 달려가 엄마 드레스 속으로 수줍게 파고들었다.

"귀여운 것! 엄마 분가루가 노란 머리에 묻었네. 자, 이제 일어나서 인사해. '안녕하세요.'"

개츠비와 나는 차례로 몸을 굽혀 마지못해 내민 작은 손을 잡았다. 그러고 나서도 개츠비는 계속 놀라운 듯 아이를 지켜보고 있었다. 그는 그때까지 아이의 존재를 진심으로 믿지 않았던 모양이었다.

"점심 먹기 전에 옷 갈아입었어."

아이는 데이지에게 몸을 돌리고 열렬하게 말했다.

"엄마가 널 자랑하려고 그런 거야."

데이지는 아이의 작고 하얀 목주름에 얼굴을 갖다 댔다.

"넌 엄마의 꿈이야. 작고 귀여운 꿈."

"응. 조던 아줌마도 하얀 옷 입었네." 아이가 대답했다.

"엄마 친구들 어때? 아저씨들 멋있지?"

데이지가 아이를 돌려 세워 개츠비와 마주 보게 했다.

"아빠는 어디 있어?"

"앤 아빠를 안 닮았어요. 날 닮았죠. 머리카락하고 얼굴 모양을 꼭 빼닮았어요." 데이지가 말했다.

데이지는 다시 소파에 기대앉자, 보모가 앞으로 한 발 나서며 손을 내밀었다.

"패미, 이리 와."

"잘 가, 예쁜아!"

가정교육이 잘 된 아이는 내키지 않는 듯 돌아보면서 보모의 손에 잡혀 밖으로 끌려 나갔고, 바로 그때 톰이 달그락거리는 얼음 소리를 내며 진리키[41] 4잔을 받쳐 들고 들어왔다.

"시원하겠네요."

개츠비는 잔을 집어 들며 눈에 띄게 긴장한 표정으로 말했다. 다들 한 번에 쭉 들이켰다.

"어디선가 읽었는데, 태양이 해마다 더 뜨거워진대요. 좀 있으면 지구가 태양에 빨려 들어간다든가…… 아니…… 태양이 해마다 점점 차가워진다던가?" 톰이 싹싹하게 말했다.

"밖으로 나갑시다. 집 구경을 시켜드리죠."

톰이 개츠비에게 제안했다. 나는 그들과 함께 베란다로 나갔다. 더위 속, 잔잔한 푸른 해협 위에서 작은 돛단배가 더 시원한 바다 쪽으로 천천히 움직이고 있었다. 개츠비는 잠시 그 배를 보더니 한쪽 손을 들어 만 건너편을 가리켰다.

"우리 집은 바로 저 건너편이에요."

---

41 진과 탄산수에 라임 과즙을 탄 음료

"그렇군요."

우리는 눈을 들어 장미 꽃밭 너머, 뜨거운 잔디밭과 불볕더위에 노출된 채 해변을 따라 늘어선 잡초더미를 보았다. 돛단배의 새하얀 날개가 파랗고 서늘한 하늘의 경계선을 배경으로 천천히 움직이고 있었다. 앞에는 가리비 모양의 바다가 펼쳐져 있었고, 축복받은 섬들이 여기저기 흩어져 있었다.

"해볼 만한 스포츠예요. 1시간쯤 저기서 보내고 싶군요." 톰이 고개를 끄덕이며 말했다.

우리는 역시 덥지 않게 가려놓은 식당에서 점심을 먹으며 차가운 흑맥주로 긴장감 있는 유쾌함을 마시고 있었다.

"오후에 뭐 할까? 내일은? 30년 뒤에는?" 데이지가 외쳤다.

"그렇게 예민하게 굴지 좀 마. 가을이 되어 날씨가 서늘해지면 인생은 다시 시작되니까." 조던이 대꾸했다.

"하지만 너무 덥잖아. 모든 게 다 엉망이야. 다 같이 시내에나 나가요!" 데이지는 곧 눈물을 쏟을 것 같은 얼굴로 우겼다.

그녀의 목소리는 더위를 상대로 고군분투하면서 아무 의미 없는 말에 형태를 부여하고 있었다.

"마구간을 고쳐 차고로 만든다는 얘기는 들어봤지만 차고를 마구간으로 바꾼 사람은 내가 처음일 겁니다."

톰이 개츠비에게 말했다.

“누구 시내 나갈 사람?” 데이지가 고집스레 물었다.

개츠비의 시선이 그녀 쪽으로 흘러갔다.

“아! 당신은 정말 멋져요.” 그녀가 외쳤다.

눈이 마주친 순간 두 사람은 둘만의 공간에서 서로를 쳐다보았다. 그녀는 간신히 시선을 식탁으로 돌렸다.

“당신은 언제나 정말 멋있어요.” 그녀가 되풀이했다.

데이지는 그에게 사랑한다고 말한 것이었고, 톰 뷰캐넌도 그걸 알아챘다. 톰은 큰 충격을 받았다. 톰은 입을 약간 벌린 채 개츠비를 쳐다보다가 마치 오래전부터 알던 사람을 지금 막 깨달은 것처럼 데이지를 쳐다보았다.

“당신은 광고에 나오는 그 사람과 닮았어요. 그 사람 당신도 알죠?” 그녀는 천진스레 말을 계속했다.

“좋아. 나도 정말 시내에 가고 싶어졌어. 자, 모두들 시내로 가자고.” 톰이 재빨리 그녀의 말을 가로막았다.

톰은 자리에서 일어났다. 그의 눈은 계속 개츠비와 자신의 아내를 노려보고 있었다. 아무도 움직이지 않았다.

“자, 어서! 시내에 갈 거면 지금 출발하자고.”

그는 약간 성을 냈다. 화를 억누르느라 떨리는 손으로 마지막 남은 흑맥주 잔을 입술로 가져갔다. 데이지의 목소리가 우리를 더위로 이글거리는 자갈 진입로로 이끌었다.

"당장 가요? 그냥 이렇게요? 담배 한 대 피울 시간은 줘야 하지 않나요?" 그녀가 이의를 제기했다.

"모두들 점심 먹으면서 내내 피웠잖아."

"아, 기분 좀 내요. 더운데 짜증 좀 내지 말구요."

데이지가 그에게 졸랐다. 톰은 아무 대답도 하지 않았다.

"지 마음대로라니까. 가자, 조던." 그녀가 말했다.

남자 셋이 뜨거운 자갈을 발로 차면서 서 있는 동안 여자들은 위층으로 올라가 외출 준비를 했다. 서쪽 하늘엔 벌써 은빛 초승달이 떠 있었다. 개츠비가 뭔가 말하려다 그만두자 톰이 기다렸다는 듯이 몸을 돌려 개츠비를 마주 보았다.

"뭐라고요?"

"여기에 마구간이 있어요?" 개츠비가 애써 물었다.

"이 길로 400미터쯤 내려간 곳에 있어요."

"아."

침묵.

"대체 왜 시내에 나가자는 건지 알 수가 없어. 여자들 머리에는 무슨 생각이 들어 있는지…" 톰이 내뱉듯 말했다.

"마실 걸 좀 가져갈까요?" 이층 창문에서 데이지가 물었다.

"위스키 갖고 올게." 톰은 대답하고 안으로 들어갔다.

개츠비가 굳은 얼굴로 나를 돌아보았다.

"이 집에서는 아무 말도 못하겠군요, 친구."

"데이지는 말할 때 신중하지 못해요. 그 목소리에는 뭔가 가득……" 나는 말하다가 멈칫했다.

"그녀 목소리는 돈으로 가득 차 있어요." 개츠비가 말했다.

바로 그것이었다. 전에는 미처 깨닫지 못했던 사실! 데이지의 목소리는 돈으로 가득 차 있었다. 올라갔다 내려갔다 하는 끝없는 매력…… 딸랑거리는 것도 같고, 심벌즈 노래 같기도 한…… 높다란 하얀 궁전에 사는 공주님, 황금의 아가씨…….

톰이 1리터짜리 술병을 수건으로 감싸 들고 밖으로 나왔고, 뒤이어 금속광택이 나는 천으로 만든 작고 딱 맞는 모자를 쓰고 팔에 얇은 어깨망토를 걸친 데이지와 조던이 나왔다.

"모두 제 차로 가실까요? 그늘에 세워둘걸."

개츠비가 뜨거워진 녹색 가죽시트를 만지며 말했다.

"수동 변속 기어예요?" 톰이 물었다.

"네."

"그럼 선생이 내 쿠페를 몰아요. 선생 차는 내가 몰 테니."

이 제안은 개츠비의 마음에 들지 않았다.

"기름이 충분하지 않아요." 개츠비가 반대했다.

"기름은 많아요. 기름이 떨어지면 약국에 들르면 되구요. 요즘에는 약국에서 뭐든지 다 살 수 있으니까요."

톰이 계기판을 들여다보며 거칠게 말했다.

초점을 벗어난 얘기에 침묵이 흘렀다. 데이지가 얼굴을 찌푸리면서 톰을 쳐다보았고, 개츠비의 얼굴에는 뭐라 표현할 수 없는 표정이 스쳤다. 마치 내가 직접 본 것이 아니라 남의 말로 듣기만 한 것처럼, 아주 낯설고 희미한 표정이었다.

"이리 와, 데이지. 이 서커스 짐마차로 모셔주지."

톰이 그녀를 개츠비의 차 쪽으로 밀면서 말했다. 그가 차문을 열었지만 그녀는 그의 팔에서 빠져나갔다.

"닉하고 조던을 태우고 가요. 우린 쿠페로 갈게요."

그녀는 개츠비에게 걸어가서 손으로 그의 외투를 만졌다. 조던과 톰, 그리고 나는 개츠비의 차 앞좌석에 올라탔다. 톰은 익숙하지 않은 기어를 시험 삼아 밀어 넣었고, 우리는 숨 막힐 듯한 열기 속으로 쏜살같이 내팽개쳐졌다. 뒤에 남겨진 두 사람은 이내 시야에서 사라졌다.

"알고 있었지?" 톰이 물었다.

"알다니 뭘?"

톰은 조던과 내가 이 모든 것을 몰랐을 리 없다는 생각으로 날카롭게 나를 쏘아보았다.

"내가 바본 줄 알아? 뭐, 바보일지도 모르지. 하지만 내게도… 육감이라는 게 있다고. 믿지 않겠지만 과학적으로……"

그는 갑자기 말을 멈췄다. 눈앞에 닥친 돌발적인 사건이 그를 덮쳐 이론의 구렁텅이 끝자락에서 그를 끌어낸 것이다.

"저 놈 조사를 좀 해봤지. 이럴 줄 알았으면 더 깊이 알아보는 건데." 그가 말했다.

"점쟁이한테라도 가봤어요?" 조던이 익살스럽게 물었다.

"뭐? 점쟁이?"

우리가 깔깔 웃는 동안 그는 어리둥절한 표정이었다.

"개츠비 말이에요."

"아, 개츠비? 내 말은, 그 작자의 과거를 알아봤다는 거야."

"그럼 그가 옥스퍼드 출신이란 걸 알아냈겠네요." 조던이 거들었다.

"옥스퍼드 출신이라고! 말도 안 돼! 분홍색 양복을 입고 있는 꼴 좀 봐." 그는 믿지 않았다.

"어쨌든 옥스퍼드 출신이에요."

"뉴멕시코에 있는 옥스퍼드겠지. 아니면 그와 비슷한 거든지." 톰이 경멸하듯 코웃음을 쳤다.

"이보세요, 톰. 그렇게 깔보면서 왜 그를 점심에 초대했어요?" 조던이 화가 나서 따졌다.

"데이지가 초대한 거야. 결혼 전부터 알던 사람이라나. 어디서 어떻게 알게 됐는지 모르겠지만!"

우리는 흑맥주의 취기에서 깨어나는 중이라 다들 짜증스러운 상태라는 것을 깨닫고 잠시 말없이 달렸다. 길 아래로 닥터 T. J. 에클버그의 빛바랜 눈이 시야에 들어왔다. 나는 연료가 부족하다던 개츠비의 경고가 생각났다.

"시내까지는 넉넉해." 톰이 말했다.

"그래도 바로 저기 주유소가 있잖아요. 이런 무더위에 기름이 떨어져서 길에서 오도 가도 못하는 신세가 되고 싶지 않아요." 조던이 반대하고 나섰다.

톰이 성급하게 양쪽 브레이크를 밟는 바람에, 우리는 윌슨 정비소 간판 밑으로 미끄러져 들어가 갑자기 먼지를 일으키며 섰다. 잠시 뒤 주인이 가게 안에서 나와 퀭한 눈으로 자동차를 쳐다보았다.

"기름 좀 넣어줘! 왜 여기 차를 세웠겠어? 경치나 감상하려고 왔겠어?" 톰이 거칠게 소리쳤다.

"몸이 안 좋아요. 오늘 종일 아팠어요." 윌슨이 꼼짝도 하지 않고 말했다.

"무슨 일인데?"

"나는 완전히 지쳤어요."

"그럼 내가 직접 넣을까? 아까 전화할 때는 목소리가 괜찮더니." 톰이 물었다.

윌슨은 기대섰던 문설주 그늘에서 간신히 빠져나와 가쁜 숨을 쉬며 기름 탱크 마개를 돌려 열었다. 햇빛에서 보니 얼굴이 창백하다 못해 녹색이었다.

"점심 식사를 방해할 생각은 아니었는데, 돈이 되게 급했어요. 구형 차를 어떻게 할 건지도 궁금했고요." 윌슨이 말했다.

"이 차는 어때? 지난주에 샀는데." 톰이 물었다.

"아주 멋진 차네요. 노란색이 멋져요."

윌슨이 휘발유 펌프 손잡이에 힘을 주며 대답했다.

"살 생각 있어?"

"이건 너무 큰 모험인걸요. 다른 차라면 돈벌이가 좀 되겠지만." 윌슨이 힘없이 미소를 지었다.

"갑자기 돈이 왜 필요한데?"

"여기서 너무 오래 살았어요. 다른 데로 이사 가려고요. 마누라와 서부로 갈 거예요."

"당신 부인도 떠나고 싶대?!" 톰이 깜짝 놀라 외쳤다.

"마누라는 10년 동안 그 소리를 했어요. 이젠 마누라가 원하든 원하지 않든 내가 데리고 갈 겁니다."

그는 손으로 햇빛을 가리면서 잠깐 펌프에 의지하여 쉬었다. 쿠페가 먼지 돌풍을 일으키며 우리 곁을 휙 지나가면서 손을 흔드는 게 보였다.

“얼마요?” 톰이 거칠게 물었다.

“지난 이틀 동안 이상한 사실을 알게 됐거든요. 그래서 떠나려는 거예요. 자동차 때문에 귀찮게 해드린 것도 그 때문이고요.” 윌슨이 말했다.

“얼마냐니까?”

“1달러 20센트예요.”

가혹한 더위의 공격 때문에 정신이 혼미한 상태라 나는 그가 아직 톰을 의심하지 않는다는 사실을 깨닫기까지 시간이 좀 걸렸다. 그는 머틀이 다른 세계에서 다른 생활을 하고 있다는 사실을 알아냈고, 그 충격 때문에 지금 병이 난 것이다.

나는 그를 물끄러미 쳐다보다가 톰에게 눈을 돌렸다. 톰도 불과 1시간 전에 똑같은 발견을 했던 것이다. 지성이나 인종의 차이는 아픈 사람과 건강한 사람의 차이에 비하면 아무것도 아니라는 생각이 문득 떠올랐다. 윌슨은 너무나 병색이 짙어서 죄 지은 사람, 그것도 용서받지 못할 죄, 어느 가엾은 소녀에게 임신이라도 시킨 것 같은 죄를 지은 사람처럼 보였다.

“그 차를 팔겠소. 내일 오후에 보내주지.” 톰이 말했다.

햇볕이 쨍쨍한 대낮인데도 그 지역은 여전히 으스스했다. 나는 조심하라는 경고라도 받은 것처럼 뒤를 돌아보았다. 잿더미 너머로 T. J. 닥터 에클버그의 거대한 눈이 감시하고 있었고, 다음 순간 나는 또 다른 눈이 채 20피트도 떨어지지 않은 곳에서 강렬하게 우리를 지켜보고 있다는 것을 알아챘다.

정비소 이층 창문들 중에서 커튼이 옆으로 살짝 젖혀진 창문이 하나 있었다. 바로 거기에서 머틀 윌슨이 자동차를 빤히 내려다보고 있었다. 얼마나 집중하고 있었는지 그녀는 누가 자기를 쳐다보고 있다는 것조차 의식하지 못했다. 사진 현상을 할 때 피사체가 천천히 나타나는 것처럼 여러 감정이 차례로 그 얼굴에 떠올랐다.

묘하게 낯익은 표정이었고, 여자들의 얼굴에서 흔히 보았던 표정이었지만 머틀 윌슨의 그 얼굴은 뭐라 설명할 수 없는 것이었다. 그러다가 나는 마침내 위협적인 질투로 가득 찬 그녀의 눈이 톰이 아니라 조던 베이커를 겨냥하고 있음을 알아차렸다. 조던을 톰의 아내로 생각했던 것이다.

* * *

단순한 마음이 혼란에 빠지면 걷잡을 수가 없다. 차가 달리는 동안 톰은 뜨거운 채찍질을 당한 사람처럼 공황 상태에 빠져 있었다. 1시간 전만 해도 그가 확실하게 소유하고 있었고, 침범당하는 일은 절대로 없을 줄 알았던 아내와 애인이 순식간에 그의 손아귀에서 미끄러져 나가고 있었던 것이다. 데이지를 따라잡고 윌슨에게서 멀어져야겠다는 두 가지 목적에서 그는 본능적으로 가속페달을 밟았다. 아스토리아를 향해 시속 80㎞로 달려 마침내 고가철도의 거미줄 같은 구름다리 사이에 이르렀을 때 한가로이 달리는 청색 쿠페가 보였다.

"50번가 근처에 있는 영화관이 시원해요. 난 사람들이 떠난 여름날 오후의 뉴욕이 참 좋아요. 감각적인 어떤 느낌, 온갖 진기한 과일들이 따지 않아도 손에 떨어질 정도로 농익었달까 그런 느낌이 있어요." 조던이 제안했다.

'감각적' 이라는 말이 톰의 마음을 더욱 혼란스럽게 흔들어 놓았지만, 미처 반대할 이유를 찾아내기도 전에 쿠페가 멈췄다. 데이지가 옆에 차를 세우라고 우리에게 손짓했다.

"어디로 갈 거예요?" 그녀가 소리쳤다.

"영화 어때?"

"너무 더워요. 당신들이나 가요. 우리는 돌아다니다가 나중에 합류할게요. 어느 모퉁이에서 만나요. 담배 두 개비를 한 번에 피우는 사람이 보이면 그게 나예요."

그녀의 재치가 약간 빛을 발했다.

"여기서 그런 얘길 하고 있을 순 없으니, 센트럴 파크 남쪽 플라자 호텔 앞으로 우리를 따라와."

트럭이 뒤에서 비키라고 저주의 경적을 울려대자 톰이 초조하게 말했다. 그는 몇 번이나 고개를 돌려 차가 따라오고 있는지 확인했다. 그러다가 교통 체증 때문에 그들이 뒤처지면 차가 보일 때까지 속도를 늦추었다. 그들이 옆길로 휙 달아나 자기 삶에서 영영 사라져 버릴까 봐 두려운 모양이었다. 하지만 그들은 그러지 않았다. 게다가 우리는 플라자 호텔의 스위트룸을 빌리는 참으로 설명하기 어려운 짓을 저질렀다.

떠들썩한 말다툼이 지루하게 이어지다가 객실로 몰려 들어가면서 끝났다. 속옷이 축축한 뱀처럼 다리를 휘감고 간헐적으로 땀방울이 등줄기로 서늘하게 흘러내렸다. 원래는 욕실을 5개 빌려 냉수욕을 하자는 데이지의 제안에서 시작된 것이, '민트 줄렙[42]을 마실 만한 장소' 라는 좀 더 실질적인 것으로 발전했다. 저마다 '말도 안 되는 미친 생각' 이라고 몇 번이나 말했다. 그리고 어리둥절해 하는 호텔 직원에게 다 같이 말을 걸고는 우리가 아주 재미있는 장난을 하고 있다고 생각했다. 아니 그렇게 생각하는 척했다.

방이 아주 넓었는데도 숨이 막혔고, 벌써 4시가 되었는데도 공원에서 떨기나무 숲의 뜨거운 바람만 열린 창문으로 불어왔다. 데이지는 거울 앞으로 가서 우리에게 등을 돌리고 앉아 머리를 매만졌다.

"굉장한 스위트룸이군."

---

42 위스키나 브랜디에 설탕과 박하 등을 탄 칵테일

조던이 감탄스럽게 속삭이자 모두 껄껄 웃었다.

"다른 창문도 다 열어."

데이지가 돌아보지도 않고 명령했다.

"다른 창문 없는데."

"그럼 전화해서 도끼 가져오라고 해."

"그냥 잊어버려. 덥다고 짜증내면 10배는 더 더워지니까."

톰이 초조하게 말하며 위스키 병을 싸고 있던 수건을 풀어 탁자 위에 놓았다.

"그녀를 가만히 놔둬요, 친구. 시내로 나오자고 한 건 당신이잖소." 개츠비가 짧게 말했다.

순간 침묵이 흘렀다! 못에 걸려 있던 전화번호부가 미끄러지며 털썩 바닥에 떨어지자 조던이 "실례합니다"라고 속삭였지만 이번에는 아무도 웃지 않았다.

"내가 주울게요." 내가 나섰다.

"벌써 집었습니다." 개츠비는 끊어진 줄을 살펴보더니 재미있다는 듯 "흠!" 하며 의자 쪽으로 던졌다.

"거 참 대단한 말씨로군?" 톰이 날카롭게 쏘아붙였다.

"뭐가요?"

"그 '친구'라는 형식적인 말 말이오. 그 말은 어디서 주워들었소?"

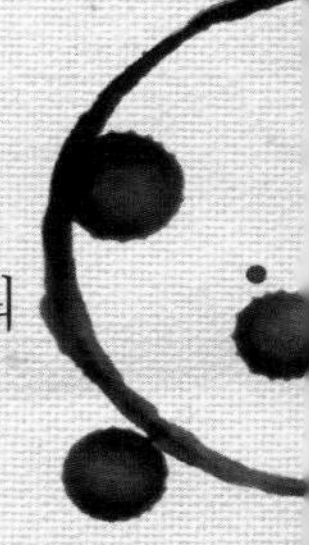

"이봐요, 톰. 그렇게 계속 인신공격이나 할 거면 난 1분도 더 여기 있지 않겠어요. 전화해서 민트 줄렙에 넣을 얼음이나 주문해요." 데이지가 거울에서 돌아보며 말했다.

톰이 수화기를 들자 눌려 있던 열기가 소리로 폭발한 것처럼 멘델스존의 거창한 결혼행진곡이 울려 퍼졌다. 아래층 무도회장에서 들려오는 소리였다.

"대체 누가 이 더위에 결혼식을 하는 거야!"

조던이 우울하게 소리쳤다.

"나도 6월 중순에 결혼했어. 6월에 루이빌에서! 누군가 기절했었는데! 톰, 누구였죠?" 데이지가 기억을 더듬었다.

"빌럭시." 그가 짧게 대답했다.

"빌럭시라는 남자였어요. '돌머리' 빌럭시, 상자 만드는 사람이었는데, 맞아. 테네시 주 빌럭시 출신이었어요."

"사람들이 그 사람을 우리 집으로 데려왔어요. 우리는 교회에서 두 번째 집에서 살았거든요. 그런데 그는 우리 집에 3주나 있었어요. 아빠가 그만 나가달라고 말할 때까지요. 그 남자가 떠난 바로 다음 날 아빠가 돌아가셨죠."

조던이 거들었다. 그리고 자기 말에 맥락이 없다고 생각했는지 잠시 후 다시 덧붙였다.

"그렇다고 무슨 관련이 있다는 건 아니에요."

"나도 멤피스 출신의 빌 빌럭시라는 사람 아는데." 내가 말했다.

"그는 빌럭시의 사촌이에요. 나는 그가 떠나기 전에 그 사람의 집안 내력을 모두 알게 됐어요. 지금 쓰고 있는 알루미늄 골프채도 그 사람이 준 거예요."

결혼식이 시작되자 음악 소리는 사라지고, 박수갈채와 "예－예－예－!"하고 격려하는 외침이 간간히 창문을 통해 흘러 들어왔다. 그리고 마지막 순서로 무도회가 시작되면서 재즈 음악이 터져 나왔다.

"우리도 점점 늙어가는군요. 젊을 때 같으면 일어나서 춤을 출 텐데 말이죠." 데이지가 말했다.

"빌럭시를 기억해."

조던이 그녀에게 주의를 주며 톰에게 물었다.

"톰, 그 사람을 어디서 알았어요?"

"빌럭시? 나는 모르는 사람이야. 데이지의 친구였어."

그는 애써 기억을 더듬으며 말했다.

"아니에요. 난 그 사람을 본 적도 없어요. 그 사람은 당신 차를 타고 왔잖아요." 데이지는 부인했다.

"아무튼 그는 당신을 안댔어. 루이빌에서 자랐다나. 막판에 아서 버드가 데리고 와서 남는 자리 있냐고 묻더라고."

조던이 미소를 지었다.

“아마 고향에 가는 길에 차를 얻어 타려고 그랬겠죠. 나한테는 자기가 예일대에 다닐 때 당신 학과 회장이었다던데요.”

톰과 나는 서로 멍하니 마주 보았다.

“빌럭시가?”

“우선, 우리는 학과 회장이란 것 자체가 없었어.”

개츠비의 발이 가만있지 못하고 짧게 바닥을 톡톡 두드리자 톰이 갑자기 그를 쳐다보았다.

“그런데 개츠비 씨, 옥스퍼드 출신이라면서요?”

“꼭 그렇다고 할 수는 없습니다.”

“아니, 옥스퍼드에 계셨던 걸로 아는데요?”

“네…… 그곳에 있긴 했죠.”

순간 말이 끊어졌다. 믿을 수 없다는 듯 모욕적인 말투로 톰이 말했다.

“빌럭시가 뉴헤이븐에 갔을 때쯤 당신은 옥스포드에 갔었겠군요.”

다시 대화가 끊어졌다. 웨이터가 노크를 하고 들어와서 잘게 부순 박하와 얼음을 놓고 “감사합니다.” 하며 문을 살짝 닫고 나가는 것으로도, 침묵은 깨지지 않았다. 마침내 그의 엄청난 과거가 세세히 드러날 참이었다.

"거기 갔었다고 말했잖아요." 개츠비가 말했다.

"들었소. 하지만 난 그게 언제였는지 알고 싶소."

"1919년이었소. 난 겨우 다섯 달 거기 있었어요. 그래서 진짜 옥스퍼드 출신이라고는 자처하지 못합니다."

톰은 우리도 자기처럼 믿지 않는지 슬쩍 둘러보았다. 그러나 우리는 모두 개츠비를 보고 있었다.

"휴전 협정 후에 몇몇 장교들에게 그런 기회가 주어졌어요. 우리는 영국이나 프랑스에 있는 어느 대학교라도 갈 수 있었어요." 그가 말을 이었다.

나는 일어나서 그의 등을 두드려주고 싶었다. 전에도 경험했던 일이지만, 그에 대한 신뢰가 완벽하게 되살아났다.

데이지가 일어서서 살짝 옅은 미소를 지으면서 탁자 쪽으로 가서 명령하듯 말했다.

"톰, 위스키나 따줘요. 그럼 내가 민트 줄렙을 만들어줄게요. 그걸 마시면 그렇게 멍청해 보이진 않을 테니…… 이 민트 좀 봐요!"

"잠깐만, 개츠비 씨에게 물어볼 게 하나 더 있어."

톰이 매서운 말투로 재빨리 말했다.

"말씀하세요." 개츠비가 공손하게 말했다.

"도대체 우리 집에 무슨 소란을 일으킬 셈이오?"

마침내 모든 것을 공개적으로 드러내 놓고 맞서게 되자 개츠비는 오히려 만족스러웠다.

"소란을 일으키고 있는 건 그가 아니라 당신이에요. 제발 조금이라도 자제심을 가져봐요."

데이지가 절망적으로 두 사람을 번갈아 쳐다보았다.

"자제심이라고?!"

톰이 믿을 수 없다는 듯 데이지를 쳐다보며 되뇌었다.

"어디서 굴러먹다 왔는지도 모르는 놈이 자기 마누라와 바람을 피워도 뒤로 물러나 앉아 있는 게 최신 유행인가 보군. 글쎄, 그렇다 해도 나는 빼주시지…… 요즘 사람들은 가정생활과 가족제도를 우습게 여기는데, 좀 있으면 모든 걸 다 던져버리고 백인하고 흑인하고도 결혼하겠네."

흥분해서 횡설수설하느라 붉어진 얼굴로, 그는 문명의 마지막 방벽에 홀로 선 자신을 깨달았다.

"여기 있는 우린 모두 백인인걸요." 조던이 중얼거렸다.

"내가 별로 인기 없는 사람인 건 나도 알아. 난 성대한 파티를 열지는 않으니까. 현대 사회에서는 자기 집을 돼지우리로 만들어야 친구를 사귈 수 있나 본데 말이지."

나는 화가 나면서도, 톰이 말할 때마다 웃음이 나왔다. 진짜 난봉꾼이 완벽한 도덕군자로 변신해 있었으니 말이다.

"당신한테 말해 둘 게 있어요, 친구." 개츠비가 말했다.

하지만 데이지가 그의 의도를 눈치 채고 말을 가로막았다.

"제발, 그만둬요! 이제 그만 집으로 돌아가요. 다들 집에 가는 게 어때요?"

"좋은 생각이야. 톰, 가자고. 술 마실 사람도 이젠 아무도 없어." 내가 거들었다.

"개츠비 씨가 무슨 말을 할 건지 알고 싶군."

"당신 부인은 당신을 사랑하지 않아요. 당신을 사랑한 적도 없어요. 그녀는 나를 사랑해요." 개츠비가 말했다.

"미친 놈!" 톰이 반사적으로 소리쳤다.

잔뜩 흥분한 개츠비가 자리에서 벌떡 일어섰다.

"그녀는 당신을 사랑한 적이 없어요, 알겠소? 내가 가난했기 때문에 기다리다 지쳐서 당신과 결혼했던 것뿐이오. 그건 아주 끔찍한 실수였지만 그래도 여전히 그녀는 마음속으로 나 말고는 아무도 사랑하지 않았던 거요!"

조던과 나는 자리를 뜨려고 일어났지만 톰과 개츠비 모두 경쟁적으로 우리에게 그냥 있어 달라고 단호하게 고집했다. 이제 두 사람 모두 감출 것은 하나도 없으니, 그들의 감정을 서로 상대방 입장이 되어 체험해보는 것이 무슨 특권이라도 된다는 듯이 말이다.

"데이지, 앉아. 그동안 무슨 일이 있었는지 말해 봐. 모두 들어야겠어." 톰은 아버지처럼 말하려고 했지만 실패했다.

"그동안 있었던 일을 내가 말했잖소? 이제 5년이 되어갑니다. 당신은 몰랐겠지만." 개츠비가 말했다.

톰이 데이지에게 몸을 홱 돌렸다.

"지난 5년 동안 이 친구를 만났다고?"

"그런 건 아니요. 우린 서로 만날 수 없었지만 그동안에도 서로 사랑하고 있었소. 친구, 당신은 그걸 몰랐던 거요. 어떤 때는 웃음이 나기도 하더군. 당신이 아무 것도 모르고 있다고 생각하니 말이오." 개츠비가 말했다. 그러나 그의 눈에 웃음기는 보이지 않았다.

"그게 전부요?"

톰은 굵은 손가락들을 마치 성직자처럼 서로 마주보게 하여 두드리더니 의자 깊숙이 기대앉았다.

"미쳤군! 5년 전 일은 상관하지 않겠소. 그때는 데이지를 모를 때니까. 뒷문으로 식료품 배달이라도 한 게 아니면 어떻게 당신이 이 여자 근처에 갈 수 있었는지 모르지만 나머지는 모두 거짓말이오. 데이지는 결혼할 때도 나를 사랑했고, 지금도 나를 사랑하고 있소."

"아뇨." 개츠비가 고개를 저었다.

"분명히 그녀는 날 사랑해요. 가끔 어리석게 굴고 자기가 무슨 짓을 하는지도 모르지만. 나도 가끔 사소한 술자리에서 바보짓을 하지만 언제나 다시 제자리로 돌아와요. 그리고 마음속으로 항상 그녀를 사랑하고 있소."

톰은 현명한 척 고개를 끄덕이며 말했다.

"역겨워요." 데이지가 쏘아붙였다.

그녀는 나를 향해 몸을 돌렸다. 한 옥타브 낮아진 목소리에 담긴 섬뜩한 경멸이 방 안을 가득 채웠다.

"우리가 왜 시카고를 떠났는지 알아요? 그 술자리가 어땠는지 아무도 오빠에게 말해 주지 않았다는 게 놀라워요."

개츠비가 그녀 곁으로 걸어가서 옆에 섰다.

"데이지, 이제 다 끝났소. 더 이상 아무 상관없어요. 그에게 진실을 말해요…… 그를 결코 사랑한 적 없다고. 그걸로 모든 게 깨끗이 정리되는 겁니다."

그녀는 멍하니 그를 쳐다보았다.

"내가 어떻게 저 사람을 사랑할 수 있었겠어요?"

"당신은 저 사람을 사랑한 적이 없소."

그녀는 잠시 망설였다. 그녀는 호소하듯 조던과 나를 보았다. 이제야 무슨 일인지 깨달은 듯, 자기는 어떤 짓도 할 생각이 없었다는 듯. 하지만 너무 늦었다. 엎질러진 물이었다.

“그를 사랑한 적 없어요.” 그녀는 내키지 않는 투로 말했다.

“카피올라니에서도?” 톰이 갑자기 따졌다.

“그래요.”

아래층 무도장에서 우물거리며 헐떡거리는 노래 소리가 뜨거운 바람을 타고 올라왔다.

“당신 신발을 적시지 않으려고 펀치볼에서 당신을 안고 내려왔던 그 날도?” 부드러운 허스키로 그가 물었다.

“제발, 그만 해요.”

그녀의 목소리는 차가웠지만 더 이상 증오는 없었다. 그녀는 개츠비를 바라보았다.

“제이.” 그녀가 불렀다.

담배에 불을 붙이는 손이 떨렸다. 그녀는 갑자기 담배와 불붙은 성냥개비를 카펫 위에 팽개치며 소리쳤다.

“당신은 너무 많은 걸 원해요! 지금 내가 당신을 사랑하는 걸로 충분하지 않아요? 과거는 어쩔 수 없잖아요.”

그녀는 절망적으로 흐느껴 울기 시작했다.

“저 사람을 한 번쯤은 사랑했단 말이에요.…… 하지만 당신도 사랑했어요.”

개츠비는 눈을 떴다가 다시 감았다.

“나도 사랑했다고?” 그가 되물었다.

"그것도 거짓말이야. 그녀는 당신이 살아 있는지조차 몰랐으니까. 아무튼…… 데이지와 나 사이엔 당신이 모르는, 영원히 잊지 못할 일들이 많다고." 톰이 사납게 말했다.

단어 하나하나가 개츠비를 물어뜯는 것처럼 보였다.

"데이지와 둘이서 얘기하고 싶소. 그녀는 지금 너무 흥분해서……" 개츠비가 고집했다.

"둘만 있어도 톰을 사랑한 적이 없다고 말할 수는 없어요. 그건 사실이 아니니까요." 그녀는 애처롭게 말했다.

"물론 사실이 아니지." 톰이 고개를 끄덕였다.

그녀는 남편을 돌아보았다.

"그게 당신과 상관있는 것 같네요."

"물론이지. 이제부터 당신에게 잘할 생각이거든."

"이해를 못하는군요. 당신은 이제 더 이상 그녀에게 잘할 필요가 없어요." 개츠비는 당황한 표정으로 말했다.

"잘할 필요가 없다고? 왜지?"

톰은 눈을 크게 뜨더니 웃음을 터뜨렸다. 이제 자신을 통제할 여유가 생긴 것이다.

"데이지는 당신을 떠날 거니까요."

"웃기는 소리."

"그럴 거예요." 그녀가 기를 쓰며 말했다.

"그녀는 떠나지 않아! 손가락에 끼워줄 반지조차 훔쳐야 하는 사기꾼 때문에 그러지는 않을 거라고."

톰이 갑자기 개츠비에게 쏟아 붓듯 말했다.

"이제 못 참겠어요! 제발 여기서 나가요."

데이지가 울먹이며 소리쳤다.

"도대체 당신 누구야? 마이어 울프샤임과 몰려다니는 패거리라는 것 정도는 나도 알아. 당신 사업에 대해 좀 알아봤지. 내일 좀 더 자세히 알아볼 참이고." 톰이 분개하며 말했다.

"좋으실 대로." 개츠비가 침착하게 말했다.

"당신의 '약국'이 뭔지 알아냈소."

톰은 우리 쪽으로 돌아서서 재빨리 말했다.

"이 작자와 울프샤임이라는 자가 이곳과 시카고의 뒷골목 약국 여러 곳을 사들여 밀주를 파는 거야. 그게 저 친구의 작은 특기 중 하나지. 처음 만났을 때부터 밀주업자일 거라고 생각했는데, 그다지 틀린 게 아니더라고."

"그게 뭐요? 당신 친구 월터 체이스는 그렇게도 자존심이 강해서 우리 사업에 낀 모양이군." 개츠비가 점잖게 말했다.

"당신들은 그가 곤경에 빠졌을 때 모른 척 했잖아. 아닌가? 뉴저지 감옥에 한 달이나 처박혀 있도록 버려두었잖아. 아! 월터가 당신에 대해 뭐라고 얘기했는지 들어봐야 하는 건데."

"그 사람은 돈 한 푼 없이 우리한테 왔소. 돈 좀 만지더니 그렇게 좋아할 수가 없더군, 친구."

"나한테 '친구'라고 하지 말아요!"

톰이 고함쳤다. 개츠비는 아무 말도 하지 않았다.

"월터는 당신들을 도박금지법으로 잡아넣을 수도 있었는데 울프샤임이 협박해서 입을 다물고 있었던 거요."

개츠비의 얼굴에 아직 낯설긴 해도 무슨 의미인지 정도는 알 것 같은 표정이 다시 돌아왔다.

"약국 사업이야 그저 푼돈 놀이지. 월터는 뭐서워서 털어놓지 못하지만 당신이 지금 뭔가 다른 일을 꾸미고 있다는 걸 알아." 톰이 천천히 말했다.

나는 데이지를 힐끗 쳐다보았다. 그녀는 두려운 눈으로 개츠비와 남편을 번갈아 보고 있었고, 조던은 턱 끝에 보이지 않는 뭔가 매력적인 물건을 올려놓고 균형을 잡기 시작했다. 나는 다시 개츠비한테 시선을 돌렸다가 질겁했다. 그때 그의 표정은—그의 정원에서 사람들이 쑥덕거리던 비난은 그만두고라도—정말로 '살인이라도 저지른' 것 같았고, 그 순간 그의 얼굴은 정말 그렇게밖에는 묘사할 길이 없었다.

그 순간이 지나가자, 개츠비는 흥분해서 데이지에게 말하기 시작했다. 모든 것을 부인하고 아직 나오지 않은 비난까지

앞질러 변호했다. 그러나 말을 할수록 그녀의 마음은 점점 더 움츠러들었고, 결국 그는 변명을 포기했다. 해가 점점 기울어 가는 동안, 죽어버린 꿈만이 더 이상 만질 수 없는 것을 만지려고 애쓰면서, 슬프지만 절망하지 않고 방을 가득 채우던 잃어버린 목소리를 향해 분투하고 있었다.

그 목소리가 다시 집으로 가자고 애원했다.

"제발요, 톰! 이제 더는 못 참겠어요."

그녀의 겁먹은 눈은 그녀가 품었던 의지든 용기든 모든 것이 완전히 사라졌다는 것을 보여주었다.

"데이지, 개츠비 씨랑 둘이 먼저 가." 톰이 말했다.

그녀는 놀란 눈으로 톰을 쳐다보았다. 그러나 그는 너그러운 척하면서 경멸하는 말투로 고집했다.

"어서 가. 그가 당신을 괴롭히진 않을 거야. 주제넘은 불장난이 끝났다는 걸 이제 알았을 테니."

그들은 가버렸다, 한 마디 말도 없이, 휙, 우연처럼, 유령처럼, 심지어 우리의 연민에서도 떠나버렸다. 잠시 후 톰이 일어나 마개도 열지 않은 위스키 병을 수건으로 싸기 시작했다.

"이거 마실래? 조던? 닉?"

나는 대답하지 않았다.

"닉?" 그가 다시 물었다.

"뭐라고?"

"마시겠냐고."

"아니… 지금 막 생각 났는데, 오늘 내 생일이야."

나는 서른 살이 되었다. 내 앞에 불길하고 위협적인 새로운 10년이 펼쳐져 있었다.

우리가 그와 함께 쿠페를 타고 롱아일랜드로 출발한 것은 7시였다. 톰은 기분 좋게 웃어대며 쉬지 않고 떠들었다. 하지만 조던과 나에게 그의 목소리는 길가에서 들리는 이질적인 소음처럼, 머리 위 고가철도에서 나는 시끄러운 소리처럼 멀게만 느껴졌다. 인간의 동정심에는 한계가 있는 법이다. 우리는 그들의 비극적인 말다툼이 도시의 불빛과 함께 뒤로 사라져 가는 것을 다행스럽게 생각했다.

서른, 고독한 10년의 약속, 알던 독신자 수가 점점 줄어드는 나이, 열정을 담았던 업무용 가방도 점점 얇아지는 나이, 머리카락도 점점 줄어드는 나이다. 하지만 내 옆에는 조던이 있었다. 데이지와 달리, 잊힌 꿈을 여러 해 동안 간직하기에는 너무 똑똑한 여자였다. 어두운 다리 위를 지날 때 그녀는 창백한 얼굴을 내 어깨에 나른하게 기댔다. 내 손을 부드럽게 감싸는 그녀의 손길이 서른이라는 만만찮은 충격을 저만큼 밀어내고 있었다.

그렇게 우리는 서늘한 황혼을 뚫고 죽음을 향해 계속 달려갔다.

* * *

재의 골짜기 옆에서 카페를 운영하는 그리스 청년, 미카엘리스는 그 사건의 가장 중요한 목격자였다. 그는 무더위에 지쳐 낮잠을 자다가 5시에 일어나서 슬슬 정비소에 갔는데 조지 윌슨이 사무실에서 허연 머리칼만큼이나 창백한 얼굴로 온몸을 덜덜 떨고 있었다. 미카엘리스가 들어가서 누워 있으라고 하자 윌슨은 손님을 놓치면 안 된다면서 거절했다. 이웃 청년이 그를 설득하는 동안 위층에서 요란한 소리가 들렸다.

"마누라를 가둬놓았어. 모레까지 가둬놓을 거야. 그러고 나서 이사를 가는 거지." 윌슨이 침착하게 설명했다.

미카엘리스는 깜짝 놀랐다. 이웃에서 4년이나 살았지만 절대로 그럴 위인이 아니었기 때문이다. 그는 늘 무기력했다. 일을 하지 않을 때는 문 앞에 의자를 놓고 앉아서 길 가는 사람이나 자동차를 멍하니 바라보고 있었다. 누가 말을 걸면 늘 상냥하지만 힘없는 미소를 지었다. 그는 자기 뜻대로가 아니라 아내 뜻대로 사는 남자였다.

그래서 당연히 미카엘리스는 무슨 일이 있었는지 캐물었지만 윌슨은 아무 말도 하지 않았다. 오히려 이 방문객을 의심스러운 눈으로 바라보기 시작하더니 급기야는 어느 날 어느 시간에 무엇을 하고 있었는지 묻기 시작했다.

청년이 불편하게 느낄 때쯤, 노동자 몇 사람이 그의 음식점을 향해 앞을 지나갔다. 그는 나중에 다시 와 보리라 생각하며 자리를 떴다. 그러나 그는 그러지 못했는데, 잊어버려서였지 다른 이유가 있는 것은 아니었다. 7시가 조금 지나서 그가 다시 밖에 나왔을 때 정비소에서 고래고래 소리 지르며 욕하는 윌슨 부인의 목소리가 들렸기 때문에 아까 일이 생각났다.

"때려! 날 쳐서 쓰러뜨려 보라고, 더럽고 쪼그만 겁쟁이 놈아!" 여자가 외치는 소리가 들렸다.

잠시 후 그녀는 손을 흔들며, 뭐라는지 알아 들을 수 없는 소리를 지르며 어두운 황혼 속으로 달려나갔다. 윌슨이 자기 집 문 앞에서 몸을 움직이기도 전에 사건은 이미 끝나 있었다.

신문에서 '죽음의 자동차'라고 이름 붙인 그 차는 멈추지 않았다. 그 차는 점점 짙어지는 어둠을 헤치고 나타나 잠시 비극적으로 비틀거리더니 다음 번 모퉁이를 돌아 사라져 버렸다. 미카엘리스는 그 자동차의 색깔조차 확신하지 못했고, 처음에는 경찰관에게 밝은 녹색이라고 말했다.

뉴욕 쪽으로 달리던 다른 차는 100야드 가량 지나친 뒤에야 정지했고, 운전자가 급히 되돌아 왔을 때는, 무참하게 목숨이 끊긴 머틀 윌슨이 끈적거리는 검붉은 피와 먼지로 범벅이 된 채 길바닥에 엎어져 있었다.

미카엘리스와 이 남자가 제일 먼저 그녀에게 도착했다. 아직도 땀에 젖어 축축한 블라우스 자락을 찢어보니 왼쪽 가슴이 헝겊자락처럼 늘어져 덜렁거리고 있었고, 그 아래 심장의 고동 소리는 확인할 필요도 없었다. 입을 벌린 채, 오랫동안 축적해 놓은 엄청난 생명력을 쏟아내느라 숨이 막혔는지 양쪽 가장자리가 조금 찢겨 있었다.

* * *

우리는 아직 상당히 멀리 있었는 데도 자동차 서너 대와 사람들이 모여 있는 것이 보였다.

"사고가 났군! 잘됐어. 윌슨에게 일거리가 생길 테니."

톰이 말했다. 그는 속력을 늦추긴 했지만 차를 멈출 생각은 전혀 없었다. 그러나 더 가까이 가서 정비소 문 앞에 말없이 긴장하고 서 있는 사람들의 얼굴들을 보자 그는 자기도 모르게 브레이크를 밟았다.

"잠깐 구경이나 하자고. 무슨 일인지……."

그가 미심쩍은 표정으로 말했다. 그제야 나는 정비소 안에서 공허하고 구슬픈 울음소리가 끊임없이 흘러나오는 것을 알아차렸다. 우리가 쿠페에서 내려 문 앞으로 향하는 동안 그

소리는 헐떡거리는 신음이 되어 "하느님 맙소사!"라는 말만 되풀이하고 있었다.

"여기서 무슨 큰 사고가 났나 보군." 톰이 흥분해서 말했다.

그는 발돋움을 하고 서서 둘러선 사람들의 머리 너머로 정비소 안을 자세히 들여다보았다. 그러나 그 안에는 머리 위로 흔들리는 철망 소쿠리 안에 노란 전등 하나만 켜져 있을 뿐이었다. 톰은 갑자기 귀에 거슬리는 소리를 내지르더니 억센 팔로 사람들을 난폭하게 밀어젖히며 안으로 들어갔다. 뭐라고 훈계하는 중얼거림과 함께 사람들의 원은 다시 닫혔다. 잠시 동안 아무것도 보이지 않았다. 그러다 새로 모여든 구경꾼들이 줄을 흐트러뜨리는 바람에 조던과 나는 갑자기 안으로 떠밀려 들어갔다.

머틀 윌슨의 시체는 추위라도 탈까 봐 염려된다는 듯 담요 2장에 싸인 채 벽 쪽 작업대에 놓여 있었는데, 톰은 등을 돌린 채 시체 위로 몸을 굽히고 꼼짝도 하지 않았다. 그의 곁에 오토바이 경찰관 한 사람이 서서 땀을 뻘뻘 흘리며 수첩에 이름을 받아 적었다가 다시 고쳤다 하고 있었다.

처음에는 텅 빈 정비소 안에 시끄럽게 울려 퍼지는 그 고음의 신음 소리가 어디서 나는 건지 알 수 없었다. 그러다가 윌슨이 몸을 앞뒤로 흔들며 두 손으로 문기둥을 짚고 사무실 문

턱에 서 있는 것을 보았다. 어떤 남자가 조그맣게 뭐라고 얘기하면서 가끔 그의 어깨에 손을 얹기도 했지만 윌슨에겐 아무것도 들리지도 보이지도 않는 것 같았다. 그의 눈은 흔들거리는 전등에서 천천히 내려와 시체가 놓인 작업대로 갔다가 전등 쪽으로 휙 되돌아갔으며, 그럴 때마다 끊임없이 높다랗게 섬뜩한 소리를 질러대는 것이었다.

"하느님 맙소사! 하느님 맙소사! 하느님 맙소사!"

별안간 톰이 반사적으로 고개를 쳐들고 흐릿한 눈으로 정비소 안을 둘러보더니 경찰관에게 종잡을 수 없는 말을 두서없이 지껄였다.

"마브… 오…" 경찰관이 말했다.

"아니, 로예요. 마브로." 청년이 고쳐주었다.

"내 말 좀 들어봐요!" 톰이 사납게 으르렁거렸다.

"르…, 오…" 경찰관이 계속했다.

"그…"

"그…"

톰이 넓적한 손으로 경찰관의 어깨를 잡자 경찰관이 고개를 쳐들었다.

"뭡니까?"

"어떻게 된 일인지 알고 싶소!"

“자동차에 치여서 즉사했어요.”

“즉사했다고요.” 톰이 노려보며 되풀이했다.

“저 여자가 도로로 뛰어들었어요. 그 개자식은 차를 멈추지도 않았고요.”

“차가 두 대 있었어요. 하나는 오고, 다른 하나는 가고 있었어요. 아시겠어요?” 미카엘리스가 말했다.

“어느 쪽으로요?” 경찰관이 날카롭게 물었다.

“각각 양쪽 방향으로 가고 있었어요. 근데, 저 여자가….” 그의 손이 담요 쪽으로 반쯤 올라가다가 다시 그의 옆구리로 내려왔다.

“저 여자가 도로로 뛰어들었고, 뉴욕에서 오던 차가 그녀를 정면으로 들이받았어요. 시속 30~40마일은 됐을 거예요.”

“이곳 지명이 뭡니까?” 경찰관이 물었다.

“이름 같은 건 없어요.”

잘 차려입은 핼쑥한 흑인이 가까이 다가서며 말했다.

“노란색 차였어요. 커다랗고 노란 색 차였어요.”

“사고를 목격했나요?” 경찰관이 물었다.

“아뇨. 하지만 그 차가 내 옆을 지나서 도로를 내려가는 걸 봤어요. 아마 시속 50~60마일은 됐을 겁니다.”

“이리 와요. 이름이 뭐요? 비켜요. 이 사람 이름 좀 적게요.”

문 앞에서 몸을 흔들고 있던 윌슨이 들은 게 분명했다. 헐떡이던 비명이 그치고 갑자기 새로운 외침이 들렸기 때문이다.

"그게 어떻게 생긴 차인지 나한테 말할 필요 없어! 난 어떤 차인지 아니까!"

톰의 어깨 뒤쪽 근육이 코트 속에서 굳어지는 것이 보였다. 그는 재빨리 윌슨에게로 걸어가더니 앞에 서서 그의 두 팔을 꽉 붙잡고 걸걸한 목소리로 달랬다.

"정신 똑바로 차려."

윌슨의 눈이 톰에게 떨어졌다. 윌슨은 발돋움을 하면서 벌떡 몸을 일으켰는데 그때 톰이 꽉 잡지 않았다면 그는 아마 무릎을 꿇고 쓰러졌을 것이다.

"내 말 잘 들어. 난 지금 뉴욕에서 돌아오는 길이야. 우리가 얘기했던 그 차를 당신에게 주려고 오는 길이었다고. 아까 내가 몰던 그 노란 차는 내 게 아냐. 알겠소? 오후 내내 난 그 차를 본 적도 없다고."

그의 말이 들릴 만큼 가까이 있었던 건 그 흑인과 나뿐이었지만 경찰관이 그의 말투에서 무슨 눈치를 챘는지 날카로운 눈초리로 훑어보았다.

"지금 뭐 하는 겁니까?" 그가 물었다.

"난 이 사람 친구예요. 이 사람이 사고 낸 차를 안대요……

노란색 차랍니다." 톰은 손으로 여전히 윌슨을 꽉 붙잡은 채 고개만 돌리고 대답했다.

막연하고 충동적인 의혹을 느낀 경찰관이 톰에게 물었다.

"당신 차 색깔은 뭡니까?"

"청색입니다. 쿠페지요."

"우리는 지금 뉴욕에서 오는 길입니다." 내가 말했다.

우리 뒤에서 조금 떨어져 따라오던 차의 운전자가 이를 확인해 주자 경찰관은 돌아섰다.

"자, 다시 한 번 성함을 정확히 불러 주세요."

톰은 윌슨을 인형처럼 번쩍 들어 그의 사무실 의자에 앉혀 놓고 돌아왔다.

"누가 여기 와서 이 사람과 같이 좀 있어줘요."

그는 위압적으로 똑 부러지게 말했다. 가장 가까이 있던 두 남자가 마주 보더니 마지못해 방으로 들어가는 것을 지켜보고 나서 톰은 문을 닫고 작업대 쪽을 보지 않으려고 애쓰며 한 단짜리 계단을 내려왔다. 톰은 나에게 바싹 다가와 지나치면서 소곤거렸다.

"가자."

우리가 남의 눈을 의식하며, 톰의 양팔이 기세 좋게 길을 터 주는 대로, 아직도 모여들고 있는 군중 사이를 빠져나오는데,

왕진가방을 들고 급하게 지나가는 의사가 보였다. 혹시나 하면서 반시간 전에 부른 의사였다.

톰은 모퉁이에 이르도록 천천히 차를 몰더니, 그 다음부터는 가속페달을 힘차게 밟았고, 그의 쿠페는 밤의 어둠 속을 질주했다. 잠시 후 낮고 허스키한 흐느낌 소리가 들렸다. 눈물이 그의 두 뺨 위로 흘러내리고 있었다.

"빌어먹을 겁쟁이 같으니라고! 차를 세우지도 않다니." 그가 흐느끼며 말했다.

* * *

어둠 속에서 바스락거리는 검은 나무들 사이로 뷰캐넌의 집이 불쑥 우리 앞에 나타났다. 톰이 현관 옆에 차를 세우고 담쟁이덩굴 사이로 2개의 창이 환한 2층을 올려다보았다.

"데이지가 집에 와 있군." 그가 말했다. 차에서 내릴 때 그는 힐끗 나를 보더니 눈살을 약간 찌푸렸다.

"웨스트에그에서 내려줄 걸 그랬군, 닉. 오늘 밤에는 할 수 있는 일이 아무 것도 없을 테니 말이야."

그는 좀 달라져 있었고, 엄숙하고 결단력 있게 말했다. 달빛이 내린 자갈길을 지나 현관으로 가는 동안 그는 몇 마디로 이 상황을 정리했다.

"집까지 타고 갈 택시를 전화로 불러줄게. 기다리는 동안 자네와 조던은 부엌에 가서 저녁을 차려달라고 해. 밥 생각이 있으면 말이야."

그는 문을 열었다.

"들어와."

"아니, 사양하겠어. 택시는 불러줘. 밖에서 기다릴게."

조던이 내 팔을 잡았다.

"닉, 들어가요."

"아니, 사양할래요."

나는 속이 편치 않았고 혼자 있고 싶었다. 그러나 조던은 잠깐 더 망설였다.

"이제 겨우 9시 반이에요." 그녀가 말했다.

집에 들어가느니 차라리 지옥에 가겠다. 하루 내내 진절머리 날 만큼 이 사람들을 봤고, 갑자기 조던도 지겨워졌다. 그녀는 내 표정을 읽은 것처럼 홱 돌아서서 현관 계단을 뛰어올라 안으로 들어가 버렸다. 나는 몇 분 동안 머리를 감싸고 앉아 있다가 안에서 택시를 부르는 집사의 목소리를 듣고, 정문에서 기다리려고 천천히 진입로를 따라 걸어 내려갔다.

얼마 못 가서 내 이름을 부르는 소리가 들리더니 개츠비가 관목 숲 사이에서 오솔길로 걸어 나왔다. 그때 나는 꽤 섬뜩하게 놀랐던 게 틀림없다. 왜냐하면 달빛 아래에서 그의 핑크색 양복이 번쩍이는 걸 보자 아무 생각도 할 수 없었기 때문이다.

"여기서 뭐 하는 겁니까?" 내가 물었다.

"그냥 서 있었어요, 친구."

어쩐지 비열한 짓처럼 느껴졌다. 그가 당장이라도 그 집을 털러 쳐 들어갈 것 같은 느낌이었다. 그의 등 뒤에 있는 컴컴한 관목들 사이로 사악한 얼굴들, '울프샤임 패거리'의 얼굴이 보인다 해도 나는 별로 놀라지 않았을 것이다.

"사고 난 것 보셨습니까?" 잠시 후 그가 물었다.

"네."

그는 잠깐 머뭇거렸다.

"그 여자는 죽었나요?"

"네."

"그럴 줄 알았어요. 데이지에게도 그럴 거라고 했어요. 충격은 한꺼번에 받는 게 나으니까. 그녀는 꽤 잘 견뎌냈어요."

그는 데이지만 괜찮으면 다 괜찮다는 듯이 말했다.

"나는 옆길로 웨스트에그로 가서 차고에 차를 넣어두었어요. 아무도 우리를 보지 못했을 겁니다. 장담할 수는 없지만."

그때 나는 너무 혐오스러운 나머지 그의 말이 틀렸다고 말해 줄 필요조차 느끼지 않았다.

"그 여자가 누굽니까?" 그가 물었다.

"그녀 이름은 머틀 윌슨이에요. 남편이 그 정비소 주인이죠. 도대체 어떻게 된 겁니까?"

"저, 내가 운전대를 돌리려고 했는데……"

그가 말을 뚝 끊었고, 나는 직감적으로 진실을 깨달았다.

"데이지가 운전했군요?"

그는 조금 지체하다가 대답했다.

"네. 하지만 내가 운전했다고 할 겁니다. 물론 그럴 거예요. 아시다시피, 뉴욕에서 출발할 때 데이지는 몹시 흥분해 있었기 때문에 운전을 하면 마음이 좀 안정될 거라고 생각했던 거지요. 그런데 우리가 맞은 편에서 오는 차와 엇갈리는 순간 그 여자가 우리한테 달려들었어요. 순간적인 일이었지만, 내 생각에는 그 여자가 우리를 아는 사람이라고 생각했던 것 같아요. 뭐라고 했는지는 몰라도 아무튼 우리에게 뭔가 말을 했거든요. 데이지는 처음에 그 여자를 피하려고 마주 오는 차 쪽으로 운전대를 돌렸다가 겁이 나서 다시 운전대를 돌린 거예요. 내가 운전대에 손을 대는 순간 충격이 느껴졌습니다. 분명히 즉사했을 거예요."

"그 여자는 몸이 찢어져서……"

"그만둬요, 친구." 그는 얼굴을 찡그렸다.

"아무튼…… 데이지는 사람을 치고도 그냥 차를 몰았어요.

내가 차를 세우려고 했지만 막무가내였어요. 그래서 핸드 브레이크를 당겼지요. 그제야 그녀는 내 무릎 위로 쓰러지더군요. 그 다음부터는 내가 차를 몰았어요."

그가 곧바로 말을 이었다.

"데이지는 내일이면 괜찮을 거예요. 난 여기서 혹시 그가 오늘 오후에 있었던 불쾌한 일을 가지고 데이지를 괴롭히지나 않는지 지켜보려고요. 그녀는 방문을 걸어 잠그고 있어요. 만일 그가 폭력적으로 굴면 불을 껐다 켰다 하기로 했어요."

"톰은 건드리지도 않을 겁니다. 그는 지금 데이지를 생각할 여유가 없거든요."

"난 그를 못 믿겠어요, 친구."

"얼마나 오래 기다릴 겁니까?"

"필요하다면 밤새도록이라도요. 어쨌든 그들 모두 잠들 때까지 기다릴 거예요."

문득 새로운 관점이 떠올랐다. 데이지가 차를 몰았다는 사실을 톰이 알게 되면 어떻게 될까? 거기에 무슨 인과관계가 있다고 생각할지도 모른다. 그가 어떤 생각을 할지 알 수 없는 노릇이었다. 나는 그 집을 쳐다보았다. 아래층에 두세 개의 창문이 환하게 밝혀져 있었고, 2층 데이지의 방에서는 분홍색 불빛이 비치고 있었다.

"여기서 기다리세요. 소란이 일어날 기미가 있는지 가서 보고 올게요." 내가 말했다.

나는 잔디밭 가장자리를 따라 걸어가서, 자갈길을 가로질러, 베란다 계단을 소리나지 않게 발꿈치를 들고 올라갔다. 거실은 커튼이 열려 있었고 방은 비어 있었다. 석 달 전, 그러니까 6월의 그날 밤 저녁식사를 하던 현관을 가로질러, 아마 식당일 거라고 짐작되는 작은 직사각형 불빛 창문으로 다가갔다. 차양이 내려져 있었지만 창턱에 갈라진 틈이 있었다.

데이지와 톰은 차갑게 식은 프라이드치킨 한 접시와 흑맥주 두 병을 놓고 마주 앉아 있었다. 그는 테이블 건너편에서 그녀에게 뭐라고 열심히 말하면서 진지하게 한 손으로 그녀의 손을 감싸고 있었다. 그녀는 가끔 그를 올려다보며 고개를 끄덕였다.

그들은 행복해 보이지 않았다. 둘 다 치킨이나 맥주에는 손도 대지 않았으니까. 그렇다고 불행해 보이지도 않았다. 두 사람 사이에는 분명히, 둘이 무슨 음모라도 함께 꾸미고 있나 싶을 정도로 자연스러운 친밀감이 흐르고 있었다.

내가 발끝으로 살금살금 현관을 나오는데 택시가 어두운 길을 따라 천천히 들어오는 소리가 들렸다. 개츠비는 아까 그 자리에서 기다리고 있었다.

"그래, 조용하던가요?" 그가 걱정스럽게 물었다.

"네, 아주 조용해요. 집에 돌아가서 주무시는 게 좋겠어요." 나는 좀 머뭇거리며 말했다.

그러나 그는 고개를 저었다.

"데이지가 잠들 때까지 여기서 기다릴 거예요. 먼저 들어가세요, 친구."

그는 코트 주머니에 두 손을 넣고 다시 진지하게 감시자의 시선을 집 쪽으로 돌렸다. 내가 옆에 있는 것이 자기의 신성한 불침번에 방해가 된다는 듯이.

그래서 나는 그대로 걸어 나왔다. 달빛 아래 서서 아무 일도 일어날 리 없는 그 집을 지키고 있는 그를 남겨둔 채.

제8장

나는 밤새도록 잠들지 못했다. 해협에서는 안개 경보가 끊임없이 끙끙거렸고, 나는 가사 상태로 기이한 현실과 잔인하고 무서운 꿈 사이를 오가며 반쯤 아픈 상태에서 몸을 뒤척였다. 새벽녘에 개츠비의 저택으로 택시가 올라가는 소리를 듣고 나는 바로 침대에서 뛰쳐나와 옷을 입었다. 그에게 할 말이 있었다. 조심하라고 경고해야 할 것 같았고, 아침까지 기다리면 너무 늦을 것 같았다.

그의 잔디밭을 가로질러 가보니 현관문이 열려 있었다. 개츠비는 홀에서 테이블에 기대고 있었는데, 실망 때문인지 피로 때문인지 몸이 무거워 보였다.

"아무 일도 없었어요. 계속 기다리고 있었는데, 새벽 4시쯤 그녀가 창가로 오더니 잠시 서 있다가 불을 끄더군요." 그가 힘없이 말했다.

우리는 담배를 찾으려고 커다란 방들을 뒤지고 다녔는데, 그날 밤만큼 그 집이 그렇게 크게 느껴진 적은 없었다. 우리는 장막 같은 커튼을 한쪽으로 걷으면서 길고 캄캄한 벽을 더듬어 전등 스위치를 찾았다. 유령처럼 흐릿한 피아노 건반 위로 넘어지면서 요란한 소리에 기겁하기도 하면서 말이다.

여기저기 이해할 수 없을 정도로 먼지가 쌓여 있었고, 환기를 하지 않아 곰팡이 냄새가 났다. 나는 못 보던 탁자 위에서 마침내 담배상자를 찾아냈는데 얼마나 오래 됐는지 말라버린 담배 두 개비가 들어 있었다. 우리는 프랑스 풍의 거실 창문을 활짝 열고 어둠 속으로 담배 연기를 내뿜었다.

"당장 떠나야 해요. 사람들이 분명히 당신 차를 찾아낼 겁니다." 내가 말했다.

"지금 당장 말입니까, 친구?"

"일주일쯤 애틀랜틱 시티나 몬트리올로 가세요."

개츠비는 그럴 생각이 없었다. 데이지가 어떻게 할 생각인지 먼저 알아야 했다. 그는 아직도 마지막 희망을 움켜잡고 있었고, 나는 차마 그 손을 놓으라고 그를 흔들지 못했다.

개츠비가 나에게 댄 코디와 함께 한 특별한 젊은 시절 애기를 해 준 것이 바로 그날 밤이었다. 그것은, 톰의 단단한 적개심에 부딪친 '제이 개츠비'가 유리조각처럼 산산이 부서지면서 그 오랜 세월 동안의 은밀하고 화려한 쇼가 끝났기 때문이었다. 지금 생각해 보니 그는 무슨 얘기라도 남김없이 털어놓을 생각이었지만, 무엇보다 데이지 얘기를 하고 싶어 했다.

그녀는 그가 처음으로 알게 된 '멋진' 여자였다. 그는 조심스럽게 위장한 다양한 자격으로 상류층의 사람들을 만나 봤지만 언제나 그들과의 사이에는 보이지 않는 철조망이 가로놓여 있다는 것을 느끼고 있었다.

그는 그녀에게 마음을 가누지 못할 정도로 매력을 느꼈다. 처음에는 캠프 테일러의 다른 장교들을 따라 그녀의 집에 놀러 갔지만 나중에는 혼자서 찾아갔다. 그에게는 놀라운 경험이었다. 그렇게 아름다운 집은 처음이었다. 그러나 그 집이 그렇게 숨 막힐 정도로 아름다운 것은 바로 데이지가 거기에 살고 있기 때문이었다.

그녀에게 그 집은, 그에게 군부대의 텐트 만큼이나 자연스러운 것이었다. 그 집에는 원숙한 신비감 같은 것이 있었다. 위층에는 어떤 침실보다 아름답고 시원한 침실이 있을 것 같았고, 그 복도에서는 즐겁고 눈부신 일들이 벌어질 것 같았다.

라벤더 향으로 장식한 진부한 로맨스가 아니라 금년에 출시된 최신형의 근사한 자동차 같은 신선하고 생기발랄한 로맨스가 있을 것 같았고, 결코 시들지 않는 꽃이 춤을 추고 있을 것 같았다. 지금까지 수많은 남자들이 데이지를 사랑했고 여전히 사랑한다는 사실 또한 그녀의 가치를 더 높이는 일이었고, 그를 흥분시키는 일이었다. 그는 그 남자들이 집안 여기저기에 여전히 두근거리는 감정의 그늘과 메아리를 지닌 채 존재한다는 느낌을 받았다.

그는 데이지의 집에 발을 들여놓게 된 것이 엄청난 행운이라는 것을 알고 있었다. 그의 장래가 아무리 밝다 해도 그때의 제이 개츠비는 별 경력 없는 무일푼의 젊은이에 불과했으며, 눈에 보이지 않는 제복의 이점이 한 순간에 어깨에서 흘러내려 버릴지도 모를 일이었다. 그래서 그는 자신에게 주어진 시간을 최대한으로 이용했고, 자신이 얻을 수 있는 것은 주저없이 탐욕스럽게 차지했다. 10월의 어느 고요한 밤에 그는 마침내 데이지를 차지했다. 왜냐하면 사실 그에겐 그녀를 차지할 진정한 자격이 없다는 것을 잘 알고 있었기 때문이었다.

그는 스스로를 경멸했을 수도 있다. 거짓 가면을 쓰고 그녀를 차지했기 때문이다. 있지도 않은 수백만 달러를 가지고 있다고 거짓말을 했다는 뜻이 아니라, 데이지가 안심하도록 꾸

몄다는 뜻이다. 그는 자신이 그녀와 같은 계층 출신이며, 그녀를 충분히 보살펴 줄 능력이 있다고 믿게 했다. 사실 그에게는 그럴 능력이 전혀 없었다. 뒤를 받쳐줄 풍족한 집안도 없었고, 개인 사정이 고려되지 않는 정부의 변덕에 의해 언제 어디로 보내질지 모르는 처지였다.

그러나 그는 자신을 경멸하지 않았고 상황도 그의 상상 대로 돌아가지 않았다. 아마 처음에는 얻을 수 있는 것을 차지하고 나면 그냥 떠나버릴 생각이었지만 이제 그는 자신이 온힘을 다해 성배를 좇게 되었다는 것을 알게 되었다. 그는 그녀가 특별하다는 것은 알고 있었지만 '멋진' 여자가 도대체 어디까지 특별할 수 있는지는 미처 알지 못했던 것이다. 그녀는 개츠비에게 아무것도 남겨두지 않은 채, 부유한 자기 집 안으로, 그 부유하고 호사스런 생활 속으로 사라져버렸다. 그에게 남은 것은 그녀와 결혼한 것 같은 느낌, 그것이 전부였다.

이틀 뒤 그들이 다시 만났을 때, 가슴 졸인 사람도, 배신당한 사람도 개츠비였다. 돈 주고 산 사치스러운 별빛으로 눈이 부신 그녀의 집 현관에서, 그를 향해 몸을 돌린 그녀의 야릇하고 아름다운 입술에 그가 키스하는 동안 고리버들로 만든 긴 의자가 멋지게 삐걱거렸다. 감기에 걸려서 더 허스키해진 그녀의 목소리는 더 매력적으로 들렸다.

젊음과 신비가 부에 의해 갇히고 보존된다는 사실, 옷의 다양함과 신선함은 비례한다는 사실, 가난한 사람들의 처절한 발버둥과 동떨어진 곳에서 데이지는 안전하고 고귀하게 은빛으로 빛나고 있다는 사실에 개츠비는 압도당했던 것이다.

"내가 그녀를 진심으로 사랑한다는 걸 알았을 때 얼마나 놀랐는지 말로는 다 표현할 수가 없습니다. 처음 얼마 동안은 차라리 그녀가 나를 차버렸으면 하고 바라기까지 했지요. 하지만 그녀는 그러지 않았습니다. 왜냐하면 그녀도 나를 사랑했으니까요. 그녀는 자기가 모르는 것들을 내가 알고 있었기 때문에 나를 꽤나 똑똑한 사람으로 생각했어요. 그래서 매순간 나는 내 야망에서 멀어지고 점점 더 깊이 사랑에 빠져들었어요. 어느덧 난 야망에 신경 쓰지 않게 되었어요. 그녀에게 앞으로 할 일을 들려주는 것만으로 훨씬 즐거운 시간을 보낼 수 있는데, 대단한 일을 하는 게 무슨 소용이 있겠습니까?"

외국으로 떠나기 전날 오후 그는 데이지를 껴안고 오랫동안 말없이 앉아 있었다. 싸늘한 가을날이라 방에 난로를 피웠고, 그녀의 뺨은 빨갛게 달아올라 있었다. 이따금 그녀가 뒤척이면 그는 팔을 조금 움직여 편하게 해주었고, 그녀의 빛나는 검은 머리칼에 입을 맞추기도 했다. 오후 내내 그들은 다음 날의 오랜 이별을 위해 깊은 추억을 만들려는 것처럼 고요하게 지냈다. 지난 한 달 동안 사랑을 나누었지만, 그날만큼 마음 깊이 친밀감을 느낀 적은 없었다. 데이지의 입술이 말없이 그의 코트 어깨에 입을 맞추었고, 개츠비는 잠든 사람을 만지는 것처럼 부드럽게 그녀의 손끝을 어루만졌다.

* * *

전쟁에서 그의 활약은 대단한 것이었다. 전선에 배치되기도 전에 이미 대위로 진급했고 아르곤 전투 뒤에는 소령으로 진급하고 사단 기관총 부대의 지휘관이 되었다. 휴전 협정 뒤, 그는 빨리 귀국하려고 미친 듯이 노력했지만, 무슨 행정 착오나 오해가 있었는지 옥스퍼드로 파견되었다. 그는 걱정이 되기 시작했다. 데이지의 편지에 초조한 절망이 배어 있었다. 그가 왜 귀국하지 못하는지 이해할 수 없었고, 주위의 압력을 견디기 힘들었으며, 그를 만나고 싶었고, 그가 곁에 있어주기를 원했으며, 결국 자신이 옳았다는 사실을 확인받고 싶었다.

데이지는 아직 어렸고, 난초 같은 그녀의 인위적인 세계는 유쾌하고 명랑한 속물 근성, 인생의 슬픔과 암시를 새로운 곡조로 만든 그해의 리듬을 연주하는 오케스트라 같은 분위기를 풍겼다. 밤새도록 색소폰이 절망적인 '빌 스트리트 블루스'를 울부짖는 동안 금, 은색의 화려한 실내화 수백 켤레는 반짝이는 먼지를 뒤섞었다.

날이 어둑해지고 차 마시는 시간이 되면 방마다 나지막하고 달콤한 열기로 끊임없이 두근거렸고, 바람에 날려 방바닥에 흩어지는 장미 꽃잎처럼 여기저기 새로운 얼굴들이 슬픈 나팔 소리에 날려 떠돌아다녔다.

계절이 바뀌자 데이지는 다시 사교계에 발을 들여놓았다. 갑자기 그녀는 하루에 대여섯 명의 남자들과 데이트를 했고, 새벽녘이 되어서야 침대 머리맡, 시들어가는 난초 사이에 구슬과 레이스가 달린 이브닝드레스를 벗어던진 채 잠들었다. 그러는 동안에도 결단을 내려야 한다는 마음속 외침은 계속되었다. 그녀는 자기 인생이 빨리 형태를 갖추기를 바랐다. 그리고 그 결단은 어떤 힘에, 사랑, 돈 같은 명백히 현실적인 이유와 힘에 의해 이루어져야 했다. 그리고 그때 그런 힘이 바로 그녀 곁에 있었다.

봄이 한창일 무렵 톰 뷰캐넌이 나타나면서 그 힘은 구체적인 모습을 드러냈다. 그의 풍채와 사회적 위치가 주는 묵직함이 데이지를 우쭐하게 했다. 데이지가 어느 정도 갈등을 겪었던 것은 사실이지만 동시에 정신적으로 안도감을 느낀 것도 사실이었다. 아직 옥스퍼드에 있던 개츠비에게 그런 사연을 담은 편지가 도착했다.

* * *

롱아일랜드 해협에 새벽이 찾아왔다. 우리는 두루 돌아다니며 아래층의 나머지 창문을 모두 열어 새벽의 잿빛 나는 금빛 햇살로 집안을 가득 채웠다. 나무 그림자가 불쑥 이슬 위에 드리워지고 유령 같은 새들이 푸른 나뭇잎 사이에서 지저귀기 시작했다. 바람 없이 대기를 감도는 느릿하고 상쾌한 움직임이 맑고 서늘한 날씨를 예고하고 있었다.

개츠비는 창문에서 돌아서서 도전적으로 말했다.

"나는 데이지가 그를 사랑했다고 생각하지 않아요. 어제 오후에는 그녀가 몹시 흥분해 있었다는 것을 기억해야 합니다, 친구. 나를 저급한 사기꾼으로 몰아세우는 그의 얘기가 그녀를 겁먹게 했으니까요. 그래서 데이지는 자기가 무슨 말을 하고 있는지도 잘 몰랐던 겁니다."

그는 우울한 표정으로 의자에 앉았다.

"물론 신혼 때는 아주 잠깐 그를 사랑했을 수도 있겠지요. 하지만 그때조차도 그녀는 나를 더 사랑했어요. 이해 돼요?"

별안간 그는 묘하게 말을 맺었다.

"어쨌든 그건 개인적인 문제일 뿐이지요."

측정할 수 없는 그들의 사랑에 대해 개츠비가 어느 정도로 생각하고 있는가를 추측해 보는 것 외에는 달리 그 말을 해석할 방법이 없었다.

톰과 데이지가 신혼여행을 떠나 있는 사이 그는 귀국했다. 군대에서 받은 마지막 봉급을 가지고 루이빌로 향했다. 비참한 마음으로 그는 그곳에서 일주일을 머물며, 11월 밤 둘이서 또각또각 발소리를 내며 거닐던 거리를 서성이고, 그녀의 하얀 차로 드라이브하던 호젓한 곳들을 다시 둘러보았다. 데이지의 집이 그에게 특별히 신비하고 행복해 보였던 것처럼, 그녀가 이젠 없다 해도 그녀의 추억 때문에 그 도시 역시 우울하지만 특별한 아름다움으로 가득 차 있었다.

그는 그곳을 떠나면서 어쩌면 그녀를 다시 찾을 수도 있다는 생각이 들었다. 어쩐지 그녀를 뒤에 남겨두고 떠나는 느낌이 들었던 것이다. 한낮의 객차 일반실은 푹푹 쪘다. 이제 한 푼도 없이 빈털터리가 된 그는 객차의 연결 복도로 나가 접는 의자를 펴고 앉았다. 정거장은 미끄러져 가고 낯선 건물들의 뒷모습이 휙휙 스쳐 지나갔다. 이윽고 기차가 봄의 들판으로 나오자 노란 전차 한 대가 경주하듯 잠시 나란히 달렸다. 그 전차에 탄 사람들은 거리를 지나 다니다가 우연히 매력적인 데이지의 하얀 얼굴을 한 번쯤은 보았을지도 몰랐다.

철로가 구부러지면서 기차는 천천히 태양에서 멀어져가고 있었다. 점점 아래로 가라앉으며 태양은, 멀어져가는 도시, 한때 그녀가 숨쉬던 도시 위에 축복처럼 빛을 뿌리고 있었다.

그는 그 도시의 한 줌 공기라도, 그녀가 있어 아름다웠던 그 곳의 한 조각이라도 잡으려고 손을 뻗었다. 그러나 이제 눈물로 흐려진 그의 눈 앞에서 도시는 너무나 빨리 지나가 버렸고, 그는 그 도시의 일부, 가장 신선하고 가장 아름다운 것을 영원히 잃어버렸다는 사실을 깨달았다.

* * *

우리는 아침을 먹고 현관으로 나왔다. 벌써 9시였다. 밤 사이에 날씨가 확 바뀌어서 대기에는 이미 가을이 와 있었다. 개츠비의 이전 고용인들 가운데 유일하게 남아 있던 정원사가 계단 밑으로 와서 말했다.

“주인 어른, 오늘 수영장 물을 빼려고요.. 나뭇잎이 떨어지기 시작하면 꼭 배수관이 막혀서요.”

“오늘은 하지 말게.” 개츠비가 대답했다. 그러고는 사과하듯 나를 돌아보았다.

“여름 내내 풀장을 한 번도 이용하지 못했거든요, 친구.”

나는 시계를 보고 자리에서 일어났다.

“기차 시간이 12분밖에 안 남았어요.”

나는 가고 싶지 않았다. 일이 손에 잡힐 것 같지 않기도 했지만 그보다도 나는 개츠비를 혼자 두고 싶지 않았다. 그 기차를 보내고 다음 기차까지 보낸 다음에야 마지못해 일어섰다.

“전화할게요.” 마침내 내가 말했다.

“그래요, 친구.”

“정오쯤에 걸게요.”

우리는 천천히 계단을 내려갔다.

“데이지도 전화하겠지요.”

그는 내가 그것을 확인해주길 바라는 것처럼 걱정스러운 얼굴로 나를 쳐다보았다.

“그러겠죠.”

“그럼 안녕히 가세요.”

악수를 하고 걸어 나오다가 울타리에 닿기 전에 나는 돌아서서 잔디밭 너머로 소리쳤다.

“그들은 썩어빠진 인간들이에요. 그들 모두를 합쳐 놓은 것보다 당신이 훨씬 훌륭합니다.”

나는 지금도 그때 그렇게 말하길 정말 잘했다고 생각한다. 처음부터 끝까지 개츠비의 행동에 반대했었기 때문에 그것이 그에게 한 유일한 칭찬이었다. 처음에 그는 그냥 고개를 끄덕이더니 조금 후에는 아주 밝은 얼굴로 알았다는 듯이 미소를 지었다. 마치 우리가 그동안 줄곧 그 점에 대해 토론하고 있었던 것처럼. 하얀 계단을 배경으로 그의 화려한 분홍색 양복이 밝은 무늬를 이루고 있었다.

문득 석 달 전 그의 훌륭한 저택을 처음 방문했던 날 밤이 떠올랐다. 잔디밭과 내부 도로에는 그의 추문을 퍼뜨리는 사람들로 붐볐었다. 그리고 그는 저 계단에 서서, 자신의 변함없는 꿈을 감춘 채, 그들에게 작별인사를 하며 손을 흔들고 있었던 것이다.

나는 그에게 감사의 인사를 했었다. 다른 손님들도 항상 그에게 환대에 감사한다는 인사를 했었다.

"안녕히 계세요. 아침 잘 먹었어요, 개츠비 씨." 내가 소리쳤다.

* * *

시내에 나와서 나는 끝도 없이 쌓인 주식 시세표를 작성하다가 그만 회전의자에 앉은 채 잠이 들어버렸다. 정오가 되기 직전 전화벨 소리에 고개를 번쩍 들어보니 이마에 땀방울이 솟아나오고 있었다. 조던 베이커였다.

그녀는 이 시간에 가끔 전화를 걸곤 했다. 확실하게 일정을 세우지 않고 호텔과 클럽과 친구들의 집을 전전했기 때문에 다른 시간을 찾을 수가 없다는 게 그녀의 이유였다. 보통 때라면 초록색 골프장의 잔디 조각이 사무실 창문으로 날아 들어오는 것처럼 씩씩하고 발랄하던 그녀의 목소리가 오늘은 왠지 메마르고 가시 돋혀 있었다.

"데이지네 집에서 나왔어요. 지금은 헴스테드에 있는데, 이따가 오후에 사우스햄턴으로 내려갈 거예요." 그녀가 말했다.

데이지의 집을 나온 것은 잘 한 일이었지만, 왠지 좀 불쾌했는데 그녀의 다음 말이 나를 더 완고하게 만들었다.

"어젯밤엔 나한테 좀 심하더군요."

"그런 상황에서 그런 게 문제가 됩니까?"

잠시 침묵이 흘렀다. 그리고……

"하지만…… 당신을 만나고 싶어요."

"나도 만나고 싶어요."

"사우스햄턴에 가지 말고 오후에 시내로 갈까요?"

"아니…… 오늘 오후에는 안 되겠어요."

"알았어요."

"오늘 오후엔 좀 그래요. 여러 가지로……."

한동안 이런 식으로 말이 오가다가 누가 먼저 전화를 끊어버렸는지 모르게 갑자기 대화가 끊어졌다. 하지만 내겐 상관없었다. 이 세상에서 두 번 다시 그녀를 못 보게 된다 해도 나는 그날 차 테이블을 사이에 두고 한가롭게 앉아서 그녀와 이야기를 나눌 수 없었다.

몇 분 후에 나는 개츠비에게 전화를 걸었다. 통화 중이었다. 4번이나 걸었더니 화가 난 교환수가 그 번호는 디트로이트에서 장거리 전화를 기다리는 중이라고 알려주었다. 나는 기차 시간표를 꺼내 3시 50분 열차에 동그라미를 쳤다. 그러고는 의자에 기대앉아 생각해 보려고 노력했다. 이때 시간은 정오였다.

* * *

그날 아침 기차가 재의 골짜기를 지날 때 나는 일부러 객차의 반대편으로 옮겨 앉았다. 그곳에는 하루 종일 호기심 많은 사람들이 모여 있을 것이고, 아이들과 함께 먼지에서 검은 얼룩을 찾으려 다닐 것이고, 수다쟁이들이 점점 현실감을 잃어 더 이상 말하지 않게 될 때까지 그 사건을 되풀이해서 말할 것이었다. 하지만 머틀 윌슨의 비극적 사건도 결국 그렇게 잊힐 것이다. 여기에서 잠시 뒤로 돌아가 전날 밤 우리가 정비소를 떠난 뒤 그곳에서 있었던 일을 말해야겠다.

경찰은 머틀의 여동생 캐서린을 찾느라 고생했다. 그날 밤 그녀는 술을 마시지 않는다는 규칙을 깨뜨린 것이 분명했다. 현장에 도착했을 때 너무 취해서 앰뷸런스가 이미 플러싱으로 떠났다는 이야기도 알아듣지 못할 정도였다. 사람들이 그 사실을 이해시켜 주자 그녀는 곧바로 기절했다. 마치 앰뷸런스가 떠난 게 견딜 수 없다는 듯. 누군가 친절인지 호기심인지 몰라도, 그녀를 자기 차에 태워 언니의 시신을 따라갔다.

한밤중이 훨씬 지나도록 구경꾼들이 새록새록 정비소 앞에 밀어닥치는 동안, 윌슨은 정비소 안의 소파에 앉아 몸을 앞뒤로 흔들고 있었다. 한동안 사무실 문이 열려 있었기 때문에 정비소 안에 들어오는 사람은 어쩔 수 없이 그 안을 들여다 볼 수밖에 없었다. 결국 누군가가 수치스러운 일이라며 윌슨을 위해 문을 닫아주었다.

미카엘리스와 다른 몇 사람이 그와 함께 있었다. 처음에는 네댓 명이던 것이 나중에는 두어 명으로 줄어들었다. 좀 더 시간이 늦어지자 미카엘리스는 마지막으로 남은 낯선 남자에게 가게에 돌아가서 커피 한 주전자를 끓여올 때까지 15분만 더 있어 달라고 부탁했다. 그리고 그는 새벽까지 윌슨과 함께 있었다.

3시쯤 되자 두서없이 떠들던 윌슨의 중얼거림에 변화가 일어나기 시작했다. 그는 조금씩 차분해졌고 노란 자동차 이야기를 하기 시작했다. 그는 노란 차가 누구 것인지 알아낼 방법이 있다고 하더니, 불쑥 두 달 전에 아내가 시내를 다녀왔는데 얼굴에 멍이 들고 코가 부어 있더라고 말했다.

그러나 저도 모르게 이 말을 해놓고는 놀라 움찔하더니 다시 "아, 하느님 맙소사!"라고 울부짖기 시작했다. 미카엘리스는 그를 진정시키려고 이런저런 질문을 했다.

"아저씨, 결혼하신 지 얼마나 됐어요? 여기 좀 보세요. 잠깐 가만히 앉아서 묻는 말에 대답 좀 해보세요. 결혼하신 지 얼마나 됐어요?"

"12년 됐어."

"아이는 없어요? 조지, 가만히 좀…… 제가 묻고 있잖아요. 아이는 없냐고요?"

갈색 딱정벌레들이 희미한 전등에 계속 몸을 탁탁 부딪쳤고, 밖에서 자동차 지나가는 소리가 들릴 때마다, 미카엘리스는 몇 시간 전에 달아나버린 그 자동차가 떠올랐다. 시신이 놓여 있는 작업대가 피로 얼룩져 있었기 때문에 그는 정비소 쪽으로 가기 싫었다. 그래서 그는 사무실 주위에서 안절부절못하고 있었고, 그 덕분에 아침이 밝기 전에 그는 안에 있는 물건을 모두 알게 되었다. 그는 가끔 윌슨 옆에 앉아서 그를 진정시켜 보려고 애썼다.

"아저씨, 가끔이라도 교회에 나가세요? 오랫동안 발길을 끊었던 교회라도 있으면, 제가 교회에 전화해서 목사님을 오시라고 할게요. 아저씨와 말동무라도 하시게요."

"교회 안 다녀."

"교회에 다니셔야 해요, 아저씨. 이런 일을 당했을 때를 대비해서라도요. 전에 교회 다닌 적은 있을 텐데요. 결혼식을 교회에서 하지 않으셨어요? 이보세요, 아저씨, 제 말 좀 들어보시라니까요. 결혼식을 교회에서 하지 않으셨어요?"

"아주 오래전 일이야."

대답을 하다 보니 몸을 흔들어대는 리듬이 깨졌다. 잠시 동안 그는 침묵을 지켰다. 그러고나서 아는 듯 모르는 듯 어리둥절해 하는 낯익은 표정이 그의 멍한 눈동자에 떠올랐다.

"거기 서랍을 좀 열어봐." 그는 책상을 가리키며 말했다.

"어느 쪽 서랍 말입니까?"

"그쪽 서랍, 그것 말이야."

미카엘리스는 자기 손에서 가장 가까운 서랍을 열었다. 가죽과 은실로 꼰 값비싼 작은 개 줄이 하나 들어 있었다. 그것은 분명 새것으로 보였다.

"이거요?" 개 줄을 들어 올리며 그가 물었다.

윌슨은 고개를 끄덕였다.

"어제 오후에 그걸 발견했지. 마누라는 변명하려 했지만 난 뭔가 이상하다는 걸 알고 있었어."

"그럼 부인이 이걸 사셨다는 건가요?"

"마누라는 그걸 포장지에 싸서 옷장 위에 두었어."

미카엘리스는 그게 왜 이상한지 도무지 알 수 없었고, 그래서 윌슨에게 그의 아내가 개 줄을 살 만한 이유를 몇 가지 말해 주었다. 그러나 "하느님 맙소사!" 하고 다시 중얼거리기 시작하는 것으로 보아 윌슨은 이미 머틀에게 같은 설명을 들었던 모양이었다. 미카엘리스는 위로랍시고 쓸데없는 설명을 한 셈이었다.

"그 자가 죽인 거야."

윌슨이 말했다. 갑자기 그의 입이 딱 벌어졌다.

"누가 죽였다고요?"

"알아낼 방법이 있어."

"아저씨는 지금 제정신이 아니에요. 이번 일로 너무 충격을 받아서 지금 무슨 말을 하는지도 모르는 거예요. 아침까지 가만히 앉아 쉬시는 게 좋겠어요."

"그놈이 내 마누라를 죽였어."

"조지, 그건 사고였어요."

윌슨은 머리를 저었다. 이미 다 알고 있다는 듯이 "흠!" 하면서 그는 두 눈을 가늘게 뜨고 입을 살짝 벌렸다.

"난 다 알아. 난 의리 있는 사람이고, 어느 누구도 해칠 생각은 없어. 하지만 일단 내가 뭘 알게 되면 그건 진짜로 아는 거라고. 그 차에 탄 사내놈이었어. 마누라는 그놈에게 말을 걸려고 쫓아나갔는데 그놈은 차를 멈추지 않았던 거야."

미카엘리스도 그 장면을 보기는 했지만 거기에 무슨 특별한 의미가 있으리라고는 미처 생각하지 못했었다. 그는 윌슨 부인이 어떤 특정한 차를 세우려고 했다기보다는 남편에게서 도망치는 중이었다고 생각했던 것이다.

"부인이 왜 그랬을까요?"

"교활한 여자니까."

그것으로 충분하다는 듯이 윌슨이 말했다.

"아, 아, 아."

그는 다시 몸을 흔들어대기 시작했고 미카엘리스는 개 줄을 손으로 비비 꼬면서 서 있었다.

"전화를 걸 친구가 있으세요, 조지?"

이것은 헛된 희망이었다. 그는 윌슨에게 친구가 한 명도 없다고 확신했다. 친구는커녕 마누라도 감당하지 못한 위인이었다. 시간이 지나 창가에 푸른빛이 되살아나면서 방 안이 달라지고 새벽이 멀지 않은 것을 알게 되자 그는 기분이 좋아졌다. 5시쯤에는 전등을 꺼도 될 만큼 날이 밝았다.

흐릿한 시선으로 윌슨은 창밖의 잿더미를 바라보았다. 자그마한 회색 구름들이 기기묘묘한 형상으로 가냘픈 새벽 바람에 이리저리 흩날리고 있었다.

"마누라에게 말했지. 나를 속일 수 있을지는 몰라도 하느님을 속이진 못한다고. 나는 마누라를 창문으로 데리고 갔어."

윌슨이 오랜 침묵을 깨고 중얼거렸다. 그는 힘들게 일어나 뒤쪽 창으로 걸어가더니 얼굴을 창에 갖다 대고 기댔다.

"그리고 이렇게 말했지. '하느님은 당신이 한 짓을 다 알고 계셔. 날 속일 순 있겠지만 하나님은 못 속인다고!' "

그의 뒤에 서있던 미카엘리스는 윌슨이 닥터 T. J. 에클버그의 두 눈을 들여다보고 있는 것을 보고 충격을 받았다. 의사의 두 눈은 사라지는 밤으로부터 창백하고 거대한 모습을 막 드러내고 있는 중이었다.

"하느님은 다 아시지." 윌슨이 되풀이해 말했다.

"저건 광고예요."

미카엘리스는 그를 납득시키려고 했다. 무엇 때문인지 그는 잠시 창에서 눈을 떼고 다시 방안을 둘러보았다. 그러나 윌슨은 다시 창틀에 얼굴을 바싹 들이대고 여명을 향해 고개를 끄덕이며 오랫동안 그 자리에 그대로 서 있었다.

* * *

6시쯤 녹초가 된 미카엘리스는 밖에서 자동차가 멈추는 소리가 들리자 말할 수 없이 기뻤다. 전날 밤에 자리를 지키다가 다시 오겠다고 약속했던 사람 중 하나가 들어왔다.

그는 세 사람분의 아침 식사를 만들었지만 결국 그 남자와 둘이서만 먹었다. 이제 윌슨은 좀 더 차분해졌고, 미카엘리스는 집으로 돌아가 잠을 잤다. 4시간 뒤 깨어나서 다시 정비소로 서둘러 돌아와 보니 윌슨은 사라져버리고 없었다.

나중에 추적된 그의 행적은 이랬다. 그는 줄곧 걸어서 처음에는 포트 루스벨트로 갔다가 개즈힐까지 갔다. 그곳에서 샌드위치를 한 개 샀지만 먹지는 않았고 커피만 한 잔 마셨다. 점심때가 되도록 개즈힐에 미처 도착하지 못했던 걸 보면 그는 피곤해서 아주 천천히 걸었던 것 같다.

여기까지는 그가 어떻게 시간을 보냈는지 설명하기 어렵지 않다. '미친 사람처럼 행동하는' 남자를 보았다는 아이들도 있었고, 그가 길가에 서서 이상하게 빤히 쳐다보더라는 자동차 운전자들도 있었다.

그러나 그 뒤 3시간 동안의 행적은 묘연했다. 미카엘리스에게 '찾아낼 방법이 있다'고 했던 말을 근거로 경찰은 그 3시간 동안 윌슨이 근처 정비소를 하나하나 찾아다니며 노란 자동차에 대해 물었을 거라고 추측했다. 그러나 그를 봤다는 정비소 사람이 단 한 명도 없었던 걸 보면, 아마 그에게는 좀 더 쉽고 확실하게 알고 싶은 것을 알아낼 방법이 있었던 것 같다.

2시 30분쯤 그는 웨스트에그에 도착했고, 그곳에서 누군가에게 개츠비의 집으로 가는 길을 물었다. 그러므로 윌슨은 그 시간에 이미 개츠비의 이름을 알고 있었던 것이다.

* * *

오후 2시, 개츠비는 수영복으로 갈아입고, 전화 오면 풀장으로 알려달라고 집사에게 일렀다. 그는 여름 내내 손님들을 즐겁게 했던 에어 매트리스를 가지러 창고에 들렀다. 운전기사가 에어 매트리스에 바람 넣는 일을 도왔다. 그는 오픈카를 절대로 밖에 내놓지 말라고 지시했다. 앞쪽 우측 펜더를 수리해야겠다고 생각하던 운전기사는 왜 그래야 하는지 이상하다는 생각이 들었다.

개츠비는 매트리스를 어깨에 메고 풀장으로 갔다. 잠깐 걸음을 멈추고 매트리스를 다른 어깨로 옮겨 메는 것을 보고 운전기사가 돕겠다고 했지만 개츠비는 괜찮다고 머리를 저으며 금세 노랗게 물들기 시작한 나무 사이로 사라졌다.

전화는 한 통도 오지 않았다. 그래도 집사는 졸린 것도 꾹 참고 4시가 되도록 기다렸다. 혹시 전화가 왔다 해도 받을 사람이 없어진 지 한참 지난 뒤였을 것이다. 개츠비 자신도 전화가 올 거라고 기대하지 않았거나 어쩌면 이미 상관 없는 심정이었을지도 모른다는 생각이 든다.

만일 그게 사실이라면 그는 예전의 따뜻한 세계를 상실했다고, 하나의 꿈에 너무 오래 매달렸던 삶이 너무나도 값비싼 대가를 요구한다고 느꼈을 게 분명하다.

장미꽃이 얼마나 기괴망측한 것인지, 간신히 땅을 뚫고 올라온 잔디 위에 쏟아지는 햇볕이 얼마나 가혹한 것인지 알았을 때, 그는 무서운 나뭇잎 사이로 낯선 하늘을 올려다보며 몸서리를 쳤을 것이다. 실재하지 않는 사물들로 이루어진 낯선 세계에서 가엾은 유령들은 공기같은 꿈을 호흡하며 우연처럼 떠돌아 다니고 있었고, 환상같은 잿빛 그림자가 어른거리는 나무 사이로 그를 향해 미끄러지듯 다가오고 있었다.

운전기사는— 그는 울프샤임의 부하였다—몇 발의 총소리를 들었다. 나중에 그는 그 총소리를 대수롭지 않게 여겼다고 말했다. 나는 기차역에서 개츠비의 집으로 곧장 차를 몰았다. 걱정스러운 마음에 건물 정면 계단을 달려 올라가자, 그 집에 있던 사람들은 그제야 놀라기 시작했다.

그러나 그때 이미 그들은 알고 있었다고 나는 확신한다. 거의 아무 말도 하지 않고, 운전기사, 집사, 정원사 그리고 나 이렇게 네 사람은 급히 풀장으로 달려갔다.

풀장 한쪽에서 흘러나온 맑은 물이 다른 쪽 배수구로 흘러가는 물의 움직임은 눈으로 식별하기 어려울 정도로 희미했다. 아마 물결의 그림자라고도 할 수 없는 미세한 잔물결을 타고, 사람을 태운 매트리스가 불규칙하게 풀장 아래로 움직이고 있었다. 수면에 잔물결 하나 만들지 못할 정도로 가벼운 한

줄기 바람도 예기치 못한 짐을 싣고 예상치 못한 방향으로 흘러가는 매트리스의 흐름을 방해하기에는 충분했다. 매트리스는 수면 위에 떠 있던 한 더미의 나뭇잎에 닿자 천천히 돌면서 컴퍼스의 다리처럼 물 위에 조그만 붉은 동그라미를 그렸다.

우리가 개츠비의 시신을 들고 집으로 출발한 뒤에야 주변을 살피던 정원사가 조금 떨어진 풀밭에서 윌슨의 시체를 발견했다. 그렇게 어처구니없는 대참사는 막을 내렸다.

제9장

2년이 지난 지금도 나는 그날의 나머지 시간과 그날 밤 그리고 그 이튿날, 오직 경찰과 사진기자와 신문기자들이 저택 정문을 끊임없이 들락날락했던 것만 기억난다. 정문을 가로질러 밧줄을 둘러치고 경찰관 한 사람이 호기심 많은 구경꾼들을 막았지만 아이들은 우리 집 뜰을 통해 그 집에 들어갈 수 있다는 것을 금세 알아냈고, 그래서 풀장 주위에는 언제나 몇 명의 아이들이 입을 딱 벌린 채 모여 있기 마련이었다.

그날 오후 아마 형사일 거라 생각되는 사람이 자신만만하게 윌슨의 시체를 굽어보며 '미친 놈'이라는 표현을 사용했고, 왠지 그 말에 권위가 실리면서 다음 날 신문 기사의 핵심이 되었다.

신문 기사들은 대부분 악몽이었다. 기괴하고, 정황 의존적이었으며, 열렬했지만 진실과는 거리가 멀었다.

윌슨이 아내를 의심하고 있었다는 미카엘리스의 증언이 밝혀져서, 곧 사건이 선정적인 풍자거리가 되겠구나 싶었다. 그러나 할 말이 있을 것도 같은 캐서린은 한마디도 하지 않았다. 오히려 그녀는 이 사건과 관련해 놀라운 태도를 보여주었다.

뚜렷이 새로 그린 눈썹 밑에서 단호한 눈으로 검시관을 쳐다보면서 자기 언니는 개츠비를 만난 적도 없고, 남편과 아무 문제 없이 행복하게 살았으며, 어떤 불장난도 한 적이 없다고 증언했다. 그녀는 자기 말에 스스로 설득당해서 마치 그런 암시만으로도 참을 수 없다는 듯 손수건에 얼굴을 파묻고 울었다. 그래서 윌슨은 '너무나 큰 슬픔에 정신착란을 일으킨 사람'으로 축소된 채 사건은 가장 단순한 형태로 마무리 되었다. 그리고 지금까지도 그렇게 남았다.

그러나 이런 것들은 모두 중요한 것이 아니었고, 사건의 본질에서도 동떨어져 있었다. 나는 개츠비의 편이 나밖에 없다는 것을 깨달았다. 내가 이 참사를 웨스트에그 마을에 전화로 알린 순간부터 그를 둘러싼 모든 억측과 실질적인 질문들이 모두 나에게 쏟아졌다. 처음에 나는 놀라고 당황스러웠지만, 그가 집 안에 안치된 채 움직이지도 않고 숨도 쉬지 않고 말도 하지 않으니 점점 내가 그 일을 책임져야 한다는 생각이 들었다. 나 말고는 아무도 이 일에 관심을 보이지 않았기 때문이다. 어떤 인간이라도 마지막 순간에는 막연하게라도 진지하게 인간적인 관심을 받을 권리가 있는데도 말이다.

개츠비를 발견하고 30분쯤 지났을 때 나는 본능적으로 데이지에게 전화를 걸었다. 그러나 그녀와 톰은 그날 오후에 짐까지 꾸려서 집을 떠났다고 했다.

"주소를 남겼습니까?"

"아니요."

"언제 돌아온다고 말했어요?"

"아니요."

"어디 갔는지 모르세요? 어떻게 연락해야 돼요?"

"모릅니다. 말씀드릴 수 없어요."

나는 개츠비를 위해 누구라도 데려오고 싶었다. 나는 그가 누워 있는 방으로 들어갔다. 그를 안심시키고 싶었다. 나는 그에게 말했다.

"개츠비, 당신을 위해 누구든 데려오겠소. 걱정 말아요. 나만 믿어요. 내 누군가 데려올 테니……."

마이어 울프샤임의 이름은 전화번호부에 나와 있지 않았다. 집사가 브로드웨이에 있는 그의 사무실 주소를 가르쳐 주었다. 안내에 전화를 걸었지만 이미 5시가 훨씬 지나 있었기 때문에 전화를 받는 사람이 아무도 없었다.

"한 번 더 연결해 주세요."

"벌써 3번이나 했어요."

"아주 중요한 일입니다."

"미안하지만 아무도 없는 것 같아요."

나는 응접실로 돌아왔다. 방을 가득 채운 사람들은 공무 때문에 왔다가 그냥 가버릴 사람들이었다. 사람들이 시트를 걷고 충격을 받은 눈길로 그를 바라보는 동안에도, 개츠비의 항의가 머리를 떠나지 않았다.

"이봐요, 친구. 날 위해 누군가 데려와요. 열심히 좀 해봐요. 이렇게 혼자서는 견딜 수 없어요."

누군가 나에게 질문을 퍼붓기 시작했지만 나는 뿌리치고 위층으로 올라가 그의 책상 서랍들을 급히 뒤지기 시작했다. 그는 나한테 자기 부모가 죽었다고 분명히 말한 적이 없었다. 그러나 나는 아무것도 찾지 못했다. 망각된 폭력의 증거, 댄 코디의 사진만이 벽에서 내려다보고 있을 뿐이었다.

이튿날 아침 나는 울프샤임에게 쓴 편지를 집사에게 줘 뉴욕으로 보냈다. 개츠비의 신상 정보를 알려달라는 것과 다음 기차로 빨리 와달라는 내용이었다.

그 편지를 쓰면서 나는 쓸데없는 짓을 하고 있다는 생각이 들었다. 정오가 되기 전에 데이지에게서 전화가 걸려올 거라고 확신했던 것처럼 울프샤임도 신문을 보자마자 이미 이곳으로 오고 있을 거라고 확신했기 때문이다. 그러나 전화도 오지 않았고, 울프샤임도 오지 않았다. 경찰관과 사진기자와 신문기자만 더 많이 찾아왔을 뿐이다.

집사가 울프샤임의 답장을 가지고 왔을 때 나는 그들 모두에 대항하여 개츠비와 나, 우리 둘이만 한편이라는 냉소적인 유대감을 느끼기 시작했다.

친애하는 캐러웨이 씨.

이번 일은 내 생애에 가장 끔찍한 충격일세. 그게 사실이라는 것조차 믿을 수 없을 정도지. 그자가 저지른 그런 미친 짓은 우리 모두 깊이 생각해 봐야 할 걸세. 나는 사업상 아주 중요한 일이 있어서 지금은 갈 수 없고, 이 일에 관계할 수도 없네. 만약 내가 할 수 있는 일이 있으면 나중에 에드가를 통해 편지로 알려주게. 이 소식을 듣고, 나는 지금 내가 어디에 있는지 모를 정도로 큰 충격을 받았다네.

당신의 친구

마이어 울프샤임

그리고 급히 흘려 쓴 글씨로 이렇게 덧붙였다.

장례식 등에 대해 알려주게. 그의 가족에 대해선 전혀 아는 바가 없네.

그날 오후 전화벨이 울렸다. 시카고에서 장거리 전화가 왔다는 말을 듣고 나는 마침내 데이지가 전화를 했다고 생각했다. 그러나 수화기를 통해 연결된 것은 아주 가늘고 아주 멀리 들리는 남자 목소리였다.

"슬레이글입니다……."

"네?"

처음 듣는 이름이었다.

"연결 상태가 엉망이죠? 제 전보 받으셨나요?"

"아뇨, 아무 전보도 못 받았는데요."

"파크 녀석이 곤경에 빠졌어요. 창구에서 증권을 넘겨주다 잡혔어요. 바로 5분 전에 직원들이 뉴욕에서 돌린 증권 번호 안내장을 받은 거예요. 거기에 대해 뭐 들은 거 있어요? 이런 촌구석에서는 통 알 수가 없어서……" 그가 빠르게 말했다.

"여보세요, 난 개츠비 씨가 아니에요. 개츠비 씨는 죽었어요." 나는 숨 가쁘게 그의 말을 끊었다.

전화기 저쪽에서 오래도록 침묵이 흘렀다. 그러더니 뭐라고 꽥꽥대는 소리가 들리면서 전화가 끊겼다.

* * *

미네소타 주에서 헨리 C. 개츠라고 서명한 전보가 온 건 아마도 사흘째 되던 날이었을 것이다. 바로 출발할 테니 자기가 도착할 때까지 장례식을 연기해 달라는 내용이었다.

개츠비의 아버지는 충격 때문인지 매우 무기력하고 침통한 모습이었는데 아직 따뜻한 9월이었는데도 값싼 방한용 긴 더블외투로 온몸을 감싸고 있었다. 그는 격앙된 채로 끊임없이 눈물을 흘리고 있었다. 내가 그의 손에서 가방과 우산을 받아 들자, 계속 듬성듬성한 회색 수염을 쓸어내렸기 때문에 아주 애를 쓴 후에야 그의 외투를 벗길 수 있었다. 그는 금방이라도 쓰러질 것 같았다. 나는 그를 음악실로 안내하고 사람을 시켜 먹을 것을 가져오게 했다. 그러나 그는 아무것도 먹으려 하지 않았고, 손이 떨려서 우유가 쏟아졌다.

"시카고 신문에서 봤어요. 신문마다 다 났더군요. 신문을 보자마자 곧바로 출발했지요." 그가 말했다.

"어떻게 연락 드려야 할지 몰랐습니다."

그의 두 눈은 아무것도 보지 않으면서도 끊임없이 방을 두리번거렸다.

"미친놈이야. 미친 게 틀림없어." 그가 말했다.

"커피 좀 드릴까요?" 나는 그를 설득했다.

"다 싫소. 난 괜찮아요. 근데 성함이…?"

"캐러웨이라고 합니다."

"아, 난 이제 괜찮소. 지미는 어디 있소?"

나는 그의 아들이 누워 있는 응접실로 그를 안내하고 그곳에 혼자 남겨두고 나왔다. 꼬마 몇 명이 계단을 올라와서 홀에서 기웃거리고 있었다. 내가 방금 도착한 사람이 누구인지 알려주자 아이들은 마지못해 자리를 떴다.

얼마 뒤 개츠 씨가 문을 열고 나왔다. 입을 약간 벌린 채 상기된 얼굴에는 아직도 눈물이 흐르고 있었다. 그는 이미 죽음이 소스라치게 놀랄 일은 아닌 나이였다. 이제 처음으로 그는 주위를 둘러보았다. 홀의 높고 화려한 천장과, 다른 방과 연결되어 있는 커다란 방들이 슬픔 중에도 아들에 대한 자부심을 느끼게 하는 모양이었다. 나는 그를 부축하여 위층 침실로 올라갔다. 그가 외투와 조끼를 벗는 동안 나는 그에게 모든 일을 그가 올 때까지 연기해 놓았다고 말했다.

"어떻게 하고 싶어 하실지 몰라서요, 개츠비 씨…"

"내 성은 개츠요."

"……개츠 씨, 시신을 서부로 옮기고 싶으시다면……"

그는 머리를 흔들었다.

"지미는 항상 이곳 동부를 더 좋아했소. 동부에서 터를 잡았고요. 당신은 우리 아이의 친구였소?"

"아주 친한 친구였어요."

"알겠지만 내 아들은 앞길이 창창한 아이였소. 아직 나이는 얼마 안 먹었지만 머리가 상당히 좋았지."

그는 인상적인 동작으로 자신의 머리를 만졌고 나는 고개를 끄덕였다.

"만약 살아 있었으면 큰 인물이 되었을 거요. 제임스 J. 힐[43]처럼 말이오. 나라 발전에도 기여했을 테고."

"맞습니다." 나는 대답했다. 불편한 마음으로.

그는 침대에서 자수 침대보를 벗겨내려고 몇 번 더듬거리다가 뻣뻣하게 그냥 누워버리더니 금방 곯아떨어졌다.

그날 밤 어떤 사람이 전화를 했는데 놀란 목소리로 자기 이름은 밝히지도 않고 먼저 나에게 누구냐고 물었다.

"캐러웨이라고 합니다만." 내가 말했다.

"아. 클립스프링거입니다." 그는 안심한듯 말했다.

나 역시 마음이 놓였다. 왜냐하면 개츠비의 장례식에 올 친구가 하나 늘었으니까. 나는 신문에 부고를 내서 구경꾼이 많

---

43 미국의 철도 재벌

이 몰려오게 하고 싶지는 않았기 때문에 직접 몇몇 사람에게만 전화 연락을 하고 있던 참이었다. 그러나 올 사람을 찾기가 여간 힘든 게 아니었다.

"장례는 내일 오후 3시에 이 집에서 있습니다. 오실 분이 있으면 연락해 주세요." 내가 말했다.

"네, 그러지요. 물론 누굴 만날 거 같지는 않지만 만나면 전하지요." 그는 성급하게 말했다.

그의 말투에는 미심쩍은 구석이 있었다.

"물론 당신은 올 거죠?"

"글쎄, 가도록 해볼게요. 내가 전화한 건……"

"잠깐만요. 확실히 올 겁니까?"

"그게 사실은, 지금 그리니치에 있는데, 일행이 있거든요. 내일 야유회 같은 게 있는데 이 사람들은 내가 자기들하고 같이 있어주기를 바라고 있어요. 물론 최선을 다해 빠져나와 보겠습니다만."

나는 참다못해 "하!" 소리를 내뱉었고, 그 소리를 들었는지 그의 말투가 신경질적으로 바뀌었다.

"내가 전화한 건요, 거기 신발 한 켤레를 두고 와서요. 수고스럽겠지만 집사한테 그걸 보내주라고 해주세요. 테니스 신발인데, 그게 없으면 좀 무기력해지거든요. 주소는 B. F.…"

나는 당장 수화기를 내려놓았기 때문에 나머지 주소는 듣지 못했다.

내가 전화를 걸었던 어떤 신사는 개츠비가 그렇게 되어 마땅하다는 식으로 말했다. 그 후 나는 개츠비에게 약간 미안한 마음이 들었다. 따지고 보면 그건 내 실수였다. 그는 개츠비의 술을 마시고 그 술기운으로 개츠비를 아주 신랄하게 씹어대던 사람 중 하나였으니 전화를 걸지 말아야 했던 것이다.

* * *

장례식 날 아침에 나는 뉴욕으로 갔다. 마이어 울프샤임을 만나려면 달리 방법이 없을 것 같았다. 엘리베이터 안내원이 가르쳐주는 대로 밀고 들어간 문에는 '스와스티카 지주 회사'라는 간판이 붙어 있었고, 안에는 아무도 없었다. 내가 "계십니까?"라고 몇 번 소리쳐 부르자 칸막이 뒤에서 가벼운 말다툼 소리가 나더니 예쁘장한 유태인 여자가 안쪽 문에서 나타나 적대적인 검은 눈으로 나를 자세히 훑어보며 말했다.

"아무도 안 계세요. 울프샤임 씨는 오늘 시카고에 가셨어요." 그녀가 말했다.

안에서 누군가 음정도 못 맞추면서 '로사리오'를 부르기 시작한 것으로 보아 아무도 없다는 말은 거짓말이었다.

"캐러웨이란 사람이 왔다고 전해 주시오."

"제가 시카고에서 모셔올 순 없잖아요?"

바로 그 순간 울프샤임의 것이 분명한 목소리가 문 건너편에서 "스텔라!" 하고 부르는 소리가 났다.

"성함을 남겨주세요. 그분이 돌아오시면 전해 드릴게요." 그녀가 재빨리 말했다.

"안에 계시잖소."

그녀는 내게 한 걸음 다가서더니 화가 난 듯이 두 손으로 자기 엉덩이 위아래를 문질렀다.

"젊은 사람들은 언제나 자기 마음대로 밀고 들어올 수 있을 거라고 생각한다니까. 그런 태도는 이제 신물이 나요. 내가 시카고에 있다고 하면 시카고에 있는 거야." 그녀가 화를 냈다.

나는 개츠비 이름을 댔다.

"아하! 잠깐만요, 성함이 뭐라고 하셨지요?"

그녀는 다시 한 번 나를 훑어보았다. 그녀가 안으로 들어가자 곧 마이어 울프샤임이 근엄하게 문간에 나타나서 두 손을 내밀었다. 그는 나를 사무실로 데려가서는 경건한 목소리로 지금은 우리 모두에게 슬픈 때라고 말하면서 시가를 권했다.

"그를 처음 만났을 때, 그는 군대에서 막 제대한 젊은 소령이었소. 온몸에 전쟁 때 받은 훈장을 가득 달고 있더군. 그는 너무 가난해서 계속 군복만 입고 있었소. 사복을 살 돈이 없었던 거지. 그가 43번가에 있는 와인브레너 당구장에 들어와 일자리가 있느냐고 묻더군. 꼬박 이틀 동안 아무것도 먹지 못했다기에 '이리 와서 나하고 점심이나 합시다.' 하고 내가 말했지. 그는 30분 만에 4달러어치도 넘게 먹어치우더군."

"그에게 일자리를 주셨습니까?" 내가 물었다.

"그랬지! 내가 그를 키웠소."

"아, 예."

"아무 것도 없는 데서, 시궁창 같은 데서 그를 건져낸 거지. 나는 그가 잘생기고 신사다운 젊은이라는 걸 즉시 알아봤고, 그가 나더러 옥스포드 출신이라고 했을 때 잘하면 써먹을 데가 많겠다는 생각이 들었지. 나는 그를 미국 재향군인회에 들어가게 했고, 그 친구는 거기서 높은 자리에 있었소. 그 뒤 얼마 안 되어 그는 앨버니에 있는 내 의뢰인을 위해 몇 가지 일을 했소. 우린 우정이 두터웠어요. 모든 일을 함께 했지…." 그는 알뿌리처럼 볼록한 손가락 두 개를 들어올리고 말했다. "언제나 둘이 함께였소."

나는 그런 협력 관계에 1919년 월드 시리즈 매수 사건도 포함되었는지 궁금했다.

"이제 그는 죽었습니다. 가장 절친한 친구시니까 오늘 오후에 있는 그의 장례식에 오실 줄로 믿겠습니다." 내가 말했다.

"나도 가고 싶어요."

"그럼 오세요."

그의 콧구멍 속의 털이 약간 떨렸고, 머리를 좌우로 흔드는 그의 눈에 눈물이 고였다.

"그럴 수가 없어. 그 사건에 말려들고 싶지 않거든."

"말려들고 말고 할 게 뭐가 있어요? 게다가 이젠 다 끝난 일인데요."

"사람이 피살된 일엔 어쨌든 말려들고 싶지 않소. 한발 물러서 있는 거지. 젊었을 때는 물론 이러지 않았소. 만약 친구가 죽으면 무슨 일이 있어도 정말 끝까지 함께 했지. 당신은 그걸 감상적이라고 할지 모르지만 그땐 정말 그랬소. 쓰라린 최후까지 말이오."

그가 나름의 이유로 장례식에 오지 않겠다고 결심했다는 것을 깨닫고 나는 자리에서 일어났다.

"당신은 대학 나왔소?" 그가 갑자기 물었다.

순간 나는 그가 '거래선' 이야기를 꺼내려나 싶었지만 그는 그냥 고개를 끄덕이며 악수만 했다.

"죽은 다음에 말고 살아 있을 때 우정을 보여주도록 합시다. 내 규칙은 친구가 죽은 뒤에는 모든 걸 그냥 내버려두는 거요." 그가 말했다.

그의 사무실에서 나왔을 때 하늘은 낮게 내려앉아 있었다. 나는 이슬비를 맞으며 웨스트에그로 돌아왔다. 옷을 갈아입고 이웃집으로 갔더니 개츠 씨가 흥분해서 홀 안을 왔다 갔다 하고 있었다. 아들과 그의 재산에 대해 계속 커져가는 자부심을 느끼고 있던 그는 마침내 나에게 보여줄 만한 것을 찾아낸 것이다.

"지미가 이 사진을 나한테 보냈었네. 이것 좀 보게"

그는 떨리는 손으로 지갑을 꺼냈다.

개츠비의 저택을 찍은 사진이었다. 얼마나 보고 또 봤는지 귀퉁이에 금이 가고 손때가 타서 지저분했다. 그는 사진 구석구석을 가리키며 열심히 설명했다.

"이것 좀 보게."

이렇게 말하면서 그는 내 눈에서 감탄의 빛을 찾아내려고 했다. 그동안 사진을 보여주며 하도 자랑해서 그에게는 사진이 실제 집보다 더 실감나는 것 같았다.

"지미가 나한테 이걸 보내 줬단 말일세. 참 근사한 사진이지. 아주 잘 찍힌 사진이야."

"정말 잘 나왔네요. 최근에 그를 만나신 적이 있어요?"

"두 해 전에 나를 보러 와서 지금 내가 살고 있는 집을 사줬어. 그 놈이 집을 나갔을 땐 우리 집은 박살난 상태였지. 하지만 집을 나간 데는 그럴 만한 까닭이 있었다는 걸 이제 알겠어. 그 애는 자기 앞에 밝은 미래가 있다는 걸 잘 알고 있었던 게야. 성공하고 난 뒤로 그 애는 나한테 아주 잘해줬다네."

그는 그 사진을 치우는 것이 못내 아쉬워서 잠시 내 눈앞에 그대로 들고 있었다. 그러더니 지갑에 다시 사진을 넣고는 호주머니에서 겉장에 '호펄롱 캐시디[44]' 라고 쓰여 있는 아주 오래 된 책을 꺼냈다.

"이건 그 애가 어렸을 때 갖고 있던 책이야. 이걸 보면 지미가 어떤 사람인지 알 수 있을 걸세."

그는 뒤표지를 펼쳐 내가 볼 수 있도록 책을 돌렸다. 아무것도 인쇄되어 있지 않은 마지막 페이지에는 '계획표' 라는 단어가 적혀 있었다. 그리고 '1906년 9월 12일' 이라고 적혀 있었고 그 밑에는 다음과 같이 쓰여 있었다.

기상 오전 ································ 6:00
아령 들기와 벽 타기 오전 ·············· 6:15~6:30
전기학 등 공부 ···················· 오전 7:15~8:15
작업 ·························· 오전 8:30~4:30

---

44 클래런스 멀포드가 창조한 카우보이 캐릭터. 이 책은 1910년에 시카고에서 처음 출판되었으므로 1906년은 피츠제럴드의 착각인 듯.

야구와 스포츠 ………………… 오후 4:30~5:00

웅변 연습, 자세와 그 성취법 … 오후 5:00~6:00

발명에 필요한 공부 …………… 오후 7:00~9:00

전반적인 결심

새프터스나 ×××(판독불가)에서 시간 낭비하지 말 것.

궐련과 씹는 담배를 삼갈 것.

이틀에 한 번씩 목욕할 것.

매주 유익한 책이나 잡지를 한 권씩 읽을 것.

매주 5달러(줄을 그어 지움) 3달러씩 저축할 것.

부모님께 잘 해드릴 것.

"이 책을 우연히 발견했네. 이걸 보면 지미가 어떤 녀석인지 알 수 있을 테지." 노인이 말했다.

"네, 그렇군요."

"지미는 꼭 성공할 애였어. 언제나 이런 결심을 하고 있었으니. 지미는 자신을 단련하려고 얼마나 노력했는지 몰라. 언제나 열심이었지. 언제는 나한테 돼지처럼 먹는다고 해서 녀석을 때려준 적도 있었지."

그는 책을 그냥 덮기 싫었는지 목청을 높여 각 항목을 읽고는 진지하게 나를 쳐다보았다. 순간 나는 이 양반이, 내가 그 계획표를 받아 적어두고 그대로 따르기를 바라는 게 아닌가 하는 생각이 들었다.

3시가 조금 못 되어 플러싱에서 루터교 목사가 도착했다. 나는 다른 차들이 왔나 하고 창밖을 내다보기 시작했다. 개츠비의 아버지도 나를 따라 창밖을 내다보았다. 그렇게 시간이 흘러갔다. 하인들이 들어와 홀 앞에 서서 기다리는 것을 보고 그의 눈은 초조하게 깜박이기 시작했다. 그는 자신 없는 목소리로 비 때문에 사람들이 늦는 모양이라고 말했다. 계속 시계를 들여다보는 목사에게 나는 30분만 더 기다려달라고 부탁했다. 그러나 쓸데없는 짓이었다. 아무도 오지 않았으니까.

5시쯤 자동차 3대로 구성된 장례 행렬이 굵은 이슬비를 맞으며 공동묘지 입구에 도착했다. 비에 흠뻑 젖어 섬뜩하니 검은 영구차를 선두로, 개츠 씨와 목사와 내가 탄 리무진, 그리고 너덧 명의 하인들과 웨스트에그에서 온 우편배달원 한 명이 탄 개츠비의 스테이션 왜건이 차례로 도착했다.

우리가 묘지의 문으로 막 들어서려는데 차 한 대가 멈추더니 질퍽한 땅에 고인 물을 튀기면서 우리 뒤를 따라오는 발소리가 들렸다. 나는 돌아보았다. 석 달 전 어느 날 밤 개츠비의 서재에 꽂힌 장서를 보고 놀라던 올빼미 눈 모양의 안경을 낀 사람이었다.

그날 말고는 그를 만난 적도 없었고, 그가 어떻게 장례식이 있다는 것을 알았는지도 알 수 없었고, 심지어 그의 이름조차 몰랐다. 퍼붓는 빗속에서 그는 개츠비의 무덤을 가린 천막이 벗겨지는 것을 보기 위해 두꺼운 안경을 벗어서 닦았다.

나는 개츠비에 관해서 생각해 보려고 했지만 그는 이제 너무 먼 곳에 있었다. 이제 분노조차 느껴지지 않았다. 데이지가 조문 전보도 조화도 보내지 않았다는 사실이 생각났지만 그러든지 말든지 였다. 누군가 나지막하게 "죽은 자에게 비가 내리니 복이 있도다." 라고 중얼거리자 올빼미 눈이 씩씩하게 "아멘" 하고 외쳤다.

우리는 각자 자동차를 향해 빗속을 달렸다. 올빼미 눈이 묘지 입구에서 나에게 말을 걸었다.

"저택에는 못 갔어요." 그가 말했다.

"다른 사람들도 아무도 오지 않았어요."

"저런! 그럴 수가! 그 집에 수시로 드나들던 사람만도 몇 백 명이나 되는데."

그는 안경을 벗어 다시 안과 밖을 닦았다.

"불쌍한 녀석." 그가 말했다.

* * *

내가 제일 생생하게 기억하는 일 중 하나는 크리스마스 시즌에 대학 예비학교에서, 그리고 나중에는 대학에서 서부로 돌아오던 일이다. 12월의 어느 날, 저녁 6시가 되면 집이 시카고보다 더 먼 친구들은 시카고 친구들과 함께 낡고 어두컴컴한 유니언 역에 모여 벌써부터 휴가의 즐거움에 들떠 서둘러 작별 인사를 나누곤 했다. 여러 여학교에서 돌아오는 여학생들의 털 코트도 생생하고, 옛 친구의 모습을 발견하면 찬 입김을 뿜으면서 반갑다고 떠들어대거나 머리 위로 손을 흔들어 댔던 일 역시 기억하고 있다.

"넌 오드웨이네 집에 갈 거니? 허시네 집은? 슐츠네 집은?" 하고 서로 초대 일정을 맞춰보던 일, 장갑 낀 손으로 꽉 움켜쥐었던 기다란 초록색 기차티켓도 아직 기억난다. 그리고 마지막으로 꼽자면 '시카고, 밀워키와 세인트폴 철도'의 노란색 기차들이 안개 자욱한 출입문 옆 선로에 멈춰 있는 모습이 마치 크리스마스 자체인 것처럼 기분 좋게 느껴졌던 것이 기억난다.

역에서 나와 겨울밤의 진짜 눈 속으로 들어가면, 눈이 옆으로 흩뿌려지며 창을 배경으로 반짝이기 시작했고, 자그마한 위스콘신 역의 불빛들이 흐릿하게 멀어지면 우리는 공기 속에서 예리하고 거친 기운을 느낄 수 있었다. 저녁을 먹은 뒤 싸늘한 차량 연결 통로를 지나 걸어 되돌아오는 동안 우리는 그 공기를 깊이 들이마셨다. 말로는 다 표현할 수 없지만 우리는 그렇게 이 지방과 하나인 우리를 인식하는 것이었다. 그런 강렬한 한 시간이 지나면 우리는 구별할 수 없을 만큼 그 곳에 완전히 녹아들어버렸다.

그곳이 바로 나의 중서부다. 밀밭이나 대평원 또는 스웨덴풍의 사라져버린 도시가 아니라, 집을 향해 달려가는 기차 안의 설렘과, 서리 내린 어두운 밤의 가로등과 썰매의 종소리가 있고, 불 켜진 창에 크리스마스 화환의 그림자가 비치는 그런 곳이었다.

그곳의 일부인 나는 그 기나긴 겨울을 떠올리면 좀 엄숙한 기분이 들고, 수십 년 동안 아직도 가문의 이름이 주소를 대신하는 곳에서 캐러웨이 가문 출신이라는 것에 대해 자부심을 느낀다. 지금 생각해 보면 이것은 결국 서부의 이야기였다. 톰도 개츠비도 데이지도 조던도 나도 모두 서부 사람이었고, 어쩌면 우리는 모두 동부 생활에 적응하지 못하는 결함을 공통적으로 가지고 있었다는 생각이 든다.

동부가 나를 최고조로 흥분시켰던 때에도, 심지어 따분하고 활기 없는 도시들, 아이들과 노인들만 빼놓고 모든 사람들이 꼬치꼬치 캐묻고 참견하기 좋아하는 오하이오 주 너머의 부풀어 오른 도시들보다 동부가 훨씬 우월하다는 것을 뼈저리게 깨달았을 때조차도 나는 언제나 어딘지 모르게 뒤틀린 동부를 인지하고 있었다.

특히 웨스트에그는 내가 환상적인 꿈을 꿀 때마다 아직도 나타난다. 나에게 그곳은 엘 그레코[45]의 밤 풍경이다. 음침한 하늘, 광택 없는 달 아래 낡고 기괴한 모습의 집들이 수백 채 웅크리고 있는 그림처럼 말이다.

그림 앞쪽에는 하얀색 야회복을 입은 네 명의 사내들이 하얀색 이브닝드레스를 입은 술 취한 여자가 누워 있는 들것을 들고 인도를 따라 걸어가고 있다. 들것 옆으로 늘어진 여자의 손에서 보석들이 차갑게 반짝거린다. 사내들은 어떤 집 앞에 멈춰 선다. 그러나 집을 잘못 찾았다. 아무도 그 여자의 이름을 모른다. 그리고 아무도 상관하지 않는다.

개츠비가 죽은 다음부터 동부는 늘 그런 모습으로 끊임없이 내 머릿속에 떠올랐고, 내 관점으로는 도무지 바로잡을 수 없을 만큼 뒤틀려 있었다. 그래서 마른 잎을 태우는 파란 연기가 공중에 나부끼고, 바람이 불어와 빨랫줄에 걸린 젖은 옷을 뻣뻣하게 할 무렵 나는 고향으로 돌아가기로 결심했다.

---

45 스페인의 화가. 극적이고 표현력이 풍부하다.

떠나기 전에 해야 할 일이 있었다. 그냥 내버려두는 게 어쩌면 더 좋을지도 모를, 어색하고 불쾌한 일이었다. 그러나 나는 정리하고 싶었다. 저 친절하고 무심한 바다가 내 쓰레기까지 쓸어갈 리는 없으니까. 나는 조던 베이커를 만나서 우리 모두에게 일어났던 일과 그 뒤에 나에게 일어났던 일을 모두 말했다. 그녀는 의자에 앉아서 조용히 내 말에 귀를 기울였다.

그녀는 골프복을 입고 있었는데 그때 그녀의 모습이 멋진 삽화 같다고 생각했던 기억이 난다. 비스듬히 살짝 들어 올린 턱, 낙엽 빛깔의 머리카락, 그리고 무릎 위에 올려놓은 벙어리장갑과 똑같은 갈색으로 그을린 얼굴.

내가 이야기를 끝내자 그녀는 다른 남자와 약혼했다고 말했다. 아무 설명도 없었다. 그녀가 고개만 까딱해도 결혼할 남자가 여럿 있었다고는 해도 왠지 의심스러웠다. 그래도 나는 좀 놀란 척했다. 나는 아주 잠깐 동안 내가 실수하는 게 아닌가 싶어 재빨리 전체적으로 다시 한 번 생각해 보았지만 결국 작별 인사를 하기 위해 자리에서 일어섰다.

갑자기 조던이 말했다.

"아무튼 당신은 나를 차 버렸어요. 전화로 나를 차버린 거라구요. 지금은 당신한테 손톱만큼도 미련 없지만, 처음 겪는 일이라 한동안 좀 현기증 나더군요."

우리는 악수했다.

"아 참, 기억나요? 차 운전에 대해 우리가 주고받은 대화 말이에요." 그녀가 덧붙였다.

"그럼요. 정확하지는 않지만."

"당신이 그랬죠? 부주의한 운전자는 또 다른 부주의한 운전자를 만나기 전까지만 안전하다고. 그래요, 나는 그런 부주의한 운전자를 만난 셈이에요. 안 그래요? 착각한 건 내 부주의였지만, 난 당신이 좀 더 정직하고 솔직한 사람인 줄 알았어요. 그게 당신의 은밀한 자부심이라고 생각했어요."

"난 서른이오. 자신을 속이면서 그것을 명예라고 생각하기에는 난 당신보다 다섯 살이나 많아요." 내가 말했다.

그녀는 대답하지 않았다. 화도 나고, 반쯤은 아직도 그녀를 사랑하면서, 엄청나게 애석한 마음으로 나는 발길을 돌렸다.

* * *

10월이 끝나가던 어느 날 오후 우연히 톰 뷰캐넌을 만났다. 그는 날렵하고 공격적인 자세로 5번가를 따라 내 앞에서 걸어가고 있었다. 그의 두 손은 누구든 방해하면 싸워 물리쳐버리겠다는 듯 몸에서 살짝 떨어져 활개치고 있었고, 머리는 초조한 두 눈에 맞추느라 기민하게 이리저리 움직이고 있었다. 내가 그를 따라잡지 않으려고 걸음을 늦추었을 때 그는 걸음을 멈추고 보석가게 진열장 안을 찌푸린 얼굴로 들여다보기 시작했다. 그러다가 갑자기 나를 돌아보고 뒤돌아 걸어와서 내게 손을 내밀었다.

"왜 그래, 닉. 나랑 악수하기 싫다는 거야?"

"응. 내가 널 어떻게 생각하는지 알 텐데."

"미쳤군, 닉, 정말 돌았어. 대체 왜 그러는 건데?" 톰이 빠르게 말했다.

"톰, 그날 오후에 윌슨에게 뭐라고 했어?" 내가 따졌다.

그는 아무 말 없이 나를 응시했다. 나는 윌슨이 사라졌던 그 시간에 대한 내 추측이 옳았다는 것을 깨달았다. 나는 돌아서서 다시 걷기 시작했다. 그가 따라와 내 팔을 붙잡고 말했다.

"사실대로 말해 줬어. 우리가 외출하려고 하는데 그가 현관 앞에 나타난 거야. 그래서 집에 없다고 전했는데 막무가내로 올라왔어. 제정신이 아니었어. 내가 그 자동차의 주인을 말해 주지 않으면 나를 쏴죽일 것 같더라고. 손으로 줄곧 주머니에 있는 리볼버를 쥐고 있었단 말이야."

그는 도전적인 태도로 말을 끊었다.

"내가 말해준 게 어때서? 그 자식은 그래도 싸. 데이지처럼 너도 눈이 멀었던 거야. 대단한 친구이긴 하지. 개를 치듯 머틀을 치고도 차를 멈추지 않고 도망가 버렸으니 말이야."

나는 아무 말도 하지 않았다. 그게 진실이 아니라는 말은 차마 할 수 없었다.

"나라고 괜찮았을 것 같아? 내가 조금도 괴로워하지 않았다고 생각하나 본데…… 시내의 그 아파트를 처분하러 갔다가 그 빌어먹을 개 비스킷 상자가 찬장 위에 놓여 있는 걸 보고 주저앉아 어린애처럼 엉엉 울었다고. 정말, 얼마나 끔찍하든지……."

나는 그를 용서할 수도 좋아할 수도 없었다. 그는 자기가 한 일이 전적으로 정당하다고 생각하는 것 같았다. 모든 것이 경솔하고 뒤죽박죽이었다.

톰과 데이지, 그 경솔한 인간들은, 물건이든 사람이든 박살내 놓고 나서, 그들이 가진 돈이나 그들의 철저한 무관심 또는 그들을 함께 묶어주는 것이면 무엇이든지 간에 그 뒤로 숨어버렸다. 그러고는 자기들이 늘어놓은 쓰레기를 다른 사람들이 치우게 하는 족속들이었다.

나는 그와 악수했다. 갑자기 어린아이와 이야기하고 있는 것처럼 느껴졌기 때문에 악수하지 않는 것이 오히려 유치하게 생각됐던 것이다. 그러고 나서 그는 진주 목걸인지, 커프스 단추인지를 사기 위해 보석상 안으로 들어갔다. 그렇게 그는 나의 촌스러운 도덕적 결벽증을 영원히 벗어났다.

* * *

내가 떠날 때 개츠비의 집은 여전히 텅 비어 있었다. 그 집 잔디도 우리 집 잔디만큼 길게 자라 있었다. 마을의 어떤 택시 기사는 저택 앞을 지나는 손님을 태우기만 하면 반드시 저택의 대문 앞에 차를 잠깐 세우고 집 안쪽을 손가락으로 가리키고 나서야 요금을 받는 버릇이 생겼다. 아마 그는 사건이 일어났던 밤 데이지와 개츠비를 태우고 이스트에그에 갔던 운전사였을 것이다. 그래서 그 사건에 관해 자기 나름대로 이야기를 꾸며냈을지도 모른다. 나는 그런 이야기를 듣고 싶지 않았고, 그래서 기차에서 내렸을 때 그를 피했다.

나는 토요일 밤을 뉴욕에서 보냈다. 개츠비가 열었던 그 눈부시게 화려한 파티가 나에게는 너무나도 생생해서, 집에 있으면 음악소리와 웃음소리, 그의 차도를 오르내리던 자동차 소리가 그의 정원에서 희미하지만 끊임없이 들리는 것 같았기 때문이다. 어느 날 밤에는 진짜로 자동차 소리를 들었고, 헤드라이트 불빛이 앞쪽 계단을 비추고 있는 것을 보았다. 하지만 나가보지는 않았다. 아마도 지구의 끝에 가 있다가 파티가 끝난 줄 모르고 찾아온 마지막 손님이려니 하고.

마지막 날 밤, 나는 트렁크에 짐을 꾸리고 자동차를 식료품상에 팔고 나서 저택으로 건너가 다시 한 번 그 집의 거대하고 황당한 몰락을 바라보았다. 어떤 아이가 하얀 돌계단에 벽돌 조각으로 갈겨 쓴 음탕한 욕설이 달빛에 뚜렷이 드러나 보였다. 나는 계단을 따라가며 구둣발로 문질러 낙서를 지워버렸다. 그리고 해변으로 어슬렁어슬렁 걸어 내려가 모래 위에 큰 대 자로 드러누웠다.

해변에 늘어선 커다란 집들은 대부분 문이 닫혀 있었다. 해협을 건너가는 연락선에서 나오는 그림자처럼 희미하게 움직이는 은은한 불빛 말고는 이제 불빛도 거의 없었다. 달이 점점 높이 떠오르자 두드러지지 않는 집들은 달빛 속에 녹아 사라졌다. 마침내 나는 옛날 네덜란드 선원들의 눈에 꽃처럼 찬란히 빛나던 이 오래된 섬이 어떤 곳이었는지 깨닫게 되었다. 그들에게 이 섬은 신세계의 싱그러운 초록빛 젖가슴이었다. 이 섬에서 사라진 나무들, 개츠비의 저택으로 길을 내느라 사라진 나무들은 한때 모든 인류의 마지막이자 가장 커다란 꿈을 속삭이며 유혹했었다.

한때 잠시나마 황홀한 이 대륙을 바라보며 숨을 죽인 사람이 틀림없이 있었으리라. 경이로움에 대한 그의 능력과 비례하는 그 무엇을 역사상 마지막으로 마주보고 서서, 그가 결코 이해하지도, 바라지도 않던 심미적 명상을 강요받으면서 말이다.

나는 그곳에 앉아 그 오래되고 알려지지 않은 세계를 곰곰이 생각하면서 개츠비가 부두 끝에 있는 데이지의 초록색 불빛을 처음 찾아냈을 때 느꼈을 경이감에 대해 생각해 보았다. 그는 머나먼 길을 달려 이 푸른 잔디까지 왔고, 그의 꿈은 너무나도 가까이 있어 손에 잡힐 것 같았을 것이다. 그는 그 꿈이 이미 그의 뒤로 지나쳐버렸다는 사실을, 공화국의 어두운 벌판이 밤하늘 아래 펼쳐져 있는 그 도시 너머 광대하고 아득한 그 어딘가로 가버렸다는 사실을 미처 알아차리지 못했던 것이다.

개츠비는 그 초록색 불빛, 해마다 우리 앞에서 뒤로 물러나는 황홀한 미래를 믿었다. 그것은 그때 우리를 피해 재빨리 도망갔지만 문제될 건 없다. 내일 우리는 더 빨리 달릴 것이고 더 멀리 팔을 뻗을 것이다. 그리고 어느 맑은 아침에……. 그렇게 우리는 물결을 거슬러 가는 보트처럼 끊임없이 과거 속으로 떠밀리면서도 앞으로 앞으로 계속 전진하는 것이다.

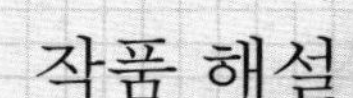

작품 해설

《위대한 개츠비》(The Great Gatsby)는 윌리엄 포크너와 어니스트 헤밍웨이와 함께 20세기 미국 소설의 삼총사로서, 20세기 미국 문학과 세계 문학을 대표하는 작가로 손꼽히는 F. 스콧 피츠제럴드의 대표작이다.

이미 현대의 고전 반열에 올라와 있고, 학자나 비평가들이 위대한 미국 소설을 말할 때마다 빠지지 않는 작품이고, 20세기에 영어로 쓰인 가장 위대한 소설로 손꼽히며, 이 소설을 빼놓고는 현대 미국 소설을 논할 수 없을 정도로 그야말로 위대한 작품이다.

피츠제럴드는 자기가 '재즈 시대(Jazz Age)'라 이름 붙인 시대를 이 소설에서 완벽하게 그려냈다. 제1차 세계대전의 혼돈과 충격을 겪은 후, 미국 사회는 1920년대 유례 없는 번영을 누렸고, 수정헌법 제18조에 규정된 금주령은 밀주업자들을 백만장자로 만들었다. 피츠제럴드는 닉 캐러웨이처럼 시대의 부와 매력에 심취하면서도, 시대가 품은 황금만능주의와 도덕성 결여에 불만을 품었다.

피츠제럴드 생전에는 판매 부수가 25,000부에 못 미쳤지만, 1945년과 1953년에 다시 출판된 후, 폭넓은 인기를 얻었고, 위대한 소설로 재평가되어 현재는 전 세계 대학과 고등학교의 영문학 교과 수업 자료로도 쓰이고 있다.

이 작품에는 피츠제럴드의 삶의 궤적이 깊이 새겨져 있다. 어떤 면에서는 그의 정신적 편력을 기록한 자서전으로 읽을 수도 있을 정도다.

피츠제럴드와 개츠비는 물질적 성공을 위해 온갖 노력을 아끼지 않았고, 기대가 컸던 만큼 실망과 좌절도 무척 컸다. 데이지가 개츠비의 무한한 꿈과 이상의 상징이었던 것처럼 피츠제럴드의 아내 젤다 역시 이룰 수 없는 꿈 같은 존재였다.

그가 가장 중요하게 생각한 사랑과 젊음, 부와 그것이 가져다 주는 안락함과 여유는 이 작품의 중요한 주제다.

피츠제럴드는 작품 주제가 지나치게 사랑과 물질적 성공에 국한되어 있다는 비판을 자주 받았는데, 그는 그런 비판에 대해 '그것이 내 소재고 내가 다루고 싶은 전부'라고 밝혔다. 문제는 어떤 소재를 다루느냐가 아니라 그 소재를 어떻게 다루느냐 하는 것이라며.

작가는 자기가 살고 있는 시대를 어떤 식으로든 반영하게 마련이다. 제1차 세계대전 이후의 미국을 피츠제럴드 만큼 실감나게 표현한 작가는 찾기 어렵다. 그는 미국 사회에 대해 깊은 관심을 갖고 있었고, '그것은 기적의 시대였고, 예술의 시대였고, 과도의 시대였으며, 풍자의 시대였다'고 정의했다.

『위대한 개츠비』는 단순히 특정한 시대와 지리적 공간에 국한된 문제만 다루고 있는 게 아니라, 시대적 분위기를 성공적으로 표현하면서도, 더 나아가 삶의 보편적 진리를 성공적으로 형상화했다는 점에서 위대함을 더한다.

개츠비가 보여준 낭만적 환상과 이상주의는 미국인들의 의식에 깊은 흔적을 남겼고, 미국 문화의 일부가 되었다.

그는 장편 소설 『낙원의 이쪽』(1920), 『저주받은 아름다운 사람들』(1922), 『위대한 개츠비』(1925), 『밤은 부드러워』(1934)와 미완성 유작 『마지막 거물』(1941)을 썼고, 희곡 1편과 160편에 달하는 단편 소설을 썼다. 상업적이라는 비판을 받는다고는 해도, 그의 단편 소설들 중에는 보석처럼 빛나는 작품들이 아주 많다.

"작가는 자기 세대의 젊은이들과 다음 세대의 비평가들, 그리고 그 뒤의 영원한 미래 세대의 교육자들을 위해 작품을 써야 한다."

1920년, 겨우 23세의 젊은 나이로 이미 유명 작가로 명성을 떨치던 시절에 F. 스콧 피츠제럴드는 이렇게 말했다.

『위대한 개츠비』가 바로 그런 작품 아닐까!!

작가 연보

1896 9월 24일 미네소타 주 세인트폴에서 태어남.

1898 아버지 에드워드 피츠제럴드의 가구 사업이 실패하여 뉴욕 주의 버펄로로 이주함.

1901 1월에 뉴욕 주의 시러큐스로 이주함. 여동생 애너벨이 태어남.

1903 9월에 다시 버펄로로 돌아옴.

1908 세인트폴로 이주함. 세인트폴 아카데미에 입학함.

1909 세인트폴 아카데미에서 발행하는 잡지 《지금과 그때》에 첫 단편 소설 「레이먼드 저당의 신비」를 발표함.

1911 뉴저지주의 뉴먼 스쿨에 입학, 시고니 페이 신부를 만나 초기 지적 단계에 중대한 영향을 받음.

1913 프린스턴 대학에 입학. 앞으로 미국 문단에서 크게 활약하게 될 에드먼드 윌슨과 시인 존 필 비숍과 친구가 됨. 《나소 문학 잡지》와《프린스턴 타이거》에 단편, 희곡, 시 등을 발표.

1914 12월에 세인트폴에서 일리노이 주 레이크포리스트 출신의 16세 소녀 지니브러 킹을 만나 사귐. 그러나 가난하다는 이유로 거절당하는데, 이후 이 경험은 그의 모든 작품에 중요한 모티브가 됨.

1915 프린스턴 대학교 중퇴.

1916 프린스턴 대학교 재입학.

1917 1월에 지니브러 킹이 다른 남자와 약혼함. 10월에 미 육군 보병대 소위로 임관함. 장편 소설「낭만적인 에고이스트(Romantic Egoist)」의 집필을 시작함.

1918 6월에 앨라배마주 대법원 판사의 딸 젤다 세이어를 만남. 탈고를 끝낸「낭만적인 에고이스트」를 스크리브너스 출판사에 보내지만 출간을 거절당함.

1919 제1차 세계 대전이 끝나 군에서 제대한 뒤 뉴욕으로 가 배런콜리어 광고 회사에 입사하지만 피츠제럴드의 미래가 불투명하다는 이유로 젤다가 약혼을 파기함. 이후「낭만적인 에고이스트」의 개작에 몰두하여, 스크리브너

스 출판사에서 '낙원의 이쪽'이라는 제목으로 출간을 허락 받음.

1920 3월에 첫 장편소설《낙원의 이쪽》(This Side of Paradise) 출간. 엄청난 성공과 경제적 여유와 인기를 얻고 남부로 돌아와 4월에 젤다와 결혼함. 9월에 첫 단편집 「말괄량이 아가씨들과 철학자들」을 출간함.

1921 9월에 딸 프랜시스 스콧이 태어남.

1922 3월에 두 번째 소설《저주받은 아름다운 사람들》(The Beautiful and Damned)을 출간함. 9월에 두 번째 단편집《재즈 시대의 이야기들》(Tales of the Jazz Age)을 출간함. 10월에 롱아일랜드의 그레이트넥으로 이주함. 여기서 링 라트너를 만남.

1923 4월에 장편 희곡《야채》(The Vegetable) 출간. 11월에 뉴저지 주 애틀랜틱 시에서 시험 공연 실패.

1924 프랑스로 이주. 젤다가 프랑스 조종사 에두아르 조장과 사랑에 빠짐. 여름~가을에《위대한 개츠비》(The Great Gatsby) 집필 시작.

1925 4월에 세 번째 장편소설《위대한 개츠비》출판. 5월에 프랑스 몽파르나스에서 어니스트 헤밍웨이를 만나고, 파리 근교에서 이디스 워튼을 만남.

1926 2월에 세 번째 단편집「모든 슬픈 젊은이들(All the Sad Young Men)」출간. 12월에 미국으로 돌아옴.

1927 할리우드 영화사에서 일하기 시작. 그 곳에서《밤은 부드러워》에서 로즈마리 호이트의 모델이 된 로이스 모런과 사귐.

1929 3월에 프랑스와 이탈리아를 여행함.

1930 2월에 북아프리카를 여행함. 4월에 젤다가 신경쇠약 증세를 보이기 시작함. 병 치료를 위해 스위스로 이주하고 젤다는 프랑잰스 진료소에 입원함.

1931 아버지의 부친 사망으로 미국에 돌아와 다시 할리우드로 메트로-골드윈-메이어 사에서 일함.

1932 2월에 젤다가 재발된 신경쇠약으로 메릴랜드 주의 존스 홉킨스 대학병원에 입원함. 젤다의 소설《나를 위해 왈츠를 남겨주오》(Save Me the Waltz) 출간.

1934 4월에 네 번째 소설《밤은 부드러워》(Tender is the Night) 출간.

1935 피츠제럴드가 병에 걸려, 트라이턴과 애슈빌에 머물며 요양함. 3월에 네 번째 단편집《기상나팔 소리》(Taps at Reveille) 출간. 나중에 '붕괴'라는 에세이집에 실리게 되는 글을 이때 집필.

1936 젤다, 애슈빌의 하일랜드 정신 병원에 입원. 9월에 피츠제럴드의 어머니 사망.

1937 세 번째로 할리우드로 가 MGM과 6개월 계약을 맺음. 이 무렵에 칼럼니스트 셰일러 그레이엄과 만나고, 이들의 관계는 피츠제럴드가 사망할 때까지 계속됨.

1939 1940년 봄까지 할리우드에서 프리랜서로 일함. 할리우드를 소재로 한 소설 「겨울 카니발(Winter Carnival)」은 뉴욕 병원에서 완성.

1940 「마지막 거물(The Last Tycoon)」을 집필하다가 12월 21일, 그레이엄의 집에서 심장마비로 사망(44세).

1941 10월에 미완성 유작인 《마지막 거물》(The Last Tycoon)이 친구 에드먼스 윌슨의 편집으로 출간됨.

1948 3월에 하일랜드 정신병원에서 치료 중이던 아내 젤다가 화재로 사망.

'위대한 개츠비'를 세 번 이상 읽어야 친구 자격이 있다.

-노르웨이의 숲(무라카미 하루키)-

마음을 풍요롭게 바꾸는 책읽기의 즐거움

NO.

년

월

열린문학

독서노트

	읽은 날짜	책제목
01	—	
02	—	
03	—	
04	—	
05	—	
06	—	
07	—	
08	—	
09	—	
10	—	
11	—	
12	—	
13	—	
14	—	
15	—	

작가	페이지	출판사	평가
			그저 그래 / 재미있어 / 완전 감동

	읽은 날짜	책제목
01	—	
02	—	
03	—	
04	—	
05	—	
06	—	
07	—	
08	—	
09	—	
10	—	
11	—	
12	—	
13	—	
14	—	
15	—	

작가	페이지	출판사	평가
			그저 그래 / 재미있어 / 완전 감동

01	책제목	작가

좋은 구절

요약 및 느낀점

02	책제목	작가

좋은 구절

요약 및 느낀점

감상 및 마음에 남는 문장

01	책제목	작가

좋은 구절

요약 및 느낀점

02	책제목	작가

좋은 구절

요약 및 느낀점

01	책제목	작가

좋은 구절

요약 및 느낀점

02	책제목	작가

좋은 구절

요약 및 느낀점

감상 및 마음에 남는 문장

01	책제목	작가

좋은 구절

요약 및 느낀점

02	책제목	작가

좋은 구절

요약 및 느낀점

01	책제목	작가

좋은 구절

요약 및 느낀점

02	책제목	작가

좋은 구절

요약 및 느낀점

감상 및 마음에 남는 문장

01	책제목	작가

좋은 구절

요약 및 느낀점

02	책제목	작가

좋은 구절

요약 및 느낀점

01	책제목	작가

좋은 구절

요약 및 느낀점

02	책제목	작가

좋은 구절

요약 및 느낀점

감상 및 마음에 남는 문장

01	책제목	작가

좋은 구절

요약 및 느낀점

02	책제목	작가

좋은 구절

요약 및 느낀점

01	책제목	작가

좋은 구절

요약 및 느낀점

02	책제목	작가

좋은 구절

요약 및 느낀점

감상 및 마음에 남는 문장

01	책제목	작가

좋은 구절

요약 및 느낀점

02	책제목	작가

좋은 구절

요약 및 느낀점

01	책제목	작가

좋은 구절

요약 및 느낀점

02	책제목	작가

좋은 구절

요약 및 느낀점

감상 및 마음에 남는 문장

01	책제목	작가

좋은 구절

요약 및 느낀점

02	책제목	작가

좋은 구절

요약 및 느낀점

01	책제목	작가

좋은 구절

요약 및 느낀점

02	책제목	작가

좋은 구절

요약 및 느낀점

감상 및 마음에 남는 문장

01	책제목	작가

좋은 구절

요약 및 느낀점

02	책제목	작가

좋은 구절

요약 및 느낀점

01	책제목	작가

좋은 구절

요약 및 느낀점

02	책제목	작가

좋은 구절

요약 및 느낀점